妞啊，給我飯 1

風文創 625

負笈及學 著

目錄

自序

負笈及學

我寫《妞啊，給我飯》這本書沒有什麼特別原因，只是希望看過這本書的讀者都吃成圓滾滾的胖子罷了。

我是易胖體質，減肥是我的終身事業，但因為懶得為之奮鬥，便在胖的路上一去不回頭。然而，不想我一個人胖，於是，就湧現寫美食小說的念頭。可惜，我還是低估了自己對美食的熱愛，這本書完成，我也跟著胖一圈。偏偏書中如我一樣熱愛美食的女主，天天做珍饈美饌，使其家人因此吃成圓滾滾的胖子，她卻依然苗條妍美，讓我是又愛又恨。

書中女主和男主門不當、戶不對，女主是鄉野農女，男主是高門貴子，兩人之間的感情之路應該很坎坷……但，我看厭了狗血故事，所以書中非但沒有男二、男三、女二、女三這些「必不可少」的配角攪局，也沒有傳說中的惡婆婆出來棒打鴛鴦。

女主膚白貌美，勾住男人的雙眼；用一雙巧手，征服了男主的胃；精明能幹，牢牢拴住了男主的心。

男主深知兩人地位懸殊，家中父母不會同意他娶女主，腹黑的男主便不擇手段地坑爹、坑娘、坑弟妹，為日後娶女主鋪路。女主並不知道男主為了娶她，把所有人都坑過一遍，包括她自己。直到兩人婚後，男主的弟弟說漏嘴，女主才知道能嫁給男主，並不是男主的父母沒有門第之見……

本書前期故事多發生在鄉野，因我討厭奇葩親戚，女主所在的村裡奇葩並不多；不過，得在此注明一點，僅有的幾個奇葩十分奇葩，奇葩得令女主是又愛又恨。

書中男主的家人很有趣，女主很喜歡，但令男主很頭疼，蓋因每個人都很有個性。

※以上內容除前兩段，可看、可略過，直奔正文。※

本書故事簡單，寫下這本書的重要原因依然是希望看過書的讀者都吃成像熊貓一樣的胖子。不重要的原因，是書中彙集四方美食、南北風味，方便我隨時翻開這本書就能找到讓我發胖的美食。所以，我也沒想到這麼一本美食文有機會出版。

在此謝謝編輯大人賞識，也謝謝編輯大人給的修稿建議，讓本書更加完善。

最後的最後，希望和我一樣熱愛美食、喜歡美景、喜歡溫暖故事的你們，能在書中找到各自喜歡的美味珍饈，做給喜歡的人吃，讓他（她）吃成一個幸福的胖子。

第一章

立春過後，江南氣溫慢慢回暖，蜷縮一冬的野草迫不及待地冒出頭，雪裡紅、馬蘭頭之類的植物也跟著瘋長，唯恐稍稍慢一點就被人們遺忘。

厚重的木門「呀」的一聲被人推開，廚房裡立刻傳出一聲咆哮——

「老娘讓妳割韭菜，杜三妞，是不是韭菜吃完才回來?!」

「號什麼玩意兒！」包著頭巾、推門進來的婦人不高興道。

圍著粗布圍裙的中年女人拿著擀麵棍走出來。「啊！大嫂，是妳啊！」見她身後空空如也，笑呵呵招呼著。「吃了嗎？」彷彿剛才她發出來的吼聲是幻覺。

來人清楚她刀子嘴、豆腐心。「還吃呢！」瞥到對方手上雪白的麵粉，眉心不自覺一跳，想到自己為何而來，忙抓住對方的胳膊。「妳家三妞又和人家打起來了，跟我走！」

「哦，和誰？」女人絲毫不著急，問一句就轉身。「等我擀好麵皮。」

婦人眼前一黑。「村東頭二寡婦。妳使勁擀吧！」放開她就走。

「誰?!」丁春花猛然轉身。「他娘的！」推她嫂子一把。「幫我看著鍋底下的火。」拎著擀麵棍就往外跑。

李月季踉蹌了一下，穩住身子跟上去，腳步一頓，又鑽進廚房，見灶裡木頭火紅，偶爾伴著噼哩啪啦的聲音。

村西頭路中央的孩童正嬉鬧著，突然看見一個分外熟悉的身影風一般掠過，總角少年們相視一眼。「走，看熱鬧去！」

「再說一句試試！」綁著烏溜溜大黑辮子、身著青蔥色交領中腰襦裙的少女一手扠腰、一手拿著鐮刀，居高臨下地指著旁邊癱坐在地上的婦人。

孩童們定睛一看，少女腳下還踩了個人，那雙小腳不偏不倚正好踩在男孩胯下三寸的地方。「……娘啊！三妞姑姑好厲害！」

丁春花把擀麵棍塞給說話的小子。「給你奶奶拿著。」閒庭信步般過去，明知故問道：「幹麼呢？二寡婦，妳家四喜怎麼了？什麼地方不躺，偏偏躺在我家三妞腳下！」

頭髮亂糟糟的婦人渾身一僵，甭說說話了，頓時一動都不敢動。

少女鄙視她一眼——慫貨，轉頭道：「妳來幹麼？飯做好了？」

「還敢說，讓妳割把韭菜也能跟人家打起來，能耐得很！」丁春花使勁戳戳女兒的腦門。「趕緊把腳鬆開，十來歲的大姑娘怎麼不知道羞？回家，等妳的韭菜下鍋呢！」

杜家村老、少爺們兒集體無語！什麼時候了還想著吃？

村長揉著腦門走出來。「三妞娘，四喜娘的手被三妞劃破，四喜還被她追得扭著腳了。」

「所以呢？」丁春花瞪眼。「不講別的，娘兒倆打不過三妞一個小姑娘，還好意思告狀啊？」瞥了地上兩人一眼。

兩人恨不得立馬找個地縫鑽進去！小潑婦搞不定，如今又來個老的……

丁春花懶得跟他們一般見識。「這回又因為什麼？」

杜三妞走到她娘身邊，衝二寡婦翻個白眼。「我見咱家地裡的韭菜少了，就問大夥兒有沒有看見誰割我們的韭菜，小麥跟我說是二寡婦。我找到她，她不承認，還罵小麥是沒有娘的野種，亂嚼舌根。小麥氣得眼淚汪汪，我看不過去跟她叨叨兩句，結果四喜少腦子的，竟一蹦三跳地指著我的鼻子說我欺負他娘，若不欺負給他看看，豈不是讓他白白數落一頓？」

杜三妞一家在村裡輩分高，三妞在村裡排第三，二寡婦還得喊她一聲姑姑。村長按理得叫丁春花一聲嬸子，怎奈嬸嬸雖潑辣，但為人豁達，不拘小節，只要不直呼其名，喊什麼都無所謂；而村長又比三妞的父母大十多歲，看著三妞的爹長大，不太好意思喊嬸子，也不敢把話說太重。「三妞娘，三妞妹妹拿著鐮刀亂舞，人家怎麼可能是她的對手啊？妳看，這事……」

丁春花撇嘴。「我看，活該！不知道跟你們說多少次了，三妞信奉那什麼『人不犯我，我不犯人；人若犯我，斬草不留根』。」

爬起來的四喜聞言，渾身一哆嗦，反射性捂褲襠。

「一個個當我胡說八道呢！閨女比小子厲害又不是什麼光榮的事，要不是為你們著想，打死我也不到處嚷嚷！」

「得得，怪我成了吧！」村長頗為無語。「我沒把妳的話傳達下去……不對，四喜今兒不是在縣裡幹活，怎麼會在家？」

杜四喜心中一突，顛著腳一瘸一拐往家跑。

二寡婦抬腿跟上去。

三妞見狀，往她面前一站，擋住去路。「韭菜呢？」

「一把韭菜，算啦……」村長知道丁春花不會在乎，便充當和事佬，但話音落下，丁春花不屑地瞪他一眼，村長頓時想捂臉。他這個村長，越來越沒威信啊！「要不，讓她回頭還妳？」

「我們是那麼小氣的人？」杜三妞呵一聲。「小麥的娘明明是生他難產去的，用自個兒的命換兒子的命，二寡婦不說跟人家學學怎麼當娘，還敗壞人家的名聲。二寡婦，妳怎麼不怕我堂嫂半夜來找妳聊天，就談為什麼罵她兒子？」

「妳、妳別胡說！」二寡婦一哆嗦，臉色驟變。

百姓靠天吃飯，不信世上有鬼之人也敬鬼神，而且十里八鄉每年都會出一、兩起大夫無法解釋的事，就連深信人定勝天的皇帝老兒有時也怕鬼怪，何況尋常婦人？

杜三妞來到亓國十多年，非常清楚這點，她邊把玩著編織掛件，邊悠閒自得地道：「胡說的是妳，別以為鬼在那個世界好糊弄。我跟妳講，鬼不用吃喝拉撒，也不用幹活，每天要做的事就是到處飄，如果被她看見小麥雙眼通紅……哼，妳燒香拜佛、求爺爺、告奶奶也沒用。」

涼風拂過，滿身汗水的杜三妞長舒一口氣，抬頭一看二寡婦臉色煞白，剛想問「妳怎地了」，餘光瞥到母親摟著小麥，小孩一臉怕怕，杜三妞哂笑。「瞧見沒？還覺得我胡說？天可是快黑了，據說晚上陰氣重，二姪媳婦，希望明天還能見到完好的妳啊！」轉過身，邁出的步子又收回來，眾人跟著心一提，杜三妞回過頭又說：「不過，也甭擔心，四喜他爹不會看著妳被別的鬼欺負。」

二寡婦頓時覺得腳底生寒，驚恐地瞪大雙眼。「……妳，妳滾，滾滾——」揮舞著胳膊。

杜三妞下意識後退。

二寡婦看見空檔，拔腿就跑，扯著喉嚨叫。「滾開、滾開……」彷彿真有鬼跟著。孩童們下意識認為鬼也跟著走了。「三妞姑說的是真的？可我爺爺說世上沒有鬼，是人心作祟。」

「你爺說得對，人死如燈滅。」三妞從小麥懷中拿過韭菜。「而且鬼不可怕，可怕的是人。」

「我知道，我娘也說過，鬼嚇人嚇暈人，人嚇人嚇死人。」

杜三妞深表贊同。「是呀！」

「妳剛才是嚇唬二寡婦？可……可風又是怎麼回事？」孩童好奇。

「這兒是路口，大姪子，一會兒就有一陣風。」三妞低下頭，指著劉海。「瞧見沒？我的頭髮又動了，二寡婦做了虧心事，怕鬼啊！」

「對，平生不做虧心事，半夜不怕鬼敲門。三妞姑，妳懂好多啊！」孩童們崇拜道。

杜三妞抬起下巴。「那當然。」

丁春花按下她高昂的小腦袋。「晚上還吃不吃？廢話那麼多！」

「吃，吃！身體是活命的本錢。小麥，今兒上姑姑家吃去！」鐮刀和韭菜給她娘，杜三妞牽著六歲的小孩，衝圍著她的孩兒們說：「去給小麥的奶奶講一聲！」

「我們這就去。」三妞比這群孩子大三、四歲，卻什麼都懂，杜家村的小孩別提多崇拜她，有時候爹娘的話都沒三妞說的有用。

丁春花忍不住嘆氣。「妳是個女娃，不是猴王。」

「是女猴王！」小麥脫口而出。

丁春花斜眼看他。「天天跟著三妞瘋吧，早晚也得變成小猴子！」

小孩眨巴著丹鳳眼。「我長大會變美猴王嗎？」

「小猴子長大了是大猴子。」丁春花打擊他。

杜小麥吸吸鼻子正想開口，三妞就朝他腦袋一巴掌下去。「跟你說過多少次，不准吃鼻涕，擤出來！」

「髒。」小孩反射性護著腦袋，反應過來後又去摸鼻子。

三妞揪著他的耳朵。「吸進肚子裡看不見就不髒？杜小麥，這是自欺欺人，和二寡婦有什麼區別？」

「根本不一樣！」小孩梗著脖子道：「我奶奶說，二寡婦的丈夫上工的時候摔斷腿，不能幹活掙錢，二寡婦天天罵他無能，怎不去死？四喜的爹受夠她，便如她所願喝老鼠藥死了。二寡婦是作賊心虛，別以為我不知道，妳可以打我，但不能拿我跟她比！」

「喲，半年私塾沒白上啊！」三妞當真驚訝。

「當然！」小麥得意地笑道：「妳上三年私塾會講故事，我爹說供我上十年，考上秀才繼續讀書，將來一定比妳厲害。」話鋒一轉。「唐僧把孫悟空趕走，白骨精是不是把唐僧吃掉，西天取經的故事也完了？」仰著頭問。

「沒到西天，沒取到經書，怎麼叫西天取經？」三妞嘲諷道：「這樣還想比我厲害？看來你得再努力啊！杜小麥，別忘了，孫悟空頭上有個緊箍，唐僧被妖怪捉走，他一唸緊箍咒，孫悟空疼得受不了就得回來救他。」

杜小麥那雙丹鳳眼瞪得滴溜溜圓。「猴哥好可憐啊！」

「可憐也是他自找的。剛認識唐僧幾天，唐僧給他個破帽子，那個沒見識的就當成寶戴頭上，緊箍咒不套他套誰？」三妞不同情他。

「唐僧是他師父。」喜歡的猴哥被鄙視，杜小麥老大不高興。

三妞嗤一聲。「你和二娃還是一個太奶奶，從小一起長大的，他偷偷捉弄過你多少次？」

小孩一噎。

丁春花瞪閨女一眼。

三妞撇嘴。「好啦，別難過，姑姑給你講西天取經的故事是想告訴小麥，防人之心不可無，幹什麼事都要三思而後行。」

小麥猛地抬起頭，看似難以置信。「三姑姑特意給我編的故事？」

「……想得挺美。」三妞拽著他的頭髮。「是你小子太好騙，別人給你塊餅，你就把對方當成好人，比猴哥還傻，我才講給你聽的。」

杜小麥好失望，但看到丁春花手裡的韭菜，情緒來得快、去得也快的小孩又好奇地問：「三奶奶，你們家炒韭菜吃？」

「不，做韭菜盒子。」丁春花推開半開的木門。

李月季聽到動靜，從廚房裡出來。「這麼快？四喜和二寡婦沒事吧？」

「他們能有什麼事？」杜三妞舀瓢涼水和熱水。「小麥，過來洗臉、洗手。伯娘，你們想吃韭菜就和二伯娘去地裡割，過些日子遇上倒春寒，不吃也得凍壞。」

「行，明兒就去。」李月季湊著熱水洗洗手。「柴火燒完，鍋裡的饅頭就好了。」說著話，擦擦手往外走。

李月季不是外人，丁春花也沒跟她嫂子客氣，留她吃飯。

杜小麥見人走遠，跑過去關上門後就往廚房裡鑽。「姑，我幫妳洗菜。」

「老實坐好。」三妞指著鍋門前的凳子。

小孩喜歡玩水，眼巴巴盯著三妞，見她不為所動，便趁她不注意時扮個鬼臉，又拿起燒火棍。「姑，做韭菜盒子嗎？我燒火。」

「等會兒再燒。」三妞說。

農家灶上共有三口鍋，裡面的鍋正在蒸饅頭，外面的鍋比它小一號，平日裡用來炒菜，靠近煙囪位置有口比碟子稍稍大一點的鍋，但是沒灶眼。無論使用兩口大鍋中的哪一個，在小鍋裡添滿水，飯菜做好後，這口小鍋裡的水都會變熱，熱水剛好用來洗手、刷碗。

杜三妞前世是孤兒，因先天性心臟病被遺棄在孤兒院。好在她運氣沒差得像掃把星，所在的孤兒院被個善心的好人注意到，不但支付她上學的學費，還幫她墊付醫藥費。

杜三妞大學畢業後透過自個兒的努力，未滿三十歲便成為五星級酒店的餐飲部經理。病錯過最佳的治療時機，她便沒指望能活到七老八十，工作賺的錢除去匯到孤兒院的，剩下的部分便被她用來吃喝玩樂，一個人的小日子過得比健健康康的人還瀟灑。

也許是她太瀟灑，老天爺看不下去，以致她沒有因病死掉，卻在旅遊歸來的路上碰到連環車禍，這麼一撞，把三妞撞回古代，投身農家。

杜三妞前世就比別人惜命，今生能跑、能跳、能哭、能鬧，便更加惜命了，生怕別人看出她特別，繼而引起不必要的麻煩，出生後她裝得和正常嬰兒沒兩樣；可無論再怎麼演，三妞骨子裡依然是個成年人，誰知就因她很少哭鬧，丁春花一度懷疑她是個傻子。三妞對此很無語，不能太出挑，畢竟槍打出頭鳥，可又不能太乖，那到底要她怎樣？今天鬧一場，明天歇一場？在這種迴圈中，三妞慢慢長大，發現她家不但有桌椅板凳和牛犁，還用粗紙擦屁股，又得知當今姓亓。杜三妞懵了，她到底穿越到什麼鬼地方？

四歲那年，杜三妞實在無法忍受自己的無知，便撒潑打滾，鬧著要上私塾。三妞的爹是個疼孩子的，何況三妞遺傳了夫妻倆所有的優點，長得玉雪可愛，她只要癟癟小嘴，她爹都想跟著哭一場了……沒辦法，便把她送進村裡人集資開辦的私塾裡。

第一天上課，好奇寶寶就從夫子那兒弄清楚，西晉滅亡後有位亓姓青年橫空出世，用短短十年時間統一華夏，定都幽州，皇帝所在的皇城又稱京城。迄今已過將近百年，亓家天下傳至第五代，吏治清明，百姓安居樂業。聽到這些，再結合杜家村乃至廣靈縣的百姓做飯、做菜不是蒸就是用清水煮，偶爾來個麻油炒菜和烤肉……又因下層百姓的手藝有限，調料極其單一，於杜三妞來說實在難吃得沒法兒下嚥。生產力和百姓生活品質嚴重不符，三妞還有什麼不明白？姓亓的絕對是個穿越者，搞不好還是個醉心研究，不講究吃喝拉撒的技術宅！

杜三妞不是沒想過自己做飯改善生活，怎奈家有兩個小姊姊，一個比她大十歲，一個比她大八歲，還有對勤勞的父母，根本用不著她。

五歲那年，她終於逮著機會，一個人偷偷摸摸做飯，結果飯沒做好，不會用土灶的她燒火時不小心點著了鍋前的柴火，然後她一著急，用腳踩，火一下燒到了衣服。從此以後，廚房於杜三妞是個禁地。

有時三妞故意嫌飯菜不好吃，丁春花會來一句「家裡的銀錢都給妳買筆墨紙硯了，不吃啊？趕明兒用妳買筆的錢買好吃的」。

杜三妞知道她實際沒花多少錢，但想到村裡的女娃就她一個進學堂，從此再也沒鬧過。前年大姊杜大妮嫁人，去年四月初家裡忙著插秧，杜二丫一個人燒鍋又做飯，見小妹很想幫忙，但迫於自個兒的警告，只敢在門口站著，看著怪可憐的，於是杜二丫便教她燒火，後來又指點她做飯。

之後杜三妞慢慢地「自作聰明」，研究出用豬油炒蔬菜後，廚房不但對她全面開放，就連偶爾嫌她娘做飯難吃，丁春花也不再指著她的額頭說她是小姐的身體、丫鬟命了。

韭菜盒子，便是三妞提出來的「新花樣」，丁春花並不知道怎麼做。

去年十一月底，三妞用稻草給韭菜搭了個窩，又因冬天沒下雪，開春後別人家的韭菜在土裡趴著，她家韭菜卻能下鍋，別提惹來多少人眼熱了。

偏偏當初村裡人見三妞給韭菜蓋房子，不說幫忙，其間還沒少嘲諷她，如今想找三妞要點韭菜改善伙食，卻怎麼也說不出口；不過總有臉皮厚到不要臉的，比如村東頭的二寡婦。

三妞洗淨韭菜便遞給她娘。「切得越細越好。」接著從罈子裡摸出三個雞蛋。「小麥，燒火。」

「韭菜炒雞蛋?!」小麥猛地站起來，咧嘴笑道：「我最喜歡了!奶奶說，三姑做的炒菜最最好吃，全村獨一份！」

「可惜不是。」三妞笑咪咪地接道。

小麥臉上的笑容僵住，明知道他三姑說一不二，仍忍不住遊說。「我保證那什麼韭菜盒子沒韭菜炒雞蛋好吃，做壞了可是浪費三個雞蛋呢！」

「嗯，你這麼認為的話……」三妞說：「那待會兒你吃饅頭，我們吃不好吃的韭菜盒子。」

杜小麥眨眨眼，想了想。「我……我沒這樣講。」

「再不燒火可就真沒得吃了。」三妞說完。

土生土長的農家娃兒立刻動作麻利地從大鍋底下抽出一根燃燒的木柴，把炒菜鍋下的柴點著。

見此，三妞絕不承認她挺羨慕的。

鍋裡的豬油響起噼哩啪啦聲，打散的雞蛋倒進鍋裡，炒至蛋液凝固後立即把雞蛋盛出來備用。「小麥，別燒了。」

丁春花回頭一看，見她端著韭菜。「炒韭菜？」

「不是，本來得瀝乾水，但是天都這麼晚，等韭菜瀝乾我們也不用吃飯了。」杜三妞解釋。「韭菜裡的水太多，放到鍋裡烘一下。」切碎的韭菜倒入燒熱的鍋裡，隨後加雞蛋、鹽和三妞自製的花椒粉，炒拌均勻後盛起來，韭菜盒子的餡料便完成了。

麵皮用蒸包子、饅頭剩下的發麵。丁春花擀出十多張成人巴掌大的圓麵皮後，放上餡料，對摺成半月狀，周邊捏緊。小麥燒火，三妞在鍋裡放了一點油，開始煎韭菜盒子。

韭菜可生吃，雞蛋是熟的，麵皮又特薄，因此兩面煎至呈金黃色，亓國第一個韭菜盒子便誕生了。

杜小麥見他姑盛出來，忍不住嚥口水。「好香啊！」

「香吧？」三妞對自個兒的手藝很滿意。別看用料簡單，架不住雞蛋是土雞蛋，油是自家煉的豬油，韭菜是連農藥也沒用、開春後第一批的韭菜，麵粉更是她和她娘一起磨出來的，純手工、零污染。三妞把韭菜盒子切兩半，她娘一半，小麥一半。「嚐嚐。」

小麥的爹在三妞舅舅家的糧食鋪子裡做事，兩家又是沒出五服的親戚，丁春花和三妞很疼這個沒娘的孩子。

「妳吃。」小麥饞得都流口水了，還是使勁忍住，無論三妞怎麼勸，小孩仍是咬緊牙關，直到第二個出鍋才伸手接。

杜三妞搖頭失笑。

韭菜多吃燒心，三妞不敢讓他吃太多，見他沒吃飽，給他盛了半碗麵疙瘩湯，吃得肚兒圓才把他送回家。

杜三妞從小麥奶奶家裡出來，遇到她爹和二姊拎著大包、小包踏月而歸。「怎麼這麼晚？二姊夫沒送你們？」

「瞎說什麼呢！」杜發財瞪一眼口無遮攔的小閨女。「送我們到村口，他又沒和妳二姊成親，大晚上的來家裡像什麼樣？做好飯了？」

三妞說：「早就做好了，我和娘以為你們不回來了。」

今兒是正月二十，離杜二丫成親的日子還剩十天。杜發財只有三個閨女，老大嫁給開酒樓的，輪到老二，二丫卻相中長相一般、身高最多一百七十公分的趙存良。

丁春花不滿意。

二丫說：「嫁漢嫁漢穿衣吃飯，大姊嫁給賣吃食的，我嫁給開布店的，婆家寬裕才能照顧你們。」

杜三妞很不高興地說：「當我是死的？」

杜二丫上下打量她一番，說：「妳？比個小子還能耐，誰敢娶妳？」頓了頓又說：「搞不好以後還得爹娘養妳。」

杜三妞嘴上回「看不起人」，心裡面卻挺擔心。上輩子無父無母沒人逼婚，這輩子有爹有娘，不為別的，為了不讓她爹娘被左鄰右舍說道，她也得找個男人嫁掉。

那麼，問題來了。

三妞上輩子沒結婚除了身體原因，還有便是她太獨立。如今來到三從四德的古代，雖說因亓國開國皇帝是穿越人士，民風開放，然而百姓根深蒂固的思想，哪是她一個人能改變的？為了自個兒的將來考慮，二丫訂婚後，三妞重新撿起她最討厭的針線活，利用有限的食材和調料研究吃食。上得廳堂、下得廚房，長得又不丟人，她想，將來定能順利嫁人。

「不回來住哪兒啊？」杜發財順口接一句。

杜三妞說：「大姊家啊！姊夫敢甩臉子，趕明兒他來給二姊添箱時就不給他飯吃！」

杜大妮去年九月生了個閨女，她婆婆盼望的長孫沒能如期而至，面上雖沒表示，心裡不高興是一定的。大妮坐月子的時候，丁春花放下家中所有事，得空就去縣裡看閨女，恐怕她留下月子病。

「瞧妳厲害的。」二丫嘴上這樣講，臉上卻樂開花。「我和爹從姊夫店門口過，他特意和爹說二十四那天來咱家。」

「妳沒回，等他來我做麵條吃？」三妞問。

杜發財揉揉閨女的髮頂。「別調皮，妳姊夫哪次來不給妳帶一堆東西？聽說又叫大妮給妳做一套衣服了，還不夠妳的？」

去年杜大妮出月子，是三妞和她娘一起去的。

進城後三妞和她娘分開，丁春花去閨女家，杜三妞去菜市場買魚，隨後拐去同在縣城的舅舅家，借用她舅的廚房做一鍋鯽魚燉豆腐，做完後盛一盆端到大妮婆家，沒進門就嚷嚷道：「大姊，我沒錢給妳和外甥女買東西，只能給妳做碗魚湯，不准嫌棄。」

大妮哪喝得了一盆，一碗就飽了，剩下的全推給陪她一起吃月子餐的丈夫段守義。段家是開飯莊的，段守義沒指望妻妹做的魚湯多好喝，可他一口入喉，就不禁睜大眼。「小妹，妳……這是妳做的？」

「想知道我怎麼做的？」三妞沒等他問出口就說：「對我大姊好點，我哪天心情好了就告訴你。」

「……合著妳故意的？」段守義哭笑不得。「不過，妳猜錯了，我不想知道。」

三妞微微一笑，什麼也沒說。

直到今年春節，段守義帶著媳婦、閨女來拜年，三妞又親自下廚。隆冬時節，在沒有大棚蔬菜，而辣椒等物也還沒入華夏的情況下，三妞做出了酸菜魚、糖醋魚、豆瓣魚和家常紅燒魚，且每種味道都不同。

杜大妮吃得眉開眼笑，段守義卻想哭。「妞啊！這個糖醋魚怪好吃的呢……」

三妞笑咪咪地看著他。「好吃多吃點，回家可就吃不到嘍！」放下筷子。「娘，我飽了。」起身出去找朋友，撇下段守義望著她的背影唉聲嘆氣。

二丫一想起姊夫在杜三妞面前伏低做小的樣子就想笑，遂壓低聲音問：「下回做什麼給他吃？」

「油潑麵。」三妞握緊小拳頭。「饞不死他也得讓他吃成大胖子，胖成豬後看哪個狐狸精願意跟他！」

「妳想得太多了。」二丫很無語。「姊夫和大姊感情很好，就算大姊連生三個閨女，姊夫也不會嫌棄大姊的。」

三妞瞥她一眼。「沒想到妳比大姊還單純，段守義不敢，他娘呢？」

二丫一噎。

「只要他管我要菜譜，這輩子就甭想離開大姊。」

「妳怎麼這麼有把握？」二丫不是瞧不起她妹妹，但三妞滿打滿算十歲半，虛歲十二。

「段家生意做大，他還能聽妳的？」

「段家生意越紅火，羨慕嫉妒恨他們家的人就會越多。」三妞道：「我知道他家酒樓的菜怎麼做，他敢有外心……二姊，敵人的敵人就是朋友。」

二丫大驚失色。「杜婕，別亂來！」

「不准喊我杜婕！」三妞很生氣。

當年丁春花意外懷上第三個孩子，村裡老人誰見著都說她肚子裡是個小子，喜得杜發財請了村學裡的夫子給兒子起名字。

有道是希望有多大，失望就可能有多大。

瓜熟蒂落那日，丁春花生個大胖閨女，杜家傑瞬間變成杜雨婕，別提杜家四口多難過了。然而，所有人都意想不到，三妞一點點長開，水滴鼻、柳葉眉，鵝蛋臉、杏核眼，配上櫻桃小口一點點，甭說杜家村，連整個廣靈縣也找不到這麼精緻的女娃。

杜三妞未滿周歲，就有不少人表示想跟杜家結親，這些人無一不是縣裡富戶。有的透過三妞的舅舅，有的人是本來就認識丁春花，一時間不知惹來多少閒言碎語。

有回杜發財不巧聽見別人說三妞不是他的種，呵呵一笑也不惱地回問：「妳們說三妞哪裡不像我？」

三妞膚色白皙，和她爹一樣，眼睛像她娘，卻遺傳她爹的雙眼皮，鼻子像她爹，臉蛋像她娘，嘴型像她娘，偏偏一口小米牙分外齊整，不像她娘有幾顆暴牙……小妞窩在她爹懷裡，腦袋枕在她爹肩膀上，兩張完全不同的臉看起來竟意外相似。

杜家村的八婆們懵了，怎麼回事？

三妞落單時，盯著三妞瞅，便覺得她不像爹也不像娘；及至丁春花或者杜發財其中一人領著她出來，又像極了兩人的孩子。

後來村裡的老人給出答案，三妞像她早逝的外婆和爺爺——隔代遺傳。

杜發財聞言嗤笑，明明是他閨女聰明，知道挑爹娘好看的地方像。

事實上，三妞沒讓她爹失望，三年私塾結束，老夫子見著杜發財就替他可惜三妞是個女兒家……這麼一說就遠了。

三妞上學第一天就跟她爹說：「我要改名字。」

杜發財不懂為何。

三妞解釋說：「雨婕一聽像遇劫，不好，不好。」

杜發財仔細一想，閨女說得對，便又問她。「妳想改成什麼樣？要不咱們去問問夫子？」

三妞奶聲奶氣地道：「不用那麼麻煩，雨去掉。」

三妞的名字本是夫子起的，杜發財很尊敬他，聽見只去掉中間一個字，便同意了。

可杜婕這名字，三妞也不怎麼喜歡，比起她娘給起的賤名，她還是喜歡後者，畢竟杜婕和度劫差不多呀！

「妳發誓別亂來，我就不喊妳的大名。」二丫說。

杜三妞哼一聲，追上她爹。「爹，二姊嫌棄我，說我連個荷包都不會繡，注定嫁不出去。」

「杜二丫！」

「杜三妞！」

兩人異口同聲。

杜三妞拽著她爹的衣袖。「爹，別生氣，她過幾天就嫁人了，我讓著她，你別罵她，給準新娘留點臉面。」

「三妞真乖。」杜發財走路快，杜二丫和三妞只顧著說話，不知不覺落後一大截，導致杜發財剛剛沒聽到她倆聊什麼。「二丫，妳做的飯不如三妞好，我和妳娘嫌棄過妳嗎？」

杜二丫氣樂了，衝著月亮翻白眼，敷衍道：「行，我錯了，再也不說她。」

「妳、妳妳什麼態度?!」杜發財不滿意。「三妞才十歲，妳十歲的時候甭說做飯了，都不會和麵！」

自打去年夏天，杜三妞做的飯得到全家認可後，原本在家地位不如三妞的二丫就越來越不受爹娘待見了。全村人都說三妞像撿來的，偏偏她這個和她爹有七分像的人才最像個撿來的孩子。「你說怎麼辦？給她斟茶認錯？」

「不用，大姊給我做一套衣服，妳也給我做一套。」杜三妞接道。

杜二丫嗤一聲。「杜三妞，過來讓我看看妳的小臉是不是又白了？」

杜三妞抱住她爹的胳膊。「看到了吧？我昨兒還說二姊回門的宴席我掌勺呢，她就這麼待我，真是我親姊。」

「杜二丫！」杜發財很失望，高聲怒喊。

二丫打個寒顫，剛想服軟，又問：「等會兒，妳說什麼？妳掌勺?!我怎麼不知道？」

「天不亮就跟趙存良去建康府，妳知道什麼？」杜發財瞪她一眼，衝三妞道：「咱回家，不就一套衣服，明兒爹去縣裡買布，叫大妮給妳做！」

「爹……」杜二丫見他說走就走，氣得跺腳，到家找她娘問，三妞的話什麼意思。

丁春花說：「三妞找人家做了六張圓桌和二十四條板凳，聽她的意思，妳成親後，要我跟她一塊兒給別人做宴席。」

「她？」二丫瞪大眼，比劃著。「比灶臺高這麼一點，誰家辦喜事找她做飯啊？」

丁春花往堂屋裡看一眼，笑道：「她教木匠做什麼桌面會動的桌子，木匠不要錢給她做桌椅板凳，又不用家裡的錢和木頭，隨她怎麼折騰吧！」頓了頓，再道：「我覺得三妞說的事能成。」

一桌酒席冷盤、熱盤得十多道菜，在只有時令蔬菜可用的情況下很考驗鄉間廚師手藝，偏偏亓國百姓在做飯上沒比三國、西晉時期的百姓長進多少，只熱衷於蒸煮烤三種。

沒吃過三妞炒的菜前，丁春花覺得大女婿家的飯菜不錯。去年三妞央求她爹買塊無人問津的肥豬肉，用豬油做出一盆簡簡單單的醋溜白菜後，丁春花再去大女婿家，能不在他家吃飯就儘量不吃。

「娘，妳說實話。」二丫很嚴肅。「三妞不告訴大姊夫糖醋魚、酸菜魚怎麼做，是不是留著我回門的那天一鳴驚人？」

「呵呵，二姊居然知道一鳴驚人。」三妞調侃的聲音突然傳來。

二丫回頭一看，小丫頭片子倚在門邊，一臉似笑非笑的表情。「妳屬鬼的啊？走路沒聲。」

「不，我屬牛。」杜三妞吐吐舌頭。「娘，給點錢，明天和爹去窯廠拉我訂的碟子、碗。」

「妳真打算到處給別人做宴?!」杜二丫轉頭看向她娘。「為什麼我不知道？」

杜三妞說：「誰叫我找妳的那天妳不等我起床，就跟未來二姊夫去縣裡。」踮起腳拍拍她姊的肩膀。「別難過、別生氣，爹說等我長大給我招個女婿，我是半子，妳是嫁出去的姑娘，不找妳商量很正常。」

「沒羞沒臊的丫頭，也不看看妳多大。」二丫瞪了她一眼。「娘，妳送她上學就夠惹人眼了，還同意她出去做宴，以後可真沒人敢娶她了。」

「我們家三妞長得俊，不愁嫁。」丁春花乃商戶女，嫁給杜發財之前天天看鋪子，自覺行得正、坐得端，做什麼都成。「妳也跑一天了，洗洗睡吧！」

「娘，我今天跟妳睡。」杜家村旁邊有高山，白天不顯，到了晚上，三妞覺得山邊的溫度起碼比離他們村六、七里路的廣靈縣低個三、四度。

杜二丫抬手拽住她的辮子。「跟我睡。」

「二姊死心吧，我不會告訴妳油潑麵怎麼做的。」三妞神色認真。

二丫立刻知道她打定主意不會講，便不再追問她回門那天打算做什麼招呼賓客。

翌日，三妞和她爹去窯廠的路上，碰到窯廠的人給她送餐具。杜三妞見六套餐具當中，魚碟、湯盆比她想像的白亮、精緻，覺得非常滿意，很痛快地從麻袋裡掏出錢袋子。「這種魚形碟子若摔壞了，你們還能單獨幫我燒一個嗎？」

中年男子接過一吊錢，也就是五百文。「東家說收妳一半。」剩下一半還給杜發財。「不瞞你們，杜姑娘，妳訂的碟子和荷葉邊的湯碗，我們燒很多。東家打算賣去建康府，我是窯廠管事，東家讓我過來便是跟妳商量，如果妳同意，日後無論是碟子、勺子或者碗破損，只要拿著碎片去店裡，不要錢給妳換新的，直到我們的瓷器店關門為止。」

杜三妞想問「我不同意呢？」，但話到嘴邊卻道：「替我謝謝你們東家。這裡離我家還有段路，麻煩你們幫我送到家。」

「應該的。」中年男子話音落下，板車邊的青年便朝驢屁股上拍一巴掌，車子動了起來。

甫一進村，杜三妞就被村南頭的孩子們圍住。

「三姑奶奶，他們是去妳家的？」

「三姑，車裡裝什麼啊？」

小孩子們七嘴八舌。

三妞笑盈盈道：「碟子、碗、盆，過幾天我二姊回門用，那天來我家吃飯啊！」

「不用妳講我們也會去。」小孩子們一頓。「我們不吃白食，三姑，要洗菜喊我們啊！」

「好。」三妞眼角堆滿笑。

兩位送餐具的男子相視一眼，看到杜家五間大瓦房，只比路東面七間正房的兩進院子差一點點，中年管事不禁讚嘆。「大哥家的房子真不錯！」

「這輩子就掙這處房子。」杜發財見他往對面瞅，遂道：「那是衛家老宅。」

「衛家？」中年管事不明白。

杜發財再道：「當朝衛相爺。」

「你、你是衛相的鄰居?!這……」驚喜來得太突然，管事激動得語無倫次。「以前聽說衛相是廣靈縣人，我還納悶廣靈縣沒有姓衛的，沒想到居然在杜家村，我的老天爺啊！」

「我們家老祖宗當年和衛相的曾祖父逃荒來到這裡，當初這裡沒有人家，南邊村口的橋也沒修，前面是河，後面是高山，想去廣靈縣只能坐船……一晃這麼多年過去，要不是衛家每年都派人來上墳，別說你，我也快忘記村裡還有戶姓衛的。」

「爹，別說了，把驢車上的東西搬下來，人家管事大叔還有事呢！」這段說辭三妞聽膩了，但凡有人好奇路對面的大宅是誰家的，她爹都會拎出來說道一番，明明平日裡也不愛說啊！

杜發財嘿嘿笑著把所有用具搬下來，稍歇片刻後說：「我去縣裡看看桌子好了沒。」

「晌午別趕著回來，在大姊夫的酒樓裡吃飯，下午再讓他找驢車送你回來。」杜發財年過不惑，長得卻像五十多歲，杜三妞疼她爹。「大姊夫敢說忙，你就說我大後天不在家。」

杜發財好氣又好笑，偏偏拿她沒法，畢竟閨女是為他好。

正月二十四，大妮回娘家給二丫添箱。本來她自己回去就行，段守義卻指著昏暗的天空道：「今兒天冷，我送妳去，萬一妳凍生病，閨女也得跟著受罪。」杜大妮性格綿軟，不好意思拆穿丈夫，只得回道：「那我們買塊豬排骨？」

「買什麼排骨？割兩斤羊肉！」杜大妮的婆婆要面子。「大冷的天，你們到地方後喝點羊肉湯也暖和。」

很早以前《國語・楚語下》便有記載：「天子食太牢，牛羊豕三牲俱全，諸侯食牛，卿食羊，大夫食豕，士食魚炙，庶人食菜。」

因古代等級森嚴，下層百姓餐桌上從未出現過豬肉。後來亓姓人統一華夏，階級不再明顯，亓國百姓卻也很少吃豬肉，這除了根深蒂固的等級觀念之外，還有就是百姓不會做豬肉料理。相比魚肉的細膩、雞肉的鮮香，慢慢地沒人願意再食土腥味極重的豬肉，因此豬的身價跟著一落千丈。

杜三妞前世從事餐飲行業，很清楚百姓廣泛食豬肉開始於宋朝，最具有代表性的便是東坡肉。而杜三妞用豬肉煉油的事沒到處說，段守義也不是多嘴的人，以致他娘也不知道最近大半年來，酒樓裡做菜用的油全是豬油。

在段老婦人看來，兒媳婦拿豬排骨回娘家實在是給她丟臉。

「三妞喜歡吃骨頭肉。」大妮得了妹妹交代，二丫嫁人前不能把豬肉的多種吃法說出去，便拿話搪塞婆婆。

段老夫人一聽，覺得兒媳婦向著她，大喜。「守義，別聽你媳婦的。身上的銀錢夠不夠？不夠我這裡有。」說著話，遞出荷包。

段守義看她這番作態，便知道老母親不是假客氣，於是到菜市場割兩斤羊肉、十斤排骨，見到三妞時，小丫頭笑眯了眼。

「妳家妹妹啊！」段守義偷偷衝大妮伸出大拇指。「幸虧不是小子。」

「姊夫，中午吃麵啊！」三妞把肉送到廚房後，回頭說一句。

段守義渾身一僵，抖著手說：「她、她怎麼可以……」

「今天她做飯。」大妮按下他的手。「別抖了，她絕對不會虧待自己的。」

「也對。」段守義並不饞肉，只是想吃三妞做的，便高聲回答道：「隨便，妳做什麼我吃什麼！」

杜三妞知道他們今天來，一早便開始和麵，到晌午麵也發好了。丁春花擀麵條的空檔，三妞把成塊的排骨用溫水洗淨，放入薑、黃酒、醬油、麻油，以及自製的白胡椒粉、五香粉和鹽醃製。

丁春花切好麵條後，她一個人燒兩口鍋。待鍋裡的水沸騰後，大鍋蒸排骨，小鍋煮麵條、白菜和豆芽。麵條和菜撈出來瀝水後，三妞往麵條裡加了鹽和調料，就對她娘說：「妳燒火，換我來做。」

鍋裡的油滾熱了，丁春花正想問「是不是炒麵條」，便看到三妞舀著熱油分別淋在六碗麵條上，心中倏地一抽。「……妞啊！妳用的是什麼油？」

「豬油，咱家暫時吃得起。」三妞見鍋底還有油，便麻利地把早上剩的芥菜倒進去。芥菜炒雞蛋出鍋後，大鍋裡的排骨也差不多了。

沒用半個時辰，清蒸排骨、芥菜炒雞蛋和油潑麵就端上桌。

杜大妮戳戳丈夫的腰。

段守義聞著麵香、排骨香，早已樂開懷。「妞啊！聽說妳打算幫別人做宴，拋頭露面能掙幾個錢？去我家酒樓吧，每月給妳一兩銀子，指點我家廚子一二就成，行嗎？」杜三妞彷彿沒聽見，悶頭拿排骨啃，專心致志的小表情噎得段守義嘟囔道：「我就不該買菜過來！」

「說得好像你沒吃一樣。」三妞瞥一眼他面前的骨頭，嫌棄道：「大姊，姊夫是不是又沒吃早飯？每次來咱家，一個人吃得比咱們全家都多！」

「咳，妳姊夫是給妳面子。」大妮一本正經道：「要不是妳做飯，他的胃口可沒這麼好。對了，有句話叫什麼來著？」

「秀色可餐。」段守義順口接道：「衝咱家三妞的臉，我也能多吃兩大碗公麵條。」

「不好意思，每人一碗。」三妞喝口熱水。「我跟你講，下次再吃這麼多，請自帶米麵，我家窮，禁不起你敞開肚皮吃。」

「小氣鬼！我哪次沒帶口糧？」段守義嚥下麵條，衝她挑挑眉。「不開玩笑，真沒了？」

丁春花說：「沒了，三妞說麵條得現做現吃，等下回讓三妞給你做兩碗。」

「他又不幹活，吃那麼多幹麼？」三妞把菜盆推到爹娘面前。「別只顧著吃肉，小心吃多了上火，拉不出屎來。」

「杜三妞！」二丫看了看筷子上的排骨，吃也不是，放下也不是。「我們正在吃飯，能不能別這麼噁心人？」

「又沒讓妳聽。」杜三妞說歸說，杜二丫不提，沒人會再回味她的話。「娘，吃雪裡紅。」雪裡紅便是芥菜，年底在門口灑點種子，現在就可以吃了。「大姊，下午走的時候拿點。」

「下午可能走不了了。」杜發財突然開口。

三妞猛然抬頭。「為什麼？」話音落下，看到她爹指著她身後，回過頭，不禁睜大眼。「下……下雪了？」起身就往外走，米粒大的雪花隨之落在她手上，瞬間融化。「什麼時候下的？不是打過春了？」

「年前不冷，我就覺得年後得下雪。」丁春花很鎮定，邊吃菜邊對大妮說：「不下了再回去，閨女晚上見不著妳該哭了。妞，回來，雪有什麼好看？趕緊吃飯。」

是沒什麼好看的。杜三妞前世生活在北方，每到農曆十月必會下雪，鵝毛大雪三不五時地來一場。今生她剛出生那年冬天遇到一場大雪，三妞一度懷疑她這輩子還是在北方，後來才明白詩人筆下溫暖如春的江南，是用了比喻修辭手法。

杜三妞回身坐下，發現一盆排骨見底了，抿抿嘴，眼睛彎成月牙兒。「大姊夫，排骨好吃吧？」

「好吃！」段守義忙不迭地點頭。

去年吃鯽魚燉豆腐，半盆吃完了段守義還嘴硬，自打那次起，他每次來杜家，杜三妞都會親自下廚，幾個月過去，段守義幾乎沒吃到重複的菜，偏偏三妞不告訴他怎麼做，還不許別人講，段守義別提多後悔了。

三妞說：「其實很好做，放籠屜上蒸熟就好了。」

「妳當他沒試過？」杜大妮笑盈盈道：「上次回去他就讓廚子試著做了，結果……」看丈夫一眼。

段守義忍不住捂臉。「妞啊！大妮給妳做的衣服是我去買的布。」

「你身上有多少錢？」三妞歪著腦袋，不答反問。

段守義剛想問她「什麼意思」，話到嘴邊變道：「有一塊銀角子，大概半兩。」掏出荷包，對上三妞的視線，段守義心中一動，有點不敢相信地問：「……妳要？」

「三妞！」知女莫若母，丁春花拔高聲音。「我看妳敢拿妳姊夫的銀子！」

「親兄弟還得明算帳呢！」三妞梗著脖子道：「娘別嚇唬我，大姊夫可是和咱們隔了一層，我告訴他怎麼做清蒸排骨，他家廚子立馬能做出清蒸魚，要他半兩銀子……姊夫，你說多嗎？」

「不多、不多！」段守義被三妞有意無意吊了近半年，算是服了小姨妹，甭說一塊銀角子，便是三妞張口要一錠銀子，段守義也會給她借來。誰讓三妞太聰明，且膽子大，什麼東西都敢往菜裡放呢！

杜三妞接過荷包，不顧爹娘瞪眼，也裝作沒看見姊姊們震驚的表情。「還是姊夫懂規矩！等著，我把方子寫下來，買一送一，再送你一種調料，做什麼都可以放。」

「五香粉嗎？」段守義脫口而出。

三妞嗤一聲。「美得你！」回房拿筆墨紙硯寫方子。

第二章

不消片刻，堂屋裡的五人就看到杜三妞拿著一張墨跡未乾的紙進來。

「蝦皮調料？」段守義很好奇地鑽營著杜三妞送的東西。「不是我以為的那個蝦皮吧？」

「就是你認為的那樣。」三妞說：「別看東西便宜不起眼。」十個銅板能買五斤。「蝦皮炒熟後磨成粉，下麵條的時候放一點，味道美著呢！」

「是不是這東西？」二丫跑到廚房裡端出瓦罐，倒出一點。

三妞點頭。「對啊！每次做麵條吃妳都放一勺進去，都快被妳給吃完了，回頭讓二姊夫送十斤鮮蝦皮過來，不送以後你們回娘家，我們不管飯。」

杜二丫朝她腦袋上打了一巴掌。

段守義憨著笑，終於有人跟他做伴了。「當真有三妞說得這麼好？」心中將信將疑。

二丫說：「只能提鮮，旁的沒什麼用。」

「這一點就足夠了。」朝廷規定商人三代以內直系親屬不能參加科舉，段守義很小便明白他將來得接管家業，因此對酒樓格外上心，也明白「鮮」對菜來說多麼重要。

杜三妞笑道：「還可以放冬菇進去。」頓了頓。「我夠仗義吧？」

「仗義！」段守義伸出大拇指。

三妞的眼睛彎成月牙兒。「下次多帶點錢，我告訴你五香粉的方子，得了我的方子，明年你就能把酒樓開到建康府。」

「三妞！」杜發財眉頭緊皺。「吃飽就回屋裡睡覺去，哪來那麼多廢話？」

「嘿嘿，我不說了。」杜三妞心裡明白，她爹再怎麼生氣也不會打罵她，最多數落她幾句。「爹，剛吃過飯不能睡。娘，咱家蒸饅頭那天泡的蠶豆呢？」

廣靈縣地處江南，當地百姓主食大米，又因此地可以種小麥，杜家人也喜歡吃麵食，杜三妞和她娘抬麥粒去村長家磨麵的時候發現還有半袋蠶豆，磨好麵就讓她娘泡一盆。

「妳終於想起來了？」杜二丫說：「若不是天冷，都該發芽了。」

三妞瞥她一眼，不想搭理凡事精明、嘴巴不饒人的二丫。「娘，在哪兒？」

「案板底下。」丁春花不像二丫看事情只看表面，以她對三妞的瞭解，這妞絕對又想到吃蠶豆的花樣了，因此丁春花私下裡經常跟杜發財嘀咕著「三妞上輩子肯定是廚娘」。

「爹，幫我燒火。」三妞故意忽視她二姊。

二丫表情微妙，拉著大妮的胳膊。「大姊，去我房裡。」

杜大妮下意識看她丈夫。

段守義微微點頭。

杜三妞衝著二丫的背影翻個白眼，等兩人走遠才說：「吃好就跑，自從訂親後，我就沒見二姊刷過碗。」

「她沒訂親我也沒見她刷碗。」以前刷鍋洗碗是大妮幹，杜大妮嫁人後，家裡的活就被丁春花承包了。

三妞有時想幫她娘做事，丁春花總讓她找別人玩去。因為如此，三妞明白，她娘只是嘴上抱怨兩句，有這麼一位好娘親，杜三妞很惜福，也就不喜二丫理所當然的作風。「待會兒做好蠶豆不給她吃。」

「怎麼做？」段守義的動作比杜發財快。「我燒火，爹，你坐板凳上歇歇。」

杜三妞知道他想偷師，也不戳破，用細紗布吸乾蠶豆上面的水珠，攤開後放在通風口處，隨後往鍋裡倒半鍋菜油。

丁春花的神情猛變。「妳、妳炸蠶豆？」

「炸蠶豆給爹下酒。」

杜三妞慢悠悠來一句，丁春花倏然閉上嘴。

沒能給杜發財生個兒子，丁春花總覺得對不起他，即便杜發財從未埋怨過，甚至在丁春花提到兒子時，杜發財還寬慰她「咱家三妞一個頂人家兩個小子」。然而，他越是這樣說，丁春花心裡的愧疚就越深。

杜三妞也試著勸過她娘，可是在丁春花和她所處的時代，縱然三妞說到口乾舌燥也沒什麼用。掐準她娘的心理，丁春花再心疼油也不會阻攔她的。

泡過大料水的蠶豆倒入熱油鍋，屋裡的四人倏地聞到一股濃郁的香味，段守義霍然起身靠近油鍋。

杜三妞忙蓋上鍋蓋。「別離這麼近，當心濺你一臉油。」

段守義反射性捂臉，又忍不住說：「我記得蠶豆不是這個味。」

「你沒記錯，泡乾蠶豆的水裡加了鹽、香葉、花椒、八角和桂皮，現在應該叫它五香蠶豆。」杜三妞一頓，道：「姊夫，在你家酒樓裡，一碟少說能賣二十文吧？」

「二十文？」三人震驚。

杜三妞道：「打個比方，以咱們——」

「有人嗎？」

門口傳來的敲門聲打斷了三妞的話。

杜三妞疑惑道：「誰呀？」

杜發財道：「我去看看。」

「我去吧！」三妞指著鍋。「娘，盛出來。爹嚐嚐，比你的下酒菜香多了。」邊說邊往外走。「你——」

「我——」

兩人異口同聲。

三妞笑了，率先道：「你先說。」

「妳、妳先說。」來人對上杜三妞那雙像會說話的眼睛，再想到他的目的，不禁有些赧然。

三妞立刻就發現他不自在，見少年的黑色斗篷和頭髮上落滿雪花，鼻頭通紅，顯然在室外待很久了。「請問你找誰？」

「啊？我、我是衛若懷……不對，我不找誰，我是……是隔壁剛搬來的。妳家有、有掃帚嗎？」

衛若懷？三妞愣住，杜家村有這號人？

正當衛若懷以為會被拒絕時，就見面前的姑娘猛地睜大眼。

「你是衛相的孫子？回來上墳嗎？今年來得好早啊！」感慨一句後，從旁邊拿出一把掃帚。「還要別的？鐵鍬——」

「火鐮——」

兩人再次異口同聲。

三妞不禁想笑，見他鼻頭上的紅暈飛快爬上臉頰，善解人意道：「是不是要掃雪、燒水？」

「對對對！」活了十一年，第一次找陌生人借家家戶戶必備的東西，衛若懷當真不好意思。

三妞看出來了，然而她不是不開眼的人。「鐵鍬在那邊，你自個兒拿，我去給你拿火鐮。」

「謝、謝謝妳！」衛若懷連忙道謝。

三妞擺手。「不客氣，大家都是鄰居。」

「誰呀？」廚房裡三人的眼裡此時只有蠶豆花，見三妞拿著火鐮往外跑，丁春花隨口問一句。

「隔壁的。」三妞的聲音從外面傳進來。

丁春花還想問，就聽到三妞不知對誰說——

「需要什麼儘管過來拿。」

衛若懷微微搖頭。「不、不用，謝謝妳。」

「說了別客氣。」三妞想把門關上，抬眼看到少年笨拙地拖著鐵鍬和掃帚，怕他還有需要，乾脆兩扇門全打開。

丁春花問：「妳伯娘？」

「不是。」三妞家的房子坐北朝南，西邊住著她二伯，南邊和東面是路，路南邊住的是她大伯，而路東邊便是衛家，不怪她娘這般問。「衛家來人了，正打掃屋子，向咱家借掃帚，看樣子是衛相的孫子。」

杜發財詫異。「妳看錯了吧？應該是衛家的僕人。」衛家每年清明前後都會打發僕人來上墳，修葺破損的老宅。

「穿錦袍，罩斗篷，不是衛相的孫子也是近親。」三妞對除了家人以外的任何人都不關心，見她爹捏著剛出鍋的蠶豆花，便道：「先嚐個味，放涼更好吃。姊夫，少吃點，我得給大伯和二伯送點。」

「下次再送。裝一點回去讓我爹嚐嚐，看能不能擱店裡賣。」

段守義話音落下，杜發財便道：「總共沒多少，想賣回去自個兒做。三妞，給衛家送點。」

剛跨進大門的一老一少猛然停下步伐，相視一眼，轉身想回去，卻聽到脆脆的女聲響起——

「給他們送什麼？人家從京城來的，什麼好東西沒吃過啊？」

「他們吃他們的，我們送我們的。」杜發財待人處事極其講究。「大冷的天，妳也不知道叫人家進屋喝口熱茶，誰都像妳一樣，老鄰居之間還怎麼相處？」

三妞腹誹，前世門對門住好幾年連彼此長什麼樣都不清楚，日子不照樣過？「等他再來，我就叫他進屋喝茶。」

「妳是不是覺得我——」

「爹。」段守義打斷他的話。「三妞沒招呼，估計是因為不認識他。話說回來，離清明還有一個半月，衛家人怎麼這時候回來？往年也這樣？」裝作很好奇，其實是想轉移話題。

「不這樣……」丁春花說著，一頓。「別是出什麼事了？」

「不可能！」杜發財拔高聲音，像被人踩到尾巴。「衛相的兩個兒子都在朝為官，閨女嫁給皇長子，那是太子的嫡親哥哥，誰家出事他家都不會出事！」

「嗤！」三妞哼一聲。

杜發財皺眉。「妳笑什麼？」

杜三妞捏著個蠶豆花「喀嚓」地吃著。「笑你比小麥那小子還天真，他都知道站得越高摔得越狠。」見她爹一臉不忿，又說：「不說別人，就說我姊夫吧！他媳婦姓杜，假如他家的廚子姓杜，掌櫃和跑堂也姓杜，你覺得我姊夫會怎麼想？是不是老覺得咱們想霸占他的家業？」

「我可沒這樣想過！」段守義下意識看向丈人，就見杜發財眉頭緊皺，段守義心裡一咯噔。「三妞，妳別亂講！」

「我沒亂講。」三妞道：「你現在沒這麼想是因為除了我姊，你家沒有第二個姓杜的人。」頓了頓。「但皇帝家可不是這樣。衛相官至太傅，兒女有出息，聽學堂裡的夫子說，親家也不簡單，大兒媳是前禮部尚書之女，兒媳婦的妹妹是三品將軍夫人，皇帝一眼望去，不是姓衛的就是姓衛的姻親。爹，換成你……」三妞點到為止。

「……皇帝是明君。」杜發財動搖了，但情感上不信，在他看來，從杜家村出去的衛相是個為國為民的好官。

杜三妞不喜歡談論政治，見她爹死鴨子嘴硬，嘆氣道：「既如此，那我問你，皇帝身邊有小人嗎？」見杜發財臉色微變，三妞翻個白眼。「咱們離京城兩千里路，你都聽說過哪個大臣不好，你覺得皇帝老爺會不知道？」

「照妳的意思，皇上他老人家知道誰是佞臣，那為什麼還把人留在身邊？」段守義這會兒真好奇了。

三妞脫口道：「留著用唄！」

院中一老一少心中一緊。

丁春花不解。「小人能有什麼用？又胡說！」

「很好用。」三妞說：「比如有的大臣居功自傲，不把皇帝放在眼裡，皇帝老爺想處置他，又因為他身上有大功勞，若以莫須有的罪名治他，一來會讓朝臣寒心，二來會引起百姓議論，這時候就可以拎出佞臣，待皇帝把不順眼的人處置後，來一句受小人蠱惑，誰能說什麼？最多說句皇上一時不察。還有，佞臣愛搬弄是非，有他們在，朝中大臣每天做事都會戰戰兢兢、認認真真，恐怕一朝不慎，把柄落到小人手裡，繼而傳到皇帝耳朵裡，他們的官帽不保。」

「我懂了，制衡。」段守義上過幾年私塾。「所以，衛家出事了？」

院子裡的兩人瞬間豎起耳朵。

三妞聳聳肩。「應該沒有，來借東西的人和我差不多大，髮髻上的簪子看起來像骨製的，穿著帶毛的斗篷，腳上是皮皂靴，張眼一看沒啥特別，可是他那斗篷的毛，我總感覺是狐狸毛，靴子像鹿皮。」

「妳見過幾個？」杜發財一聽老鄰居家沒事，臉上再次浮現出笑意，然而一想三妞說的話，又問：「妞啊！妳覺得衛相他……妳能想到的，他也能想到吧？」

「我想到的大多數當官的都能想到，端看捨不捨得。」杜三妞看向段守義。

段守義這次沒等她胡說，立馬道：「讓我關上酒樓回鄉種田，我捨不得。」

「你……」杜發財轉向他。

段守義連忙把蠶豆遞過去。「爹，不吃我全帶回家了。」

「天沒黑就開始作夢。」杜三妞伸手奪走。「娘，鎖櫃子裡。大姊夫，申時了，你還不回去？」

段守義見雪還在下，笑道：「早點做飯，我和妳姊吃過晚飯再走。」

「祖父……」院子裡的少年拽一下老者身上的斗篷，老者活動一下有點痠麻的腳，往後退幾步，輕咳一聲。「有人嗎？」

「誰？」杜發財伸頭一看，頭髮半白的老者站在門口，忙擦擦手迎上去。「您找誰？我去給您喊。」

老人微微一笑。「找你啊！杜家三小子。」

杜發財臉上盡是疑惑。「您認識我？」

「你小時候說長大也要像我一樣當官老爺，忘了？」老人笑問。

杜發財不禁撓頭。「我說過？」

「說過。」

丁春花聽到動靜也走出去，見他身邊跟著個少年，身上穿著的就是黑色斗篷，遂福至心靈地說：「您、您是衛相？」

「相爺？」杜發財下意識重複，話說出口，意識到來人是誰，不禁瞠目結舌。「您、您老怎麼回來了？您不當──」

「爹，外面正下雪，有話進屋裡說。」三妞心中一突，恐怕她爹太實誠，三言兩語把親閨女賣了；卻不知，她說的話早被人家聽個完整，且偏偏被她說對了。

衛相的老伴去年夏天過世，按照朝廷規定，兩個兒子得守孝，但皇帝不放人。衛相試著請辭，皇帝只象徵性說句挽留的話，謹慎一輩子的衛太傅還有什麼不懂？於是把大兒子和二兒子家的長子都帶來，名曰替父守孝，實則伴君如伴虎，他日兒女若在京城出什麼事，衛家後繼還有人。

衛相見從廚房裡出來個小姑娘，心想說話的人應該是她，沒想到鄉野之中還有如此聰慧明白的姑娘，等人走近，衛相臉上標準的微笑不自覺抽動一下。「這是你閨女?!」

「是不是不像？」儘管衛相掩飾了，杜發財還是能從他震驚的語氣中聽出來。「孩子會長，專挑我和她娘好看的地方。三妞，叫人。」

「衛爺爺、衛小哥，進屋吧！」三妞非常懂事。「我去給你們倒茶。」

一老一小暗笑不已，但面上不顯。「不用、不用。三小子，我來找你還有件事。」

「您說。」杜發財一邊把人往屋裡請，一邊說。

「我們家沒有乾的柴火，我見你家門口有麥秸，想向你借點，趕明兒雪停了叫家裡的小子上縣裡買來還你。」衛相真是為柴火而來，只是沒想到還有意外「驚喜」。

杜發財爽朗一笑。「我當什麼事，儘管拿去燒，家裡就是柴多！」突然想到，又問：「您、您是不是還沒吃午飯？」

衛相想說「吃了」，卻聽到「咕嚕～～」一聲，循聲看去，他家大孫子滿臉通紅。

衛若懷喃喃道：「祖父……」

衛相無語，衛若懷恨不得找個地縫鑽進去。

三妞反應極快。「爹，我去給衛小哥做點吃的？」

「對、對，做那什麼羊肉，我記得咱家有羊肉。」杜發財說：「還在吧？」

「在，姊夫上午拿來的。」三妞特意說給爺孫倆聽，她家肉新鮮著呢！「衛小哥吃山藥嗎？」

「你們家還有山藥？」衛相喜歡。

杜發財說：「窖起來的。妞，做羊肉燉山藥。」

「再炒兩道菜。」一直沒能插上話的段守義提醒岳父。

杜三妞一想，只做個湯的確不像樣。「娘，去拔點蒜苗，留著炒山藥。我去洗菜，爹……」衝他遞個眼色。

杜發財沒看懂。

三妞又衝廚房呶呶嘴。

杜發財這才反應過來。「瞧我這腦袋！相爺，先坐。三妞娘，去跟相爺家的人講一聲，說相爺在咱家用飯，咱家的柴火他們隨便燒。」一邊說邊往廚房走。

三妞找羊肉，丁春花去傳話及拔蒜苗，轉眼間堂屋裡只剩下段守義、衛相和衛若懷，段守義簡直哭笑不得。「衛大人，您喝茶，我爹娘就這樣。」

「你是小三的大兒子？」人情練達的衛老對杜發財的熱情接受良好，坐下就去端茶杯。

段守義笑道：「我是杜家半子。」

杜發財一手端著蠶豆花，一手拿著兩副筷子走進來，見段守義正給自己續水，放下東西朝他胳膊上就是一巴掌。

「爹怎麼越來越像三妞？一口茶而已。」段守義很委屈，他堂堂一個大活人居然不值一碗茶。

杜發財瞪他一眼。

衛若懷下意識拉住衛相的衣服。

衛相看出段守義並沒有不快，又看了看白瓷碗中淺碧色、清可見底的水，若有所思道：「瞧這茶水和咱們以前喝的很不一樣，是什麼茶？」

衛相上次來杜家村是二十多年前，他父親去世時，那時杜發財正努力賺錢娶妻，別說喝茶了，茶鋪也不敢進去，也就不知道衛老口中的茶到底什麼樣。然而，一心想招待好鄰居兼童年崇拜的人的杜發財渾然沒發現他的話有什麼不對。「清茶，裡面加點桂花。相爺、衛小哥，先吃這個墊墊肚子，三妞一會兒就做好飯了。」蠶豆花推到他們面前。

爺孫兩人相視一眼。蠶豆花、加了桂花的茶？這都什麼跟什麼啊？能吃、能喝嗎？衛相人老成精，雖心生懷疑，但面上並不顯；衛若懷即便比同齡人早慧，畢竟只有十一歲，還未學會管理自己的表情。

「真的很好吃！」杜發財見他遲疑，想伸手捏個吃給他們看，手伸到一半，突然意識到眼前的人不是土生土長的鄉親。「守義，給我拿雙筷子。」

「別，我信，信你。」衛相猜到他的意圖，挾一個，「喀嚓」一聲，一吃，竟又酥又脆？衛相僵住了。

「祖父？」盯著他的衛若懷很擔憂，怎麼真吃了啊？

衛相的回答是繼續挾蠶豆。

杜發財見狀，咧嘴笑道：「我說得沒錯吧？」

「沒……」衛相嚥下蠶豆，迫不及待地端起清茶，呷一口，茶葉的清香，桂花的濃郁，混合著蠶豆的醇香，頃刻間在嘴裡蕩開，衛相無法用語言形容，於是再次挾蠶豆、喝口茶。

「祖父？」急壞的衛若懷避開杜發財和段守義的視線，在他胳膊上掐一下。好吃不好吃也給句痛快話呀，他還餓著呢！

衛相胳膊一痛。「哎呀，你幹麼？」蠶豆滾到地上，轉頭對上孫子惱怒的小眼神，衛相老臉一紅，竟把大孫子給忘了。「挺好吃的！三小子，蠶豆也是自家做的？」

「對，剛做好。」杜發財剛拿張凳子坐到他對面，就聽到叫喚聲傳來——

「爹，過來幫我燒火。」

「喊妳二姊。」杜發財還沒顯擺完好吃的，哪能離開？

杜三妞衝櫃子裡的臘肉翻個白眼，是親爹嗎？「大姊和二姊在娘洗蠶豆的時候出去了，你忘了啊？」

杜發財渾身一僵，抹一把臉。「那什麼，她倆又沒告訴我。守義，燒火去！」

衛相張了張嘴，想說他們吃蠶豆就行，大老爺們燒火不像樣！結果就看到段守義起身，臉上沒有半分不願。剛剛回到老家的爺孫倆不約而同地看向對方，無聲地問彼此：這裡是杜家村？

奇怪的茶，奇怪的蠶豆，怎麼連人也很奇怪？不是衛相見識少，他活了一輩子，就沒見過男人進廚房。當然，軍隊裡的伙夫、家中僕人除外。

「吃呀！」杜發財見一老一少停下筷子，立刻拎起砂壺添滿杯。

滾熱的香氣飄出來，衛相爺顧不得奇怪眼前的種種不同。「這裡面有茶葉？它……它怎麼沒倒出來？」

「哦，茶葉在紗袋裡面。」杜發財第一次喝到清茶時也很好奇，以己度人，便掀開蓋子舉到爺孫兩人面前。

兩人便看到壺中央飄著一個嬰兒巴掌大的白紗袋。

「好巧的心思！」衛相不吝讚嘆。

杜發財與有榮焉道：「都是我三閨女弄的！她啊！喜歡擺弄吃的、喝的。」

「三妞？」衛相不由自主地想到之前聽到的話。「用油炸蠶豆也是她想出來的？」

「對。」杜發財沒想過隱瞞。「三妞會的東西可多了，我覺得她上輩子一定是個廚子。」

「即便是廚子也是御廚級別的。」如果沒聽到三妞的那番話，衛相會以為杜發財誇張，而現在……「我還沒吃過蒜苗炒山藥，可得好好嚐嚐。」

「一定要嚐嚐！」衛相沒拿出官老爺的派頭，還一直笑咪咪的，杜發財又是在自己家，不知不覺就忘了對方是太子的老師，誇起三妞做的菜。

饒是三妞前世練就厚顏無恥，聽到堂屋裡不斷傳來的笑聲，依然忍不住臉紅。

「爹怎麼什麼話都往外說？」聽到她爹說她第一次做飯時差點把自個兒燒死，杜三妞氣惱道：「娘，去看看！」

丁春花正在洗蒜苗，頭也不抬地道：「妳爹又沒說錯。」撈出蒜苗，準備洗山藥。

「等等，皮削掉再洗！」杜三妞讓段守義幫她割兩斤臘肉，此刻正踮著腳看鍋裡的臘肉煮到什麼程度，瞥見她娘的動作，慌忙攔住。

「削皮？」丁春花手一抖。「山藥滑得跟泥鰍似的，我怎麼削？」

杜三妞說：「用布包著。」以往煮山藥都是連著皮一塊兒煮，然而炒山藥卻不能。「娘，衛相家就他和衛若懷兩個主子回來嗎？我之前看了一眼，門口好幾輛馬車呢！」

「聽說還有個小孫子，路上睡著了。」丁春花頓了頓。「要不要給他留飯啊？」

「要留什麼，做好飯後妳問問衛大人。」三妞說到做飯，扔下勺子。「姊夫，快去把羊肉拿來，我差點忘了，羊肉得提前燉，不爛他吃不動。」衝堂屋呶呶嘴。

段守義也猛然想到，衛相兩鬢斑白，已不再年輕。「大鍋煮肉，小鍋炒菜，擱哪兒燉？」

「堂屋裡燒水的爐子。」昨兒突然降溫，三妞讓她爹把燒炭的爐子點著放在堂屋裡，一來暖著屋裡，二來爐子上溫著水，洗手、洗菜、洗臉都可以用。

杜大妮和二丫婆家有錢，不需要杜發財幫襯，小閨女年齡小，杜發財又不用存娶兒媳的錢，因此三妞一說，他就把爐子點著了，又特意去縣裡買了一簍子炭。路上遇到李月季，自然免不了被她念叨不會過日子。

杜發財笑笑，心想有錢不花，難道留著帶去那陰間？

段守義卻巍然不動。「娘，妳去搬火爐子，我去爹又得說我，剛才想喝口茶，他都不捨得。」

「我也不捨得。」杜三妞立馬道：「我就沒見過三天兩頭來老丈人家蹭飯的！姊夫，你見過？」不等他開口，又道：「嫌棄你都活該，要不是衛相過來，信不信爹現在就趕你回家了？」

「妳告訴我紅燒肉、糖醋魚、地鍋雞如何做，我絕對不會一有空就來。」段守義和大妮成親一年多，擱在別人家還是個新女婿，怎奈這廝從小便知道察言觀色，後來又在幫他父親買菜、結帳、招攬客人中，練就了一副銅臉鐵皮。和大妮成親前，杜家見到的段守義是個靦覥、老實穩重的小夥子，後來當三妞做出比他家廚子做的還好吃的菜，在詢問做法時，杜三妞不理他還懟他後，段守義便撕掉了偽裝。

杜發財因此不止一次擔心，二女婿也是個表裡不一的傢伙。

「姊夫，做人不能貪得無厭。」用筷子戳一下臘肉，見差不多了，杜三妞就讓她娘撈出來，隨後丁春花切羊肉，三妞便說：「姊夫，看清楚步驟，不准再說我小氣。」

「我看著呢！」段守義添把柴火就站起來。

三妞挖塊豬油放鍋裡，片刻後，鍋裡開始冒青煙。蔥花、生薑放進去煸炒出香味，倒入山藥片翻炒至鍋乾，加黃酒、鹽和蝦皮味精，點一點醋，放入蒜苗，待蒜苗顏色變深，三妞立馬讓開。「娘，盛出來吧！」

「這就好了？」總共沒用一碗茶的工夫。「熟了沒？」段守義懷疑。

三妞不答反說：「你可以吃別的。」

「可是他不捨得。」丁春花把羊肉遞給閨女。「接下來切臘肉？」

去年這個時候，丁春花把三妞當成廚房殺手，不過半年，她就淪為三妞的下手。丁春花有時候覺得，如果不是三妞太矮，做飯還得踮著腳，不准進廚房的人會變成她自己。

「嗯，切成薄片。」

段守義不樂意，還是去把爐子拎來了。

三妞把燉羊肉的砂鍋放爐子上。「姊夫，看著點，鍋開喊我。」

「妳幹麼去？」段守義見她往外走。

杜三妞說：「除了喊我那兩個不歸家的姊姊，能幹麼去？」說完往外走。到門口碰見個比她矮半頭的小子，見對方穿著白色斗篷，到處張望。「衛二公子嗎？你爺爺和大哥在我家。」指向自家大門。

「妳……妳好漂亮啊！」小孩眨眨大眼，三兩步走到她面前，不倫不類地作揖。「姑娘，請問妳叫什麼名字？我喜歡妳！」

三妞一個趔趄，低咒一聲，抬眼見胖乎乎的小孩清澈的眼裡是純純的欣賞，頓時又想笑。「謝謝你的喜歡。」

「姑娘，妳還沒告訴我叫什麼名字。」小孩直勾勾盯著她，執意要答案。

三妞扶額。「你爺爺喊你呢！」

「嗄？」小孩愣了愣神。「我祖父？什麼時候？我怎麼沒聽見？」

「剛才，從我家傳出來的。」三妞再次指著她家大門。小孩估計怕衛相，見她說得煞有介事，反射性轉身，但腳剛抬起來又頓住。

「這兒是妳家啊？姑娘。」

「對。」就見小孩面上一喜，不待他開口，三妞趕緊又說：「看看衛大人找你什麼事？」

「哦，好。」小孩到嘴邊的話嚥回去，不敢繼續磨蹭，但又不想和漂亮姑娘分開。「妳幹什麼去啊？快去快回，我在妳家等妳。」

三妞無語，這位真是衛家的孩子？怎麼和小結巴衛若懷一點兒都不像？「好，我一會兒就回來。」

衛相和衛若懷喝著茶、吃著蠶豆花，偶爾和杜發財聊兩句，不知不覺碟子見底，正想掩飾一番他們不是貪吃鬼時，門口傳來熟悉的聲音，老狐狸很自然地放下筷子。

衛若懷則順勢起身。「若愉，你醒啦？」滿眼驚喜，小子來得真是時候。

「大哥在這兒幹麼？」衛若愉對三妞的話有絲懷疑，總覺得被敷衍了。當真見祖父在人家屋裡，又覺得他眼光好，姑娘人美心善良，怕他祖父問，於是先發制人。「剛才喊您怎麼不答應？您和大哥出來也不叫我，嚇得我以為你們回京城了！」

衛相並不知道他被杜三妞糊弄了，見他一臉控訴，老臉再次紅了。「快來吃蠶豆花。」

轉頭一看……

衛若懷都替祖父尷尬了。

杜發財未察覺，順著衛老的視線才發現。「啊？沒了？我再去盛點！」拿起碟子。

「伯父，不用了。」衛若懷攔住。「你家快做好飯了。」

「也對，我們等著吃飯。」杜發財長得精明，人特實在，丁春花當初便看中他這點，聽到衛若懷的話，杜發財不但坐回去，還繼續說：「三妞也說過，油的蠶豆吃多上火——」

「三妞是誰？」衛若愉突然打斷他的話。「剛才出去的漂亮姑娘嗎？」

「若愉！」

「衛若愉！」

衛相和衛若懷異口同聲。

杜發財心中一突。「怎、怎麼了？」

「沒事。」衛相見他嚇到，不好意思地說：「這小子有個臭毛病，見著好看的人就不想走，無論男女。」瞪小孩一眼。「再讓我看見你亂纏人，趕明兒就送你回京城！」

衛若愉最怕他爹了，他爹是半個武將，發怒揍起人來衛家沒人能攔住。衛相當初問衛若愉願不願意跟他一起回老家時，本還擔心五歲的衛若愉離不開父母，誰知這小子恨不得放炮竹慶祝。

「祖父！」衛若愉大驚失色。「我又沒纏人，您不能不講道理啊！」

衛相道：「三妞是你姊姊，和若兮一樣。」

「什麼？」小孩再次變臉，衛若兮乃他堂姊。「那……那她豈不是不能當我娘子？」

「咳咳……」杜發財被口水嗆到。

衛若懷朝堂弟腦門上拍去一巴掌。

衛相則忙對杜發財說：「老三，別緊張，我這個孫子對誰都只有片刻熱度。」

衛相準備在老家養老，即便有心隱瞞衛若愉的秉性，時間長也隱瞞不了，倒不如和盤托出。「其實不光人，貓貓狗狗好看的他也喜歡。」

「祖父，我什麼時候要娶貓貓狗狗？」小孩大叫。「您這樣講，以後誰還願意嫁給我？」

「剛才不是說想娶我，怎麼還有別人？」三妞回來就聽到這句，遂打趣道：「才一會兒工夫又喜歡上別人啦？幸好我沒當真。」

衛若懷反射性抬頭，一看她眼中盡是促狹，只靜靜地觀賞堂弟的小臉變得通紅。

小孩吭哧道：「不是的，我沒喜歡別人……」一想到他在京城幹的豐功偉績，下意識看向他堂哥。不准說出去！

衛若懷想開口，就聽到聲音響起——

「三妞，羊肉好了！」

「啊！我這就來！」三妞邊走邊說：「爹，舀熱水洗手，咱們吃飯。」到廚房把羊肉湯上面的浮沫撈掉，放入薑、小蔥、山藥。「姊夫，燉羊肉的時候也可以加枸杞，最好放點黃酒。」

「這樣就成了？」亓國人吃羊肉多是烤，冬天和薑一起燉，雖然羊羶味重，架不住羊肉湯喝著暖和。

三妞說：「對，黃酒去腥，而且黃酒的香味濃，用來做菜能增香。」

「做魚、燉肉的時候是不是也可以放黃酒？」段守義問。

三妞點頭。「素菜別放，放了味道怪怪的。」又放一勺蝦皮味精進去。

杜大妮不禁咂舌。「妞做飯真講究。」

「大姊做衣服也講究。」農家宴客女人不上桌，所以對兩個姊姊回來家裡卻不去堂屋，反而擠在廚房裡不意外。「二姊，燒火，我炒臘肉。姊夫，把山藥和饅頭送堂屋裡。」

「等會兒，我看妳怎麼炒。」段守義為了偷師，一動也不動。

杜三妞送給他個白眼。「和炒山藥差不多。」說話間，把臘肉倒入滾燙的鍋裡，煸炒至臘肉透明後，加入醬油、鹽、胡椒粉。

段守義指著喊道：「哪裡一樣？妳炒山藥的時候就沒放醬油！」

「山藥放醬油還能吃嗎？」三妞瞥他一眼。「虧你家開酒樓，白色清爽的山藥變成黑糊糊的，給我錢我也不吃。」

段守義噎住。「妳、妳……」

「別你了。」杜大妮把饅頭給他。「她上過好幾年私塾，夫子還誇她有狀元之才，你能說得過她啊？」

「我……我是說不過她。」段守義哼道：「可是我也沒這小妞說得那麼差勁啊！」

「不差勁、不差勁。」杜大妮連哄帶推，把人推出廚房，對三妞說：「給妳姊夫留點面子，姑娘家別太厲害，沒男人喜歡妻子比他高一頭。」

「離我嫁人還早呢！」三妞弱弱地說。

大妮見此又覺得她話說得重了點。「妞啊！妳就算改不了，以後在自家相公面前也別表現得比他知道得多、比他聰明。」

「那當然。」三妞上輩子可不是白活的，邊說邊把臘肉盛出來。

丁春花送到堂屋裡，回來便看到案板上多了一碟山藥和臘肉。

杜三妞遞給她娘一雙筷子。「咱們也吃吧！」

「羊肉湯還得燉多久？」丁春花問。

杜三妞說：「吃到差不多的時候。對了，娘，去我屋裡拿碗和勺子。」訂做的餐具和桌子都在三妞屋裡。三妞對衛相雖沒她爹熱情，但也知道和衛相家處得好，日後縣太爺見到她爹也會給三分薄面，所以貢獻出沒用過的餐具，三妞沒半分不捨。

再說堂屋裡五人，衛相坐主位，杜發財坐東，衛若懷兄弟倆坐西，段守義坐在南邊背對著門。

段守義接過丈母娘送來的臘肉，直接放在衛相面前。「大人，時候短，三妞只做兩道菜，羊肉湯還沒好，您別嫌棄。」

「叫什麼大人？」眼前的兩道菜衛相沒吃過，迫切想嚐嚐，面上依然表現得把蒜苗炒山藥和臘肉當成最普通的農家菜般。「我和你爺爺同輩，喊我爺爺。」

衛相這樣講，段守義卻不能這樣喊。「衛老，您是吃包子還是吃饅頭？包子裡是薺菜、豬油渣和冬菇。」

饅頭誰沒吃過？衛相便道：「給我包子。」

衛若懷最瞭解他祖父，也跟著說：「給我包子。」

段守義乾脆端起饃筐讓他們自個兒拿。「待會兒再喝湯。」

衛相不由得多看他一眼，不懂他為什麼又多說這一句？難道包子不怎麼樣？衛相咬一口，登時覺得自個兒小心眼，人家只是提醒他別吃太多，等等還有湯。

冬菇味重，被薺菜分去只剩下鮮香，加豬油渣的餡料既不油膩又不寡淡，而包子皮是雜糧，據衛相目測，麥麵多，豆麵少，麵皮吃起來不像純豆麵散，也不像白麵那般緊實，很是鬆軟。

「好吃！」衛若愉是個直接的娃兒，喜歡就是喜歡，不喜歡就不喜歡。「杜伯父，你家包子真好吃，雖然看起來黃黃的，有點醜。」

「咳……」杜發財哭笑不得。「別光顧著吃包子，山藥也好吃，相爺可以吃嗎？」

「杜家村可沒什麼相爺，喊叔。」衛相道：「別看我頭髮白了，告訴你，我一口牙可是沒掉一個！」

「這樣啊！」段守義起身去廚房端羊肉湯。

衛家爺孫喝完沒有幾多羶味的羊肉湯後，衛若愉已經對三妞不感興趣了。「祖父，明天還來杜伯父家吃飯！」

衛相想點頭，衛若懷卻說：「明天我們自個兒做。」

「咦？你說話不結巴？」和丁春花一起收拾餐桌的三妞驚訝道。

「不、不結巴。」衛若懷一出口，臉一下紅了，急切道：「我、我……我真的……不結巴。」

杜三妞想笑，又覺得不厚道。「嗯，我知道，你不結巴。」

可是她眼中的笑意……衛若懷恨不得鑽桌子縫裡去。

衛相若有所思地看他一眼，起身道：「謝謝你們，今天的菜很好吃。」頓了頓。「趕明兒能不能讓我家的廚子跟你們學學？」話是對杜發財說的，眼睛卻看向杜三妞，顯然衛相比兩個孫兒清楚，杜家一屋子大人，但當家人其實是個小丫頭。

「當然可以，不過，我家吃飯晚。」農村人起得早，卯時天濛濛亮就起來了，杜發財夫婦也不例外。但自打去年夏天做飯的人變成三妞後，夫妻兩個不捨得小閨女起那麼早，因此他倆會先打掃好豬圈及牛圈、把牲口餵好、到地裡鋤一些草，才回來喊三妞起床。

「天氣冷，我起得也晚。」衛相的話音落下。

衛若愉撇撇嘴，一個月前卯時就去上朝的人是他吧？為了能吃到美味的飯菜，直率的衛小少爺難得沒背後捅刀。

杜三妞一家把衛家爺孫送出去，便看到衛家大宅門口圍滿人，粗粗一看，杜家村的老少爺們兒皆在。

小麥踩著稻草鈎織的木屐跑過來，嚇得三妞迎上去。「慢點，別摔著！」

「不會的。」小孩嘿嘿笑著，偷偷瞄她身後的三人一眼，用自以為很小的聲音說：「三姑，那個老頭是太子爺的夫子？」

「對，另外兩個是他孫子，你得喊叔叔。」衛家的輩分並不是隨杜家村，三妞想到她爹喊衛相叔叔，乾脆依著她家輩分算。

杜小麥在三妞面前可調皮了，對上穿著皂靴、華麗斗篷的衛家兄弟，小孩心中陡然生出一股自卑，儘管他從不知什麼是自卑。

衛若懷見小孩裹足不前，輕輕推一把堂弟。

衛若愉接到大哥的指令，走過去。「咦，你怎麼穿草鞋？不怕凍腳嗎？」

衛若懷眉心突地一跳。

「不凍腳。」三妞道：「鞋裡面墊著麥秸，小麥還穿著襪子。」鞋跟有五公分高，下雪的時候穿再好不過。

「看起來挺好玩的樣子。」衛若愉盯著小麥腳上的木屐。「就是有點醜，我能試試嗎？」

「嗄？」杜小麥傻眼，抬頭看向他三姑，怎麼一回事？

三妞道：「小麥的鞋你穿著大，趕明兒叫你家人給你做一雙。」

「嗯，得做好看點！」

衛若愉的表情太過認真，以致他回到家後，衛若懷就問弟弟。「你真穿那個什麼草木屐？」相比堂弟逃一般地離京，衛若懷對老家沒半分嚮往。

衛相跟衛若懷說出他的打算後，少年根本不想和同窗好友分開，不願遠離父母弟妹，不捨京城繁華，但他還是跟隨祖父來到建康府廣靈縣杜家村。然而，衛若懷作夢也沒想到，進村第一天會碰到比郡主表妹還要美的姑娘，吃到在京城酒樓裡也吃不到的美味。

衛若懷心中的諸多不願，經過一頓飯後，只剩下對父母的思念，而有祖父和堂弟在身邊，這份思念又少了許多；只是……草木屐，衛家大公子暫時不能接受。

「三妞姊說穿著暖和，想必那木屐一定很舒服。」衛若愉頓了頓。「大哥，明天起早點，讓錢娘子去跟三妞姊學做飯，我可不想吃蒸肉、水煮菜。聽杜小麥講，三妞姊會做好多好吃的，她那麼美又那麼厲害，祖父為什麼不同意我娶她？娶到咱家，天天能吃到好吃的。」

「三妞是你姊姊。」衛若懷臉色一沈。

小孩嗤一聲。「當我是一歲的若恒？我們和杜家不同姓，又不是親戚，我怎麼不能娶她為妻啦？」亓國開國皇帝規定，三代以內直系親屬不得通婚，衛若愉雖弄不清自己的親戚都有哪些人，但不包括杜三妞。

衛若懷心梗。「反正，祖父說不能就不能，不怕祖父把你送回京城，儘管試試。」

隔著門光明正大偷聽的衛相暗笑不已，過一會兒，兩個孫子扯到別處，他才高聲喊。「天快黑了，你倆怎麼還不洗洗睡覺？今天坐一天馬車不累嗎？」

「洗，我們這就去洗腳、洗臉。」衛若懷脫掉斗篷，喊僕人進來伺候。

杜大妮和段守義走後，杜發財鎖上院門。「三妞，二十九下午趙家來送聘禮，做什麼給他們吃？」

廣靈縣娶親的風俗是出嫁前一天下午，男方把聘禮送到女方家中，路途遙遠的留飯，路途近的放下聘禮、喝碗茶水便回去，待新婚後第二天夫婦回門，中午再和女方家的賓客一塊兒吃宴。

杜家村離廣靈縣不足七里，丁春花的意思不留飯，三妞沒同意。兩家商定聘禮時，杜發財不指望嫁女發橫財，便對媒人說隨便趙家拿多少，只是額外要了一頭豬。

媒人聽到杜家的要求直皺眉。家境好的人娶親拿牛肉，家境不好的也會拿半隻羊，豬肉？她當二十多年媒人，從未見送聘禮那日送豬肉的；然而杜家嫁女，主動權在女方，媒人心中不解，還是把話傳到趙家。

杜三妞反問：「來多少人？」

家具、棉被杜家出，趙家來人送些酒肉菜和銀錢。「一桌人差不多了。」有杜大妮嫁人在前，那次沒要豬肉，杜發財想著這次得多兩個送豬肉的人，便道：「準備兩桌人的飯。」

三妞點頭表示知道，催爹娘去休息，回到屋裡就開始擬菜單。

第三章

翌日，丁春花見門口站著個四十來歲的婦人。「妳是？妳是衛家的廚娘吧？怎麼稱呼？」

「我夫家姓錢，喊我錢娘子就行。」來人被主子攆來跟鄉野村婦學做飯，萬分不願，好在她知道自己是僕人，看到丁春花非但沒敢露出鄙視，見她掃雪，還拿起鐵鍬幫她鋤雪。

何況，衛若懷就在一路之隔的衛家院裡站著，錢娘子她必得好好做事啊！

「不用，我自個兒來就行。」老話說得好，相爺府的丫鬟配七品官，丁春花一聽她是管家娘子，哪敢讓她動手？

杜三妞昨晚將近亥時睡下，也比她前世熬到半夜睡得早。睜開眼的三妞在被窩裡磨磨蹭蹭，直到聽見她娘問她爹「早上吃什麼，我先把菜洗好」，才穿著襖裙爬起來梳頭。

「娘，洗兩個蘿蔔，做蘿蔔餅。」

聲音從東邊傳出，錢娘子張嘴想問什麼是蘿蔔餅，就看到從裡面走出個姑娘。「這是妳三閨女？」錢娘子來之前，衛若懷特意交代，對杜三妞放尊重點。錢娘子一凜，她是瞧不起鄉村僕婦，可又沒表現出來，大少爺怎麼發現的？

「不是，是我二閨女。二丫，去燒火，煮幾個雞蛋。」丁春花舀了盆熱水。「錢家嫂子，妳坐。」端著盆，去最東邊的房間裡。

丁春花再次出來，就見她身後跟著個小姑娘，烏黑的劉海濕漉漉的，小臉雪白，眼睛黑亮，顯然剛洗過臉。錢娘子下意識看向只能稱之為清秀的杜二丫，問：「那是妳妹妹啊？」

杜二丫不雅地翻個白眼。「是，不是從草地裡撿來的。」

錢娘子尷尬地笑了笑。「我、我不是這意思。」

「知道妳什麼意思，反正不是妳一個人這樣講。」杜二丫已從最初的羨慕嫉妒到如今的麻木，掏點小米倒鍋裡，一邊燒大鍋煮粥，一邊燒小鍋煮雞蛋。

丁春花切好蘿蔔絲後，杜三妞拿出胡椒粉。「嬸子，胡椒樹山上就有，村裡人每年都會上山採胡椒拿去縣裡賣，妳找村裡人買點，比縣裡賣的便宜，用小石磨磨成粉，放蘿蔔絲裡面。」麵粉倒蘿蔔絲上面，打兩顆雞蛋，添鹽和乾蝦米，倒水攪拌成糊狀，鍋裡的雞蛋也差不多熟了。

錢娘子看到鍋裡的油冒青煙後，三妞踮著腳舀兩大勺蘿蔔絲麵糊放進去，用勺背攤勻，煎至兩面金黃，濃郁的香味不講道理地鑽進錢娘子鼻子裡，錢娘子不禁嚥口水。「真香。」

三妞笑了笑，並沒把她當成多貴重的人，像和村裡人話家常。「豬油煎東西最好吃，不過書上說，豬油不能多吃，最好用麻油。」

「書上說的？」錢娘子以為聽錯了。

杜二丫接道：「我妹妹上過幾年私塾，她不指望考秀才，書上的字都認識就不去了。」

「幾年就全都認識？」錢娘子不信，盯著杜三妞，恨不得把她看出個花來。

每當這時，二丫總是最高興，與有榮焉道：「我家三妞可聰明了，腦袋比她的臉會長。」

「二丫！」丁春花哭笑不得。「去喊妳爹回家吃飯，又不知跑哪兒跟人家嘮嗑去了。」拿碗盛三個雞蛋，用碟子裝兩塊剛出鍋的蘿蔔絲餅。「錢嫂子，我也不留妳了，帶回去給相爺嚐嚐，我們中午早點做飯，妳再來跟三妞學。」

「行，給妳們添麻煩了。」錢娘子還以為這是送給她的，心裡可高興了，一聽是給主人家的，又忍不住嚥口水，到家就讓她閨女洗蘿蔔、煮粥。

衛家來到杜家村的第一頓早飯便是小米粥、蘿蔔餅，簡單得甚至簡陋，爺孫三人卻吃得特開心。

衛若愉又一次忍不住追問：「祖父，我為什麼不能娶三妞姊為妻？」

啪嗒！衛若懷手裡的勺子無情地掉在地上。「食不言，寢不語。衛若愉，你的規矩呢？」

衛若愉打個哆嗦。「我……人生大事重要還是規矩重要？規矩、規矩，天天規矩，大哥，再規矩不離口，我成親了你還沒人要！」

「若愉！」衛相皺眉。「好好和你大哥說話，三妞比你大五歲，她及笄你才十歲，怎麼娶她？要娶也是你大哥娶。」

「轟」一聲，衛若懷臉通紅，喃喃道：「祖父，不、不能這樣講，有損杜姑娘清譽。」

衛相瞥一眼低頭數米粒的大孫子，眼中閃過促狹。「我知道，這裡只有我們仨才說的。話說回來，三妞姑娘識文斷字，長得俊俏，又有一手好廚藝，說不定早訂親了。」

「也、也是呢……」衛若懷僵住。

若不是衛相盯著他，真發現不了。

衛若愉好生失望。「訂親了啊？那算了，小爺做不來強取豪奪的事。」三下五除二喝完粥，見天放晴，問：「祖父，我今天能去找杜小麥玩嗎？」

「去吧，休息一天，明天開始跟你大哥讀書。」衛相可是皇子的夫子，教兩個孫子綽綽有餘。

衛若愉哀嘆一聲，喊守在門口的小廝。「去把我屋裡的糖拿過來。」

衛相說：「待會兒自己去，村裡的孩子沒有小廝，若愉，想跟杜小麥玩，別顯擺家裡的事。」

「祖父放心，若愉有分寸。」衛若愉的外祖父是個小官，家裡的僕人滿打滿算三個，每次去外祖父家，他爹娘都會叮囑，飯菜不合口味也不准表現出來。

「若懷要不要出去逛逛？」衛相見大孫子往外看。

衛若懷想說「去」，一想到那個漂亮的巧姑娘訂親了，不知為何總感覺胸口悶悶的，遂搖頭道：「書還沒收拾，不去了。」

昨天一場大雪，到天黑不見停，村長的兒子挨家挨戶通知今兒學堂不開課。杜小麥吃過飯就往三妞家跑，到門口和衛若愉撞個正著。

兩個小孩一個六歲、一個五歲，衛若愉身上沒世家子的優越感，杜小麥性格活潑，又因對方比他小，便有意無意地讓著他，不一會兒，兩個小孩就成了好朋友。

杜三妞拎著籃子，拿著小鋤頭往外走，兩個小孩跟上去。

「三妞姊，幹麼去啊？」衛若愉問。

「去山上採冬菇，別跟著我。」三妞說：「小麥，帶若愉去村裡玩。」

從她家往西北走一里路，越過麥田便是一座山。山不高，但連綿數十里，至於山有多大，三妞並不清楚，反正她從沒見過有人從山的那邊翻過來，也沒聽說山上有人住。這也導致山裡物產豐富，板栗樹、金桂樹、野楊梅樹，種類繁多，長勢茂密，正應了靠山吃山。

「我也能幫妳採。」

衛若愉說完，小麥就朝剁小青菜餵雞的丁春花喊。「三奶，給我個薅鋤！」

「三妞一會兒就回來。」丁春花說：「你倆還小，路上有泥不好走，在家等著。」

杜小麥說：「路又沒化凍，哪來的泥？三奶懶得動直說便是，我自個兒去拿。若愉，等我啊！」拔腿往放農具的屋裡跑。

杜三妞真想抓過杜小麥揍一頓。「若愉，你身上的衣服不適合，想跟我一塊兒上山就回去換身短打，我等著你。」

衛若愉身著短曲裾，的確不適合爬山，回到家才知道衣櫃裡沒有短打，氣得朝丫鬟吼。「要這麼多衣服有什麼用?!」

丫鬟想說「短打是窮人家的衣服」，話到嘴邊改道：「少爺，穿騎馬裝可好？」

「只能這樣了。」衛若愉換上一身帥氣的騎馬裝。

今天雖說出太陽，但溫度不高，山上的蛇繼續冬眠，動物也窩在窩裡沒出來，可即便如此，三妞也不敢帶著兩個孩子往山上去。

三個孩子只在山腳下用薅鋤撥開地上的雪，找到三籃冬菇便打道回府。

回去的路上衛若愉問：「三妞姊，冬菇也可以炒著吃？」

「冬菇和小雞一起燉好吃。」三妞說：「過幾天我家有事，讓錢娘子來跟我學，這幾天先學幾樣簡單的菜，等她上手，自個兒就會做了。」

幾天看起來很長，對三妞來說也就幾頓飯的工夫。

正月二十九，地面還沒乾，天空又陰下來。晌午飯後，和鄉鄰熟悉起來的衛相穿著大氅坐在杜家堂屋裡，喝著清茶，吃著炒花生，和村長聊天。

下午趙家人來送聘禮，按照村裡規矩，遇上紅、白喜事得把村裡德高望重的人請過去。杜大妮成親時杜家請的是村學裡的夫子，臨到杜二丫變成了衛相。村長過來主事，不能讓杜發財出來招呼未來親家，便又請了幾個上年紀的人。

一屋子老頭聊得熱烈，突然聞到一股濃郁的肉香，衛相下意識往廚房看。「三妞在做菜？」

村長接著問：「三妞準備做什麼吃？」

去年農忙時村長有幸吃過三妞送給她爹娘的飯菜，從此以後，杜家村的人都學會用豬油炒菜。怕豬肉漲價，一個村七、八十戶、三、四百口人，默契十足地瞞下豬油炒菜一事，即便杜三妞早幾天跟二寡婦鬧得不痛快，二寡婦也沒把這事往外說。

三妞算是對杜家村的人無語了，要不要這麼奇葩啊？

「她叫我去縣裡買十斤豬肉，又殺兩隻公雞，應該是做肉和雞。」杜發財從不關心閨女做什麼，反正都好吃。

「那我等有口福了。」杜家準備飯菜，村長等人就得留下來陪客。「相爺晚上也別回去，三妞的手藝特好，她做的菜您在京城一定沒吃過。」

「我知道。」衛相也很期待，但他卻站起來。「回家換身衣服。」身披大氅，走起來搖搖晃晃，實在不莊重。

村長也發現他的衣服不適合晚上吃酒。「您慢點。」

「沒事。」衛相到家換上爽利的衣服，叫錢管事去喊他婆娘過來。「三妞開始做飯了，妳過去幫幫忙。」

「啊！老奴這就去。」

錢娘子拿著圍裙到杜家，見三妞正在洗菜，上前奪走她的盆。「我來，妳先歇著。」

趙家送聘禮的人不知道什麼時候就到了，二丫也就沒出來晃悠。三妞的兩個堂嫂家裡的孩子小，離不開人，以致廚房裡只有丁春花和兩個妯娌以及三妞。三妞的大伯娘和麵，二伯娘剁肉，丁春花洗小雞，錢娘子的到來著實讓三妞鬆了一口氣。

杜三妞問：「娘，兩葷、兩素、一個湯夠不夠？每樣盛兩盆。」

「差不多，還能吃多少啊？」丁春花說著，頓了頓。「要不妳多做點，不夠再添，反正不能顯得咱家小氣。」

錢娘子的嘴動了動，心想四道菜夠幹麼？不過，她謹記自個兒是來學做菜的，話在喉嚨裡過一遍，還是沒說出來。

冬天日頭短，杜三妞估算著趙家的人撐不過四點，誰知剛過未時，杜小麥拉著新朋友衛若愉跑進來喊——

「三妞姑，趙家來人了，拉兩頭豬、一頭羊！」

「兩頭豬？」四大一小異口同聲。

衛若愉不明白幹麼這麼激動？「對呀！豬可大了，小麥的爺爺說，豬活著的時候得有兩百多斤。」

亓國人養豬沒有飼料，兩百多斤的豬少說得養一年。「娘，出去看看到底怎麼回事？」

丁春花擦擦手，脫掉圍裙出去，見村長正跟趙家人說話，瞧著對方的穿著應該是主事，等兩人說完，丁春花使喚小麥去喊村長。

「趙家覺得一頭豬有點少，就拉來兩頭。」村長過來解釋。「反正一頭豬值不了幾文錢，拉都拉來了，就放心收下吧！大不了回門那天叫三妞多做幾道菜，這個給妳。」遞給她一個嶄新的荷包。「趙家的聘銀。」

丁春花摸摸像是兩錠銀子，揣著荷包去二丫屋裡，見到她就說：「咱家前年蓋的房子，我和妳爹手上沒幾個錢，給妳一半。」抽出一錠銀子。「到趙家想吃什麼就讓趙存良給妳買，這點銀子自己收著。」

「我不要。」家具、被褥全是爹娘置辦的，杜二丫不清楚用了多少錢，但比她大姊出嫁時多得多。「妳收起來留著用，插秧的時候我沒法回來，妳和爹請兩個人幫忙。」

「我們沒錢也用不著妳的錢。」丁春花說：「三妞從妳姊夫那兒拿了不少，足夠咱家一年用的。後天妳回門，村裡人吃過三妞做的飯，名聲出去後，我們就去幫別人做宴。三妞早算好，八桌內一百文一頓喜宴，用咱家的桌椅和碟子、碗，一桌再收十文，去掉食材錢及妳兩個伯娘的工錢，我們一次能賺一百二十文。」

「她一個小姑娘家。」二丫皺眉。

丁春花道：「怕什麼？衛相在咱家坐著，他日太子爺來了，表面上也得對妳爹客客氣氣的。拿去，我得幫妞做飯去了。」一錠銀子塞她手裡，剩下的二兩銀錠子到廚房後給三妞。

杜三妞先往肉餡裡加調料，隨後放入蔥花、生薑。「錢嬸子，我管現在做的菜叫肉丸，加上雞蛋攪拌均勻，用熱油炸，炸到表皮金黃，撈出來再擱鍋裡，像炒菜一樣燉入味，這道菜就成了。」

「這麼簡單？」錢娘子跟在她身後好幾天，知道她會做飯，可每次三妞做飯時錢娘子總覺得應該很麻煩，結果卻一次比一次簡單。

杜三妞邊調勾芡用的藕粉水邊說：「是妳想得太複雜，比如丸子，肉剁碎加調料，捏成團炸好後撈出來，就著熱油鍋燉，比蒸的肉香，也沒烤的肉油膩，相爺一定非常喜歡。」說到這裡，急忙問：「二伯娘，妳是不是把肉全剁完了？」

「妳說豬肉用來做菜，我就全剁了。」段荷花是個典型以夫為天的女子，三妞的二伯叫她來幫忙，她非常聽話，讓做什麼就做什麼，一句廢話也沒有。

「……那可是十斤肉啊！」三妞扶額。「我說怎麼一大盆……」甭說趙家來十四、五個人，再來四、五個也夠吃！「全炸了吧！錢嬸子，回頭帶點給妳家公子嚐嚐。」

錢娘子大喜，上次的蘿蔔餅得到主子好一頓誇，而這幾天得益於跟三妞學做菜，她在廚房裡儼然成了說一不二的存在。「我替我們家少爺謝謝三妞姑娘，接下來做什麼？」

杜三妞個子矮，丁春花接替她炸肉丸。大半盆肉丸陸續撈出鍋後，三妞遞給她娘一湯盆花生粒和蠶豆。花生、蠶豆易熟，出鍋後撒上細鹽和椒鹽。三妞和錢娘子說：「這兩樣要放涼才好吃。娘，先放櫃子裡。」

「三妞姊，飯做好啦？」衛若愉的小腦袋出現在廚房門口。

這小子和他堂哥的性格截然不同，衛若懷想知道三妞今兒做什麼吃，急得坐立難安卻依然在書房裡待著，即便半天沒看進去一個字。

衛若愉吃過午飯跟他祖父來到三妞家，聽小麥說趙家的人到三妞才做飯，之前在外面和村裡的孩子玩，這會兒就在院裡打轉了，眼睛一直盯著廚房。

杜三妞在村裡生活十來年，第一次見到臉皮厚到不知道什麼叫矜持的孩子，便裝一碗花生米和蠶豆花給他。「洗手再吃。」

「早洗乾淨啦！」雙手舉到三妞面前，接過碗就朝外面跑，邊跑邊喊。「小麥，快來嚐嚐，三妞姊給我好吃的！」

三妞愣了愣神，居然不吃獨食。「錢嬸子，妳家二少爺在京城也這樣？」

「在京城可不是。」錢娘子搖頭。「說句不誇張的話，除了皇宮和王爺府邸，京城就數我們家的飯菜最好吃了。」說完又不好意思地笑了笑。「這也是在我們沒吃到三妞妳做的菜之前。」

「可別誇她了。」丁春花道：「菜和雞洗乾淨了，妳來炒。」

農家來貴客時才捨得把養了許久的公雞殺掉，三妞家的生活比大多數村民好，今年春節丁春花也沒捨得宰雞，或者說沒想過。

三妞眼饞她家大公雞好久，終於等到牠了。「娘，我說妳來做。八角、花椒和薑片爆香，然後倒入雞肉……等等，雞太大，得分兩次炒。」

「我知道，炒太多不入味。」丁春花動作麻利，雞肉變色後倒入黃酒，煸炒至水乾後，放入冬菇、木耳、鹽、醬油等物，末了倒半鍋水，蓋上鍋蓋開始燉雞。

土雞熟得慢，起碼得燉兩刻鐘。三妞便叫李月季擀麵餅，待鍋裡的水乾了，再倒一碗水進去繼續燉雞肉，同時在鍋邊上貼麵餅。等鍋裡的水再次燒乾，雞肉燉爛，而後下鍋的麵餅也熟了。

地鍋雞最美味的不是雞，是鍋邊貼著的麵餅。薄薄的麵餅沾有雞湯、麵粉的醇香和死麵餅的嚼勁，隨著雞肉起鍋，麵餅被盛到碟子裡，三妞見了都忍不住嚥口水。

丁春花挾起一塊雞腿肉，三妞想說「我要吃麵餅」，見丁春花一臉不解地看著她，三妞只能張開嘴巴吃雞腿肉。

出鍋的菜放在大鍋裡的籠屜上，鍋底下有火，這樣一來開飯的時候雞肉才不會冷掉。兩隻雞做出四盆雞肉，三妞抬頭對錢娘子說：「嬸子，這次妳來。」

「我呢？」李月季閒不住。「過幾天咱們去給別人做宴，可不能讓妳娘一個人做。」

「等會兒，少不了妳和二伯娘。」三妞的眼角餘光瞥到門口又多出個小腦袋，回頭一看，哭笑不得。「吃完了？」

「完了，但是，不是我一人，我大哥也吃了。」衛若愉遞出碗，扶著門框，踮起腳尖往鍋裡瞅。「現在做什麼好吃的？」

「和小麥玩去，做好喊你。」三妞對拿自個兒不當外人的衛二公子毫無辦法。

誰知衛若愉卻搖搖頭。「我不喜歡玩，我在這裡給妳幫忙。」

「咳……」三妞差點被口水嗆死。「我家廚房小，再多個人我就得出去了，是你出去還是我出去？」

衛若愉伸著頭往裡面看，最裡面全是柴火，外面是櫃子等物，地方真擁擠，想了想，道：「我不跑遠，妳喊一聲我就能聽見。」

「知道、知道。」三妞算是服了他。

油炸過的肉丸子得燉兩刻鐘，三妞瞧著差不多就讓錢娘子盛出來，同時給她解釋，過油後為什麼不能直接吃，可是還剩將近兩菜盆炸肉丸，丁春花不禁皺眉。「能不能放兩天？」

「估計不行。」氣溫沒低破零度，三妞怕沒熟透的肉丸變味，乾脆道：「全燉了，留著咱們自己吃。」

燉好之後，掌勺的人換成李月季，醋溜白菜和蒜蓉生菜出鍋；段荷花則做香菇豆腐湯。湯很清爽，也很素，丁春花想了想，問：「再做個雞蛋湯？」

「不用。」三妞說：「若愉，告訴村長吃飯了，你在廚房裡吃嗎？」

「好啊！」衛若愉年齡小，性子好，衛相又特別交代他村裡只有長幼沒「尊卑」，所以只要吃食是三妞做的，他不挑吃飯的地方。「對了，我大哥呢？」

「二少爺別擔心，老奴這就回去給大少爺做飯。」錢娘子端著半盆肉丸，故意拿高點不讓他看見，就怕他跟回去，仗著衛相不在跟前，放開了吃肉。

衛若愉一皺眉頭。「那多麻煩？妳去喊我大哥過來吃。」

錢娘子苦笑，總算知道三妞為何一見二公子就很無奈。「大少爺在家看書，老太爺交代的功課還沒完成呢！要不，二少爺跟老奴一塊兒回去喊大少爺？」

「不不不……」衛若愉聽到「功課」兩字連連搖頭，話說出口猛然想到他的功課還沒做，頓時慌了。「三妞姊，咱快吃飯，吃好我得回家寫字！」

「現在知道急了？」三妞好笑。「去喊小麥，你倆先吃。」

杜小麥告別羨慕他能在三妞家吃飯的小夥伴，和衛若愉手拉手鑽進廚房。

趙家人和衛相等人也入座了。

堂屋裡的餐桌、餐具用的是三妞訂做的，丁春花端著花生米和蠶豆花進堂屋。

衛相輕呼。「方形碟子?!」

「對，特意找窯廠燒的。」丁春花笑道：「相爺，多吃點。發財，去拿酒。」

杜發財張嘴想說「喝趙家送來的酒」，見丁春花一瞪眼，他不得不起身。

去年秋，金桂飄香，三妞見村裡大人、小孩又在打桂花，便拉著二丫去湊熱鬧。桂花樹枝繁葉茂，沒覺著就打多了，可是喝茶得喝到什麼時候？半籃子桂花呢！

　　前世經歷過地溝油、毒奶粉，三妞來到亓國後，看見別人用青菜餵雞都捨不得——零污染、純天然啊！何況是桂花。

　　杜三妞翻來覆去思索半宿，第二天又拉著二丫打桂花。

　　喝不完幹麼還打？做桂花酒之前得把鮮桂花製成桂花露，三妞夜裡想起她家有白酒，便打算把所有白酒做成桂花酒。

　　杜發財別提多心疼了，可三妞執意要釀桂花酒，誰勸都不聽。武力威嚇？三妞立馬一句「我不做飯了」，在酒和肚皮之間，杜發財很孬，選擇不喝酒也不能餓肚子，幸好最後杜三妞也沒讓他失望。

　　每天晌午吃飯，杜發財都會倒上一小杯桂花酒，邊喝邊念叨「得省著點喝，離金桂開花還有大半年」云云。

　　白酒用完也沒再買，杜發財怕姪子發現他的好酒，便把酒藏在三妞屋裡。丁春花叫他去拿酒，那只能是桂花酒，數著還有四罈，每罈五斤，杜發財毫不猶豫找個酒罈倒出大約兩斤的桂花酒。

　　丁春花見狀無語。「喝完了再讓三妞給你做。」

　　「沒有鮮桂花，拿什麼做？」杜發財哼一聲。「就這些，愛喝喝，不愛喝正好！」

　　「小氣死你！」丁春花到廚房裡就說：「以後不准再給妳爹做桂花酒！」看他還喝啥？

三妞心想，她不做，等到八月分被念叨的人一定是她。「娘，把肉送過去吧！」除了花生米和蠶豆，無論葷素每樣都兩份，所有菜上桌，圓桌擺得滿滿當當，看起來特別豐盛。

衛相是所有人中身分最高的，他率先挾一個肉丸，其他人才伸筷子。

趙家來的人第一次吃到味道極好、比縣裡迎賓樓做的還要好的菜，不禁問：「你們從哪兒請的廚子？」

「自家做的，嚐嚐怎麼樣。」村長招呼道：「好吃就多吃點。」

「好吃。」衛相突然開口。「這個肉丸就適合我這種牙口不好的人。」

杜發財下意識用公筷又幫他挾一個，一想，不對啊！衛相早兩天不是說他牙口好，吃什麼都香？

「祖父今兒又不回家吃飯？」衛若懷在屋裡坐不住，披著斗篷站在迴廊下，見錢娘子一人回來，頗有些急切地問：「若愉呢？」

「二公子已經吃上了。」錢娘子說：「大少爺且等等，老奴去做飯。」

「他一個小孩子家家……」衛若懷眉頭緊皺。「祖父怎——」

「二少爺沒跟客人一塊兒吃。」錢娘子道：「他和三妞姑娘在廚房裡吃，還有三妞的娘……哎，大少爺，幹麼去？」見他大步流星往外走。「別走遠，待會兒就回來吃飯。」

衛若懷悶頭走到大門外，便看見路西面杜家門口停著兩輛驢車。前一刻還在車上玩耍的孩子已不見，只剩下兩頭驢在吃草，衛若懷陡然冷靜下來，身體像被突然定住，無論多麼想過去，硬是邁不出腳。

「咦，大哥站門口幹麼？等我啊？」衛若愉揉著圓鼓鼓的小肚子，從杜家晃悠悠地走出來，打嗝一聲。「吃得好飽！大哥吃了沒？」

「還記得我是你哥？」衛若懷開口一股酸味，心裡一咯噔，他這是怎麼了？對上堂弟「你發什麼瘋病」的眼神，衛若懷頓了頓，假裝鎮定。「祖父幫杜伯父陪客，在他家吃飯，你去他家幹麼？」

「我也幫忙招呼客人啊！」衛若愉理直氣壯地說：「趙家人不知道把聘禮擱哪兒，還是我告訴他們的呢！大哥，我猜你還沒吃錢娘子帶回家的肉丸子吧？比我在京城吃的任何一種肉都好吃呢！」不禁舔舔嘴角。

衛若懷頓時覺得他吃飽了撐著，居然羨慕堂弟和三妞一起吃飯，這麼個貪吃鬼有什麼好羨慕？他又不是貪吃鬼！「你沒發現衣裳有點緊嗎？若愉。」

「是有點緊。」衛若愉摸著腰帶，他穿的是僕人趕製出來的童子服。「我的肚子好像有點大哦。」

「嗤，大？快成圓的了！」衛若懷幸災樂禍道：「再吃下去，等回京城二叔和二嬸估計都認不出你來！」

「什麼時候回京城？」衛若愉雖說巴不得離他爹遠遠的，可他畢竟年歲小，十天半個月還好，時間長了，也忍不住想爹娘了。

衛若懷說：「八月十五或者春節，反正回去也得趕在節前、節後。」

「為什麼？」衛若愉不懂。「祖父說回鄉安葬祖母，祖母的骨灰前天不是已經葬到祖墳裡了？」

亓朝開國皇帝最初提倡火葬時百姓情緒十分激憤，但他頒布詔令，死者家屬前往官府登記火葬，其家中兩畝地十年之內不用交稅。

一畝地一年得交六十斤糧，兩畝地便是一百二十斤。在亓國開國皇帝統一華夏之前，百姓是粗耕粗種，年景好時一畝地能收穫兩、三百斤小麥或者大米。

詔令一出，豪門士族不同意，可架不住百姓欣喜，畢竟死的人一了百了，活著的人還得繼續生活；又因火葬不是強制性的，文武百官上表皇帝收回成命，連個站得住腳的理由也找不到，眼見鬧騰幾天無果，也就歇了心思

孰料皇帝記著呢！哪位臣公的家人去世時選擇火葬，丁憂期滿，皇帝便召誰回朝；誰家陽奉陰違，那將永遠在鄉下待著。

百年過去，亓國從上到下都習慣火葬。

衛若懷聽到堂弟的問話，不知該怎麼解釋，祖父把他們帶在身邊是為他倆好。

太子聰慧仁厚，乃皇后嫡子，外家給力，皇帝信任，地位看起來固若金湯；可太子六、七個兄弟一個比一個有才，如今宮中最受寵的貴妃長子又是素有賢王之稱的二皇子，太子稍

稍大意便可能被賢王拉下馬。一旦太子有閃失，太子黨一員的衛家首當其衝被清算——這是遠憂；近愁便像三妞說的，皇帝開始忌憚衛家，衛家離滅族的日子也不遠了。為了多活幾年，衛相打定主意不再踏進京城，衛若懷即便想爹娘也得忍著，畢竟衛家的將來是他和弟弟們的，老人家所憂所思皆為他們。

「祖父年齡大，禁不起來回奔波，他要留在村裡頤養天年，順帶陪陪祖母。」衛若懷說：「你若想回去，清明過後就送你回去，我留下來陪他。」

「我、我哪有這樣講。」衛若愉癟癟嘴。「不准告訴祖父，我、我才沒要回京城，我……我還等著吃三妞姊做的好吃的呢！」

衛若懷渾身一僵，登時不知該憤怒還是該揍他一頓。「三妞和咱家沒關係，別整天拿自己不當外人。」

「呵，祖父早幾天剛說三妞是我姊！」揚起下巴，衛若愉很得意地道：「後天二丫姊回門，三妞姊讓我去她家吃，還說給我做酸酸甜甜的肉。大哥，我跟你講，別在祖父面前告狀，我分你點嚐嚐。」

「不稀罕，錢娘子會跟三妞學。」衛若懷轉身回去。

小孩一見他哥不上套，頓時急了。「大哥、大哥，不只這個，還有很多很多哦！」

衛若懷猛然停下。「閉嘴，做功課去！」

「啊！」衛若愉猝不及防，一頭撞在他身上，腦袋懵懵的，晃晃頭，反應過來他哥說什麼後，大驚失色，像火燒著屁股一般往書房裡跑。

衛若懷看著小孩的背影，哼一聲，匆匆忙忙向廚房走去。

正月三十，巳時，二丫哭哭啼啼、十分不捨地告別父母，坐上花轎。丁春花抹掉眼角的淚就喊杜發財收拾豬和羊。

杜家嫁女沒有亂七八糟的要求，趙家將心比心，送來的聘禮也特別實在，布疋和酒除外，兩頭豬和一隻羊的肚子都沒扒開。

昨晚送走趙家人，收拾好桌子已將近戌時。二丫今兒得早早起來開臉，丁春花就找塊紗布把豬羊蓋上，一家人早早地睡了。

杜三妞跟在她身後。「把豬羊抬到門口糞坑旁邊。若愉，你家院裡的水井還有水嗎？」村裡有兩口井，一口在西南，一口在村東頭，村裡人吃水就去這兩處挑水。衛家早年自己打了口井，可他們家上次用水是在去年清明。

錢娘子道：「可以用，三妞要挑水？叫我家小子給妳挑。」

「不用，我們自個兒挑。」三妞往周圍看了看。「四喜！」

「三、三姑奶奶。」杜四喜正想溜，聽到她的聲音，心臟猛縮，緩緩轉過身，期期艾艾道：「我、我得去縣裡幹活。」

「天快晌午了，誰要你？」杜三妞瞪他一眼。「趕緊過來！」

村裡誰家辦事，沒出三服的親戚都會過去幫忙，而出服的人家則會一支使喚一、兩個人過去問問要不要幫忙。

村長和四喜家一支，他兒子和三妞爹一樣是泥瓦匠，今兒和村裡人一塊兒去上工了，其中包括四喜的三個兄長，因為他們都成家了，得賺錢養家。

早上村長過來的時候路過四喜家就把他喊來，一來確實沒什麼閒人，二來四喜早些天惹怒三妞，過去幫忙做事，日後二寡婦這個不省事的再惹到三妞，村長也好和稀泥。

杜四喜一下跑過來。

衛若愉噗哧大樂。「三妞姊，他好怕妳啊！」

「他做了虧心事。」杜三妞說：「挑水。」

「哦，好。」

杜四喜的爹死的時候他十一歲，那時三觀已定，雖然有個不著調的娘，但二寡婦不在跟前瞎嚷嚷時，四喜還是個懂事老實的好後生。杜三妞前世混到經理級別，什麼樣的人沒見過？她便是清楚這一點，上次才放四喜走，獨獨攔下二寡婦。

「大伯，把豬下水放盆裡。」杜三妞指著一旁的大木盆。

「妳要豬下水幹麼？」圍觀眾人之一的衛相打量她一番。「別告訴我豬下水也能吃。」

三妞呵呵一笑。「我爹說可以吃。」

「妳這丫頭。」杜發財無奈地看她一眼。「我們春節時殺了一頭豬，下水沒扔，雖然味道不怎麼樣，的確可以吃。」

「什麼東西？」衛若愉一聽到吃，三兩步跑過來。「三妞姊，現在做飯嗎？」

「你才吃過早飯。」衛相無語，朝他小腦袋上拍一巴掌。「回家看書去，吃飯的時候喊你。」

衛若愉一動也不動，直勾勾盯著三妞。

杜三妞不由自主地想到第一次見到他的情景，那時以為這小子是個小色鬼，誰知是個小貪吃鬼。「今天的飯得過午，若愉餓了就讓錢娘子先給你做點吃的墊墊。」

「不餓、不餓，我的肚子留給三妞姊。」衛若愉連連搖頭。「祖父，我走啦！」說著話跑兩步，又不放心，回頭叮嚀道：「三妞姊，別忘了啊！」

「不忘。」三妞哭笑不得。

衛相倍感丟人。「我這個小孫子啊……」

「挺好的。」杜三妞說：「和您大孫子，一個安靜，一個活潑，有他們在跟前，不太鬧騰，您也不寂寞。」

「說起若懷啊！」衛相捋著鬍鬚，又煩惱、又欣慰。「哪兒都好，就是太安靜，我真怕他將來變得古板，不知變通。」

「怎麼會呢？」三妞見過衛若懷幾次，沒說上幾句話也發現衛若懷很靦覥。一想到衛老頭官至太傅還能全身而退，這樣的人怎能不用心教導承擔家族重任的長孫。「可能是衛小哥剛到這兒，跟我們不熟，不知道該怎麼交流。」

衛相捋鬍鬚的手輕顫一下，混沌的雙眼精光一閃，嘆氣道：「妳猜錯了，我們在京城時，他下學就回家，休沐日也在家裡，有段時間大家都懷疑他是個女娃。」

「女娃？」聽老相爺說話的眾人瞪大眼。「衛小哥白白淨淨，是很俊俏，可怎麼看也不像女娃啊！」

衛若懷濃眉大眼，鼻梁高挺，六歲之前整個人胖乎乎，小臉紅彤彤，像個散財童子，且年齡小性別不明顯，一度被外人懷疑是女娃，然而那時衛若懷還沒去國子監上學。

衛相說得半真半假。「話是這樣講，可是男孩子沒他那麼安靜的。」頓了頓，突然轉向三妞。「趕明兒妳家插秧，我叫若懷去給你們幫忙。」

「使不得！」眾人嚇一跳。

「使得、使得。」衛相說：「若懷將來為官，不能連麥苗和稻穀都分不清，你們說是不是？」

「也是哦……」鄉親們竟然沒法反駁，可一想到一品大員的孫子下田，眾人又忍不住皺眉。

杜三妞想笑。「不認識就去看看唄！」

「對，看看就好！」杜發財道：「四喜挑水回來了，三妞，讓開點。」

三妞說：「爹，讓四喜幫你洗。」

杜四喜往四周看了看，很是不解。「洗什麼？」

「洗豬的腸子、肚子、心、肺、肝。」

三妞話一出口，四喜手裡的扁擔撲通掉在地上，驚叫道：「洗什麼玩意兒？」

杜三妞渾然不受影響。「你幫忙，我教你怎麼做著吃。」

「讓我家廚娘幫你。」衛相指著錢娘子。「去，好好跟三妞學學。」

「我、我洗。」四喜見狀，直覺豬下水當真能做出美味，又想到豬油做菜是三妞搞出來的，便蹲到杜發財身邊，邊擺弄豬大腸邊問：「這玩意兒怎麼吃？」

「乾煸大腸、爆炒豬肝、紅燒豬肚，怎麼吃都成。」三妞轉向嫌豬下水髒而躲到一旁的親戚鄰居，似笑非笑地問：「想學嗎？」

眾人哭笑不得，卻也捋起袖子，挑水的、沖洗豬腸的、跟著杜發財揉洗豬肺的……

衛若懷和堂弟看書看得眼睛疼脹，出來呼吸口新鮮空氣，就看到這副熱火朝天的景象，不禁問小廝。「鄧乙，村裡辦喜事都這麼熱鬧？」

「農家人口少又沒僕人，一家人忙不過來，誰家有什麼事，不需要主人家去喊，大家會自發地過來幫忙。」鄧乙往西面瞅一眼。「也不會白忙活，他們中午留下來吃飯。」

那麼多人三妞得做多少飯？衛若懷張眼一瞧，除了三妞和她爹娘外，還有十一個人加上旁邊他家兩個光明正大蹭飯的。「還好、還好。」

「什麼還好？」鄧乙奇怪。

衛若懷一窒，他、他怎麼給說出來了？「……沒什麼，我的意思是，幸好杜伯父人緣不錯。」

「公子這話說對了。」鄧乙小聲說：「您嫌二公子不拿自個兒當外人，天天在杜家吃飯，其實杜家巴不得二公子天天在他們家呢！公子可知村裡人辦紅、白喜事的時候為什麼請德高望重之人？」沒等他回答就說：「就拿杜二丫來說，明天趙家人看到老太爺在堂屋裡坐著，吃飯的時候都不好意思吧唧嘴；日後二丫和相公吵嘴，她婆婆想責怪二丫，一想到二丫回門宴上有咱家老太爺，表面上也會向著二丫的。」

「所以老話說低門娶婦，就因為新婦好拿捏？」衛若懷問。

鄧乙無語，瞧這話說得。「大少爺啊！哪家婆婆都不喜歡兒媳婦高她一頭。罵不能罵、管不能管，偶爾做錯事又不能給她立規矩，還得像教自家閨女一樣，耐心十足，興許還會被嫌棄；反之，若兒媳婦不懂事，婆婆想怎麼調教怎麼調教，不用顧忌親家。」

衛若懷眉頭一皺。

鄧乙又說：「小門小戶出來的姑娘見識有限，不懂規矩，人情往來容易鬧出笑話，有別的選擇，大家還是更喜歡門當戶對。」

衛若懷下意識看三妞，繼而想到他和祖父偷聽到的那番話，試探道：「有沒有出身低微，卻見多識廣的姑娘？」

「那種啊……」鄧乙歪著腦袋想了想。「應該有，不過奴才還沒見過。」

「竇太后、衛皇后不算？」鄧乙比衛若懷年長八歲，以前待在他父親身邊，時常跟他父親一起出入衙門，衛若懷有不懂的地方，不好請教長輩時總先問他。

鄧乙輕笑。「竇太后識大體就不會寵溺幼子，企圖讓景帝立弟弟為太子。歷來皇位只有父傳子，何曾見過兄傳弟？再說，景帝又不是沒兒子。至於衛皇后，她若大氣、果斷點，直接和太子裡應外合反了，太子也不會淪落到自殺的地步。」

衛若懷又忍不住朝西面瞄一眼，想了想。「咱們也過去看看豬下水怎麼做吃的。」

「小的也想知道。」鄧乙邊跟上邊說：「奴才跟著老爺讀過不少書，見過不少人，卻從未聽說豬腸子那麼髒的玩意兒能入口。」

「因為你見識淺薄。」杜三妞聽到聲音回頭，對上衛若懷的視線，笑著招呼。「衛小哥晌午也在我家吃吧！」

「不……」衛若懷反射性搖頭，頭一搖又後悔。「我、我沒……沒幫……幫妳幹活。」

杜三妞一愣，這小子也太誠實了，不由得多看他一眼，見他一臉認真，不禁抿嘴掩住笑，故意道：「若愉也沒幫我幹活呢！」

「他、我……」衛若懷心想，若愉臉皮厚，可當著那麼多人，話到嘴邊嚥了回去，又不知該說什麼，一時憋得臉通紅，下意識看向他祖父。

衛相扶額，這小子！「三妞逗你呢！」

「什麼？」衛若懷以為沒聽清，抬眼看清三妞眼中的促狹，臉一下子紅了。

正在洗菜的眾人噗哧大笑，紛紛道：「衛老，我們信了！」信什麼？當然是他說衛若懷像個女孩子。

衛若懷恨不得化身成螞蟻，自然沒發現他們話中有話；倒是鄧乙，見前一刻侃侃而談的大少爺瞬間變結巴，心中納罕，便趁著眾人不注意偷偷問：「少爺怎麼了？」

「我又不會幹活，你說我該怎麼回答三妞？」衛若懷不答反問。

鄧乙認真思考，他好像也不知道。「您別跟村裡人聊農活，聊他們不知道的，比如大皇子什麼樣，皇上什麼樣，太子什麼樣，他們就全聽你說了。」

「對哦！」衛若懷恍然大悟，他不知和杜三妞聊什麼，可以說京城的風土人情啊！再次看向三妞，衛若懷滿臉雀躍，多了幾分期待。

杜三妞聽大伯母抱怨豬腸子特別難洗，扔給狗吃狗都嫌棄，忍不住嘆氣。「伯娘，妳別瞧不起這些豬下水，它們也能補身體。」

「怎麼個補法？」衛老對此很感興趣。

三妞說：「比如豬肝，長在豬身上是造血的，人吃了，特別是女人、女人……」看了看眾人，猶豫不決。

衛相更想知道了。「女人怎麼了？有什麼難言之隱不成？」見三妞點頭，衛相原本只有三分好奇，頓時變成了十二分。「直接說，咱們不笑妳。」

「對，妞兒，說吧！」無論什麼時候，人們總是對漂亮姑娘格外寬容，何況三妞又要教他們做好吃的。
三妞根本無所謂，她是怕說出來周圍這群老古董覺得她輕浮。在衛相期待的眼神下，三妞故作為難道：「女人每個月都有那麼幾天不舒服——」
「三妞！」丁春花陡然拔高聲音。「說什麼呢？一個小姑娘家懂什麼？回屋去！」
「妳這是做什麼？」衛老道：「三妞，繼續，別管妳娘，她什麼都不懂，京城還有專門給人看病的女大夫呢！照她這樣講，人家一句話也說不得，怎麼看病？」
「嗯，我聽相爺的。」三妞甜甜一笑，衛老也忍不住跟她笑了。「女人來癸水時肚子痛，第一天吃豬肝湯，往後再吃兩、三次，能緩解痠痛症狀。」見她娘和伯娘都停下來聽，心中好笑。「但是對宮寒的人沒用，那種得看大夫喝藥調理。」
「妞，妳說真的？」村長的婆娘猛地站起來。
三妞嚇一跳。「嫂子，妳不舒服？」
丁春花剛剛還覺得她閨女懂好多，一聽這話簡直不知道該說什麼。「妳嫂子快六十歲的人了。」
「哦，所以呢？」三妞當然知道她娘什麼意思，可誰叫她如今只是個十歲的小丫頭呢！
丁春花嘆氣。「她沒了，以後都沒了。」
杜三妞睜大眼。「那嫂子這麼激動幹麼？豬肝湯不能讓妳來癸水。」
剛剛還覺得不好意思的漢子們無語，見小丫頭很認真，又覺得好笑。

村長的婆娘被她弄了個大紅臉。「不是我，是妳大姪子家的丫頭，每次都像要她的命，我們覺得那不是病，也沒帶她去縣裡看大夫。」

「那就試試豬肝湯，有用的。」三妞很肯定。

衛相挑眉。「妳試過？」

「不可能！」丁春花開口。

三妞笑道：「娘，我也沒說是我啊！是二姊，她有次不舒服……爹，你忘了？我讓你買過三次，把豬肝切成塊，用薑絲、麻油炒到變色，倒水煮湯，鹽都沒放，哄她說是你給她買的藥，讓她喝，她還說那個藥好吃。」

眾人齊齊看向杜發財，杜發財不禁後退兩步。「好像是……是去年九月分，大妮快生了，我和妳娘擔心妳大姊，後來又趕上收稻子，一忙就忘記問妳要豬肝幹麼了。」

「真的啊?!」村長的婆娘見他說得有鼻子有眼，立即道：「妞，這副豬肝給我！」

杜三妞扶額。「妳孫女來癸水了？」

對方一想，頓時不好意思。「沒、沒呢！」

「我以為這麼巧呢！」李月季瞥她一眼。「三妞，豬肝裡面連點調料都沒有，不難喝嗎？」

「是呀，是呀，喝了不會吐？」有人問：「我聞著這個味都不舒服。」

三妞心想，你們現在生活水準好了，往前推一百年，甭說豬肝，豬毛都見不著！「坐月子的時候必須這樣吃，平時炒著吃也行，少放點調料。」
「那還好。」說話的人又用水沖一遍豬肝。「三妞，做這個給咱們嚐嚐。」
三妞見他們把豬下水和羊雜洗得差不多，又去幫自家洗菜。「行啊！娘，幫我燒火。」
「若懷，你去。」衛相道：「三妞，炒菜的時候好好跟他說說蔥、薑、蒜，以及花椒、八角、胡椒怎麼生成的，省得他以為都是從天上掉下來的。」
他哪有這麼笨？衛若懷動了動嘴巴想辯解。
衛老挑眉。「看什麼看？你告訴我蔥什麼時候開花。」憨小子，給你找機會不知道把握，活該被若愉嘲諷沒人要！
衛若懷一窒，這他哪知道？
「不知道還不快去！」衛老一個勁兒衝他使眼色。
衛若懷為難。「我……不會燒火。」
衛老踉蹌了一下。不會正好讓三妞教你啊！想他一把年紀，為何還要操心小輩的情事？衛老嘆氣。「若愉，教你哥燒火。」
「他會？」衛若懷陡然瞪大眼。
衛若愉正跟幾個孩子嘀咕豬身上哪裡好吃，忙得很，一聽到他哥的質疑便道：「我當然會，誰像你這麼笨！走，我教你！」小手一揮，率先往三妞家裡去。
衛若懷表示懷疑，但見衛老一瞪眼，他下意識就跟了上去。

事情發生得太快，三妞看了看兩人的背影，又看看身邊的老頭，總感覺有什麼地方不對。「衛小哥——」

「那小子太害羞了。」衛老趕緊打斷她的話。杜三妞聰明，衛老不敢給她留時間深想。「以前在京城，人家不找他玩，他能在家待一天不出來。來到這兒後，周圍沒有熟悉的人，倒如了他的願。」

老太爺說誰呢？鄧乙心下納悶，他家少爺最懂勞逸結合，什麼時候變成大門不出、二門不邁的書呆子了？他怎麼不知道？

衛老瞥到鄧乙臉上的疑惑，抬抬手。「回家去吧，這裡不用你伺候。」

「哦，好。」鄧乙點點頭，更覺得老太爺要搞事，可一想到老太爺十分中意三妞做的飯，被搞的應該不是杜家才對，所以……是他家大少爺?!

第四章

衛若愉本來不會燒火，可架不住他有個好朋友杜小麥。兩個小孩這兩天踩著飯點往三妞家裡跑，有次趕巧了，小麥幫三妞燒火，衛若愉瞧著好玩就讓小麥教他。

三妞雖說來到亓國十年，但她去的最遠的地方是建康府，沒見過主事官員，從未對誰行過跪拜之禮，有時候就會忘記她所處的是個封建等級森嚴的社會，也是如此，衛家二少爺要幫她燒火，三妞便坦然接受。

杜發財先前也把衛若愉當成尊貴的人兒，然而衛家人有意放下身分，漸漸地，杜家村的人就把衛若愉當成普通的小孩子，小麥能燒火，他自然也可以。

在衛若懷不信任的眼神下，衛若愉點柴生火。「大哥，看著柴火別掉了，灶裡的柴少你就放點進去，保持火別斷。」

「……知道了。」被個小孩教導，衛若懷好想捂臉，偷偷瞟三妞一眼，見她正在切豬肝，暗鬆一口氣。「妳準備做豬肝湯？」

三妞一愣，左右看了看，見廚房裡只有他們仨，確定他是在跟她說話。「嗯，不是，豬肝湯是女人家不舒服的時候喝，我打算炒豬肝。」

「一定很好吃。」衛若愉正想出去玩，一聽這話，乾脆搬張小板凳在他哥身邊坐下。

「小麥跟你說的。」杜三妞十分肯定，見小孩點頭。「小麥在村東頭上課，若愉待會兒去叫他過來吃飯。」

杜小麥的爺爺和杜發財同一個祖父，正在外面幫三妞家蓋明天做菜用的灶，小麥的奶奶在洗菜，小麥的爹在縣裡做事，而小麥的爺爺、奶奶早已和其他兒子分家，跟著沒有媳婦的二兒子生活，那麼，小麥的午飯只能在杜家解決。

不明真相的兩兄弟異口同聲地說：「妳真好。」

「噗……」三妞不禁想到新來乍到的自己。農村人平時吃飯喜歡端著碗出去跟鄰居湊在一塊兒，邊聊邊吃。三妞起初不習慣，有一次有個人去吃喜酒，回來時主人家送他一塊羊肉，那時天熱，肉不能久擱，晚上做飯就把肉煮了，對方見著三妞出來便喊道：「妞，過來，大哥給妳塊肉吃。」緊接著三妞的二伯塞給她一塊餅，大伯娘又招呼道：「今兒咱家做的雞蛋湯，過來我餵妳。」

杜三妞現在依然記得她當時懵了。村裡人都這麼客氣？後來事實證明，不是每個村民都這麼熱情，關鍵得看臉；不過，小孩去親戚家蹭飯倒是正常現象。

三妞小時候趕上農忙時，丁春花會把她送到大伯家，晚飯後丁春花還得去地裡搶收，三妞便跟著她堂嫂睡下，經常第二天醒來已回到自個兒家。

再比如杜三妞的幾個堂哥，家裡做飯晚，他們又趕著出去，就會來三妞家吃飯，慢慢地三妞也就不再大驚小怪。

見兩兄弟疑惑她笑什麼，三妞跟他們解釋一番，末了又說：「家裡沒有客人，不趕上逢年過節，村裡人沒那麼講究。」

「難怪小麥天天來妳家吃飯。」衛若愉明白了。「三妞姊，我以後也能來妳家吃飯嗎？妳放心，我不吃白食，妳家插秧，我們去給妳幫忙。」

三妞心想，你家人不少，但沒有一個人會插秧的。「行啊！我先謝謝若愉了。」說著話，見鍋熱了，倒入麻油炒豬肝。

鮮豬肝看起來很血腥，到鍋裡就變色，不一會兒就煸炒出香味，衛若愉吞了吞口水。

衛大少組織半晌語言後，覺得自個兒能說索利了才道：「我能把豬肝湯的做法寫給我娘嗎？」

「你娘？」三妞一想，正三品大員的夫人，若是在她前世生活的年代，差不多是部級幹部的老婆。「行啊！只怕你娘不喜歡。」

「我說祖父找的土方子。」衛若懷心想，傻子才寫一道菜。香菇包子、蘿蔔餅、肉丸子、地鍋雞，他娘吃著好吃，自然會相信豬肝可食，但這話他才不會跟三妞講。「我爹和我娘特別怕我祖父。」

「我爹娘也怕。」衛若愉不甘後人。「什麼時候去京城玩，三妞姊？我請妳住我家，在我家吃飯。」

「謝謝若愉。」三妞笑彎了眼。「我如果去一定先去你家。」

衛若懷雙眼一亮。「妳什麼時候去？」頗有些迫切地問。

「豬肝好了。」三妞覺得這輩子都不會去，但不想拿話搪塞兩兄弟，乾脆岔開話題。「若愉，幫我燒大鍋，我把菜放裡面溫著。」倒一瓢水，放上籠屜。「衛小哥，麻煩幫我拿豬肚，再讓我娘切塊里脊肉。」

「哦，好。」衛若懷沒得到想要的答案很失望，見三妞又忙著刷鍋，決定下次再問；而且丁春花怕她切到手，跟著衛若懷一塊兒進來，她一來，衛若懷倒是不好再問了。

杜三妞自然不知道她已被衛大少盯上，想起之前對衛若愉說給他做酸酸甜甜的肉，便讓她娘把肉切成條，用鹽、薑絲、胡椒粉、雞蛋醃一刻，裹上藕粉後倒入熱油鍋裡炸。出鍋後，鍋裡留點油，倒入醋、糖和藕粉水熬至濃稠，再倒入金黃的里脊肉翻炒。

三妞抬眼看到衛若愉擦口水，衛若懷雖然沒有，眼尖的三妞卻發現他的喉嚨動了，遂哭笑不得。「還有幾道菜沒炒，現在不能吃。」

「沒、沒關係，我還不餓。」衛若懷好不容易治好的結巴又犯了。

三妞這次知道他一緊張就這樣，也沒打趣他，在丁春花的幫助下，快速炒好幾盆菜。

吃得飽飽的衛家兩兄弟回到家就對錢娘子說糖醋里脊的做法，心裡卻惦記著晚上還去三妞家蹭飯。

誰知沒到晚上，申時左右，正在畫畫的兩兄弟突然聞到一股濃郁的香味，不禁放下毛筆往外跑。

見杜家門口圍滿人，衛若愉睜大眼。「三妞姊在幹麼？」

杜三妞在臨時搭建的灶上煮一砂鍋大料水，把豬尾巴、豬蹄、剔掉豬腦後剁開的豬頭扔進去，速度快得眾人攔都沒能攔住。

村長等人想著，豬頭本來打算餵狗的，就算三妞把東西煮壞也不覺得心疼了；然而他們還沒搭好涼棚，就聞到斷斷續續從砂鍋裡溢出來的香味，越來越濃，不一會兒老人、孩童都被吸引過來了。

衛家兄弟走近，聽到幾個小孩追著三妞問。

「裡面真是豬頭？三妞姑，我幫妳燒火，妳給我點嚐嚐唄？」

「去幫我撿柴火，熟了就給你們吃。」三妞不是個小氣的人，但也不是聖母，不會慣得這些孩子把她當成冤大頭。

「這些還不夠？」四喜看了看劈開的木頭，小聲嘀咕。「妳能用多少啊？」

「好好劈柴，廢話忒多！」三妞瞪他一眼。

四喜渾身一顫，不由自主地想到之前差點被心狠的杜三妞給廢了。雖說也是他活該，不分青紅皂白。

丁春花揪住三妞的耳朵擰半圈。

衛若懷倒抽一口氣，聽到丁春花很生氣地說——

「小姑娘家家，說話能不能軟和點？能不能？」

「能、能！」丁春花手勁重，她自個兒覺得沒用多大力氣，可三妞的眼淚都快出來了。

四喜見此慌忙過來。「三姑奶奶還小，長大就懂事了。」

丁春花手一頓，好氣又好笑。「她吼的不是你？」教訓自家閨女，她這是為了誰？

「是，可我知道三姑奶奶沒往心裡去。」杜四喜那天被歸家的大哥教訓，嚴令不准再跟他娘一起胡鬧。三妞若是有個親哥哥，衝他和他娘欺負人家一個小姑娘，他怎麼也得挨一頓揍才能了事。

四喜後來想了想也覺得自己過分，最過分的還有他娘，偷韭菜不承認，還在他面前顛倒黑白；儘管不好意思，今天村長喊他，四喜還是去縣裡向東家請了兩天假。

店家認識大妮和二丫的婆家人，知曉他沒撒謊，沒為難四喜，還跟他說不扣他工錢，不扣錢，二寡婦也就沒跑過來瞎嚷嚷了。

杜三妞給他個讚賞眼神，從她娘手下逃走就去拿特製的長筷子，掀開砂鍋蓋往裡戳，很容易就穿過豬耳朵。「幫我剝蒜頭。」

「在哪兒？」衛若懷這次沒等他祖父開口，機靈地走過去。

三妞下意識看向衛老，見老爺子正跟村長聊天，沒注意到這邊。「廚房櫃子裡，順便幫我把醋和蔥拿過來，再拿個碟子和幾雙筷子。」

「我去。」衛若愉直覺可以吃了，拔腿就跑。

等衛若懷顧及形象走到廚房，衛若愉已找全三妞要的東西正往外走。「若愉，你拿不動，給我。」

「別想！」衛若愉護犢子一般抱著就跑，邊跑邊說：「別以為我不知道，你想先吃上好吃的！」

衛大少氣個倒仰，弄死他的心都有了。那貨絕不是他堂弟，他堂弟絕不是個見到美食連親哥都不信任的傢伙！

「怎麼是你？」三妞接過東西，下意識往院裡看了看，見衛若懷木著一張臉，挺嚇人。「你大哥怎麼了？」

衛若愉回頭看一眼，不屑道：「他啊！想多吃點，被我看穿了還不高興呢！」

「又不是什麼好東西，想吃你家天天都能吃上，就是剃豬毛的時候麻煩。」三妞沒多想。「娘，把肉全撈出來，剩下的那個豬頭放進去。」

臨時搭建的涼棚下有灶還有被洗刷乾淨、兩公尺長的門板充當案板，丁春花端豬頭的時候瞧見兩盤豬腦。「這東西還做不做？」

「做，必須做。」三妞敢保證，只要她搖頭，她娘立馬會說「今天不做明天就臭了，給狗吃吧」。

春節時家裡殺頭豬，杜發財被三妞逼著把豬腦弄出來，結果三妞做好後，一家四口就她自個兒吃，二丫看見反胃，被三妞嘲諷。「這不吃、那不吃，比我小時候還挑嘴，幸好現在不是荒年，否則……」沒等她說完，二丫站起來要撕她的嘴。
杜三妞端起豬腦就朝屋裡走。「娘，豬頭肉切片涼拌。衛小哥，幫我添把火。」
「哦，好。」衛若懷喜笑顏開。
三妞不禁挑眉，嚴重懷疑剛剛那個像被人欠幾百萬、苦大仇深的人是她的錯覺。如果不是，那，衛家大少真夠反覆無常的。
無論好壞，三妞覺得都和她沒關係。兩個豬腦已被三妞處理乾淨，加了油、鹽、料酒和薑片後放到籠屜上蒸。「鍋開就好。」走到門口喊。「四喜，過來！」
「有事您吩咐。」四喜拿著半截豬尾巴，人沒到跟前就說：「這個真好吃，妳怎麼不早點做啊？」
「早些時候我娘不准我進廚房。」三妞一直覺得她是個幸運兒，隨著三妞出生，爹娘他們上了年紀，知道此生不會有兒子後，沒抱怨還特別疼三妞。
村裡有二寡婦那種臉皮八丈厚的人，但沒有大奸大惡之人，這得益於村裡出了個太子太傅，村裡人很注重孩子的教育，無論有錢沒錢，在村長提出辦村學時，大家都掏錢支持，以致杜家村三十歲以下的男人沒有不識字的。
村民識文斷字，素質跟著提升，別的村雞毛蒜皮的事不斷，杜家村卻很少，一個月也就那麼一、兩起。
今生投胎到杜家，三妞逢年過節沒少跟著她娘一起給老天爺上香。有時閒下來，三妞也想過怎麼才能讓村裡人富起來，怎奈亓國地廣人稀，開國皇帝怕沒人耕地，即便他是位穿越人士，依然重農抑商。

商人每年所賺一半銀錢交給朝廷，直系親屬三代以內不准參加科考，商戶轉為農戶後一代才准參加科舉。三妞聽段守義說起這項規定時，很好奇地問有沒有改戶籍的，段守義說沒人敢。

亓國戶籍管理嚴格，一旦敗露，不僅當事人被嚴懲，當地官員也會受到牽連。三妞遂歇了慫恿村民行商的心思，卻還想幫助村裡人富裕起來。行商一事行不通，三妞便把主意打到餐桌上。

豐富百姓的餐桌，像他們村所產的豆腐，山上的竹筍、蘑菇等物就好賣出去。怎麼把東西賣出去？三妞思索好久，決定給別人做宴席，把做法推廣出去。

打定主意後，三妞找人訂桌子、製餐具，一來能賺點錢貼補家用，二來宴席不是每天都有，她和她娘也不至於太忙。

杜三妞見他吃得滿嘴油，笑著問：「豬尾巴好吃？」

「好吃、好吃！」四喜忙不迭地點頭。

三妞微微一笑。「你覺得拿出去賣怎麼樣？」

「賣？」衛若懷開口。「妳想行商？」

三妞說：「我們在菜市場賣東西，不在縣裡開店，算不上商戶。像走街串巷的貨郎，他們就不是。」

蔬菜瓜果成熟季，村民吃不完就會去縣裡的菜市場兜售，只交點攤位費就好了。四喜在縣裡做事，對這點很瞭解。「三太奶奶說妳想幫人家做宴，還有時間去縣裡啊？」

「不是我，是你。」

三妞話一落，衛若懷瞪大眼，四喜則一臉難以置信。「我？沒聽錯吧？」

「沒有。」三妞道：「豬毛難清理，讓你娘幫你弄。你三、五天去一次縣裡，日後有固定客源就讓他們來咱們村裡拉，或者直接賣給縣裡的大商戶。」

「等等，姑奶奶，妳是故意給我娘找點活兒幹？」四喜總覺得他嗅出真相了。

誰知三妞真點頭。「不錯，你娘今天跟這個吵，明天跟那個叨叨，要不是看她年齡大，我早揍她一頓了。過會兒我把滷肉需要的調料寫給你，你去縣裡買。」三妞說：「記住，滷水用五、六次就要換一次，時間太長，人吃了會不舒服。」

「我、我還沒答應呢！」四喜拔高聲音。「妳怎麼又擅自作決定?!」

杜三妞說：「因為我是你長輩。豬下水都能用滷水滷製，但不能放在一個鍋裡，不然豬頭肉會沾上腸子的臭味。」一頓，又道：「算了，我寫在紙上。」

四喜上過兩年學，三妞不擔心他看不懂。

衛若懷倒是真不懂，等四喜出去他就問：「聽若愉說，妳和他娘吵過？」

「我沒吃虧。」三妞說：「村裡人低頭不見抬頭見，鬧太僵總歸不好。二寡婦那人，仗著四喜的爹死了，整天叫著孤兒寡母，誰說她一句她就說人家看她好欺負，給她找點事，她好我們大家也好。」

「妳如果賣豬頭肉應該比妳給別人做飯賺錢。」衛若懷很肯定。

三妞笑了笑。「我家的錢夠用就好。是不是奇怪我為什麼不把這事交給我兩個伯父？他們不擅跟人打交道，而小麥的奶奶年齡大，哪天小麥的爺爺忙不開，她也沒法把豬頭肉拉到縣裡。雖說二寡婦不像樣，但她幹起活來一個抵小麥的奶奶兩個，四喜不把縣裡的活辭掉，她也能自個兒做。」

「其實還是因為四喜的家境是村裡最不好的吧？」衛若懷全憑猜測，見三妞睜大眼，便知猜對了。「人有錢，手裡寬裕，二寡婦也不會再幹偷拔菜那種小事，對不對？」

「……你不呆啊！」三妞眨了眨眼睛。

衛若懷皺眉。「我做過很呆的事？妳怎麼會這麼認為？」

杜三妞張了張嘴想說「你爺爺說的，且不止一次」，但驚覺有挑撥之嫌，便改口道：「和若愉比啊！」

「若愉那個猴兒，妳拿我跟他比？」衛若懷難以置信，好像杜三妞侮辱他。

「嗯……」杜三妞發窘，她能說衛若愉那樣才正常嗎？十來歲的少年整日端著範兒，說好聽點是謙謙君子，說俗氣點就是個小老頭。「我覺得若愉挺好的。」

「妳喜歡、喜歡若愉那樣的？」衛若懷意有所指。

三妞正想著待會兒做什麼，渾然沒聽出其中深意。「喜歡啊！活潑又可愛。」

可愛嗎？衛若懷眉頭一挑，試探道：「和杜小麥一樣？」

「對啊！」三妞想都沒想。

衛若懷眼底喜色一閃而過，長舒一口氣。「可以吃了吧？」

三妞微愣，一時沒反應過來。少年，你跳躍得太快了！「得再燒會兒。」掀開鍋蓋把饅頭放竹籠屜上。「我先出去了。」

衛若懷自然不想她離開，可他心眼再多也只是個十一歲的少年。來杜家村之前從不知道喜歡是什麼，看到杜三妞的第一眼，「窈窕淑女，君子好逑」不期然浮現在腦海裡，之前卻連才子佳人的話本都沒看過……追求姑娘的技能為零。因此，衛若懷只能眼巴巴地看著廚房裡剩下他一人。

杜三妞到外面把早已剔乾淨的蹄膀扔進注滿清水的砂鍋裡，水沸騰後汆一會兒，出了血水就把肉撈出來備用。

「妳又準備做什麼吃？」村長等人圍上來。

「紅燒肉。」三妞想說東坡肉的。等她娘把肋條肉全切成五指寬的方塊後，杜三妞在砂鍋裡放個竹架，然後鋪上薑片、蔥段，再把豬肉放在上面。

明天回門宴上等著用，三妞仗著大家都沒吃過紅燒肉，也沒做多麼精細，一層薑片、蔥段再一層肉，鋪了有半砂鍋，才讓她娘倒入黃酒和醬油，趁著她娘不注意，扔塊飴糖進去。

「小火燜一個時辰，撈出來把蹄膀放進去燜一個時辰。」

「不用放鹽嗎？」杜發財問：「肥膘和這堆豬腿肉怎麼辦？」

「不用，醬油裡有。肥膘煉油，豬腿肉留著明兒吃。」三妞又讓她娘割一塊豬肉，回自家廚房。

晚上吃飯的人有兩桌，三妞先做竹筍燉肉，隨後做一鍋蘿蔔燉排骨，燒火的人一直是衛若懷。杜三妞發現他的臉被熏得通紅，頓時不好意思。「沒事吧？」

衛若懷無所謂地搖搖頭，拍拍身上的草木灰。「明天中午還來幫妳燒火！」

「燒上癮了？」三妞哭笑不得。「不用啦！我堂哥明兒不去上工，他們會過來幫忙。」

衛若懷臉上閃過一絲失望，稍縱即逝。「這樣啊……那有什麼事就讓若愉喊我。」

「謝謝，有事就去找你。」三妞笑著舀瓢熱水。「洗洗手，我們出去吃飯。」

院裡放著兩張桌子，每張桌子上面四盆燉肉、一碟涼拌豬頭肉和一碟豬腦，眾人坐下後要麼吃肉、要麼吃排骨，豬耳朵都有人吃，就是沒人碰豬腦。

杜三妞無語。「吃什麼補什麼，若愉，吃啊！」

「妳吃吧！」衛若愉是個小貪吃鬼，如果他不知道那盤東西是什麼，又見被放在正中央，根本不需杜三妞提醒。

「衛老，這個真不錯。」三妞一家、村長、三妞的兩個伯父和衛家爺孫三人同坐一桌。見衛老充耳不聞，就遊說起衛若懷。「衛小哥，我不騙你。」

「嗯……」衛若懷聽到她突然喊自個兒，差點咬到舌頭，抬眼見三妞雙眼亮亮地看著他，衛大少下意識看他祖父。

衛老挾塊豬頭肉，認真地研究一下，肯定道：「這個挺好吃的，就是毛太多了。」

杜三妞簡直氣樂了，之前一個個張嘴「三妞」、閉嘴「妞兒」，叫得比誰都熱情，這會兒一個比一個會裝聾作啞。「你們不吃我吃，以後別想我告訴你們豬腦怎麼做！」

「我吃、我吃！」四喜還等著她的滷肉方子呢！「三姑奶奶別生氣，他們不吃，我吃。」聲音從旁邊桌上傳來。

衛若懷皺眉，怎麼哪兒都有他？「三妞，我也吃。」拿起勺子舀一勺往嘴裡塞。預料中的噁心反胃沒出現，像豬大腸那種怪味也沒有。「咦？和豆腐差不多。」不禁睜大眼，又看了看盤子裡的東西。

三妞道：「豆腐有這個好吃？」

衛若懷又舀一勺仔細品味。「豆腐味寡淡，不如豬腦。」

「那當然！」杜三妞順口道：「瞧你們一個個嚇得，聽說南方有個地方，那裡的人特喜歡生吃猴腦。」

「生吃？」衛若懷又舀一勺子。

衛老按捺不住，剛拿起的勺子「啪嗒」掉桌子上。「生的怎麼吃？」

「生的沒法吃。」三妞說：「我說的生，是把活生生的猴子腦袋砸開取猴腦。」

「天哪！」眾人倒抽一口涼氣。「那還是人嗎？」

當然不是！三妞說：「誰知道呢？我也是在書上看到的，也許是很多年前打仗沒東西吃，人也沒辦法。」

「餓得再厲害也得先把猴子殺死。」衛老眉頭緊皺。「如此和茹毛飲血的遠古人有什麼區別？」

「祖父，三妞的意思是，人家都敢生吃猴腦，您還怕這個嗎？」衛若懷舀一勺子放在衛老碗裡。「嚐嚐，這東西三妞洗了半個多時辰。」

衛老抬頭看孫子一眼，見衛若懷給他個拜託的眼神，衛老只得扒到嘴裡，舌頭一動，豬腦就鑽進喉嚨裡。如衛若懷所說毫無腥臭味，比豆腐要香。「三妞兒，把那個端給我。」

「欸，您吃！」三妞看她爹娘一眼。讓你們不吃，便宜外人了吧！「老爺子，這東西大補，吃一碟相當於吃二十斤豬肉，您可不能貪嘴。」

「丫頭，勸我們吃的是妳，攔著我的又是妳，我到底吃還是不吃？」衛老佯裝生氣。

三妞沒法說膽固醇高，索性笑道：「食不厭精，膾不厭細，這話可是老夫子說的。」

「三姑說錯了。」杜小麥突然開口。「這句的意思是食物越精細越好。」

「誰跟你說的？」三妞道：「老夫子在世時家裡條件並不好，經常需要弟子接濟，衛這點也不可能說出這樣的話。」

「哦，那妳說是什麼意思？」衛老饒有興趣。

三妞說：「我以前也和小麥一樣，自從跟夫子學《論語》後，才瞭解到聖人所說的思想，應該是不能因食物精細就敞開肚皮吃。」其實她是在美食雜誌上看到的，結合孔子那時期百姓烹飪的技巧、等級制度和生活背景，三妞覺得雜誌上的解釋更準確。

衛老比三妞更瞭解春秋史，孔夫子是個講究的人，但不挑嘴，若不是三妞說起，他真沒想到那句話還能這樣理解……轉向三妞，試探道：「村學裡的夫子這樣講過，還是妳自個兒想到的？」衛老希望是後者。

「他沒講。」天空暗下來，三妞沒發現衛老眼中的複雜。「我讀書不是為了考狀元，沒向他請教過問題。衛老，菜快涼了，咱先吃飯。」

「好好好。」衛老一個勁兒地點頭。

衛老吃罷後也沒在杜家停留，帶著兩個孫子回到家就趕衛若愉去睡覺。「若懷，跟我去書房。」

衛若愉誤以為祖父要考校堂哥功課，跑得比兔子還快。

衛老見此不住地搖頭。「你喜歡三妞那丫頭。」語氣非常肯定。

衛若懷關門的手一頓，頓時腳底生寒。「祖父……」說出兩個字，臉不知不覺已變得煞白。「我、我沒……」衛老輕笑一聲，傳到衛若懷耳朵裡像極了怒極反笑，心裡咯噔一下，慌忙說：「我真不喜歡三妞，祖父——」

「你既然不喜歡，以後少往人家姑娘面前湊。」衛老抬手打斷他的話，卻不想想是誰逮著機會就不動聲色地把孫子往外推。

衛若懷的腦裡「嗡」一聲，身體輕晃，暈黃的燭火照得他面色如土。

衛太傅心生不忍，索性說：「我再問你一遍，真不喜歡杜三妞？」

「我……」話到喉嚨眼，衛若懷又生生給嚥了回去，滿眼希冀地望著他祖父，沒發現衛太傅雖然面無表情，臉上卻不見絲毫怒氣。「我、我喜歡就能和她訂親嗎？我打聽過，三妞沒訂親。」

「你不該問我，你母親希望你娶個大家閨秀。」而衛太傅只在乎孫媳婦賢不賢慧。他很滿意三妞，識大體、拎得清，小小年紀見解獨到，之所以沒直白地跟衛若懷說支持他，便是顧及他年齡小，怕他日後反悔。

衛若懷垂下眼，含含糊糊說：「您以前也說過，衛家男兒不需要靠妻族。」

「我是說過。」

衛若懷猛地抬起頭，臉上一喜。

衛太傅道：「將來你的同窗好友都娶高門嫡女，唯有你的妻是鄉野村婦，你忍受得了他們的異樣目光嗎？你母親若不喜歡三妞，你妹妹若鄙視三妞，你會怎麼做？」

衛若懷遲疑道：「我……沒想過。」

「唉，好好想想。端午回去一趟，想好就讓你二叔給你物色個武師父，以後跟我住在村裡，直到你參加科考；改變心意了也提前給我寫封信，我們搬去建康府。」衛太傅頓了頓，才道：「太子地位穩固，皇上就不會動衛家，我不出建康府，他老人家也會睜一隻眼、閉一隻眼。」

「我……我聽您的，祖父。」衛若懷滿心歡喜地進來，低頭喪氣出去。望著昏暗的天空，衛若懷長嘆一口氣。他想等日後考取功名，在他母親那兒幫三妞賺足好感再向杜家提親……回頭看了看書房，衛若懷第二天沒去杜家。

杜三妞連著幾天都見到衛若懷，突然不見他還有點不習慣。「若愉，你大哥還沒起床？」

「早起來啦，在家唸書。」衛若愉坐在涼棚下，托著腮幫子往灶裡添柴。「三妞姊，我不想吃肉。」

「咱不吃肉。」兩口鍋都被移到涼棚下的灶上，三妞只能在大門外做早飯。「雞蛋灌餅、小米粥。」

「這個好！」衛若愉見鍋裡煎著放有雞蛋和韭菜的麵餅，高興的同時不忘衝著他家高聲喊。「錢娘子，快點過來學！」

衛若懷頭一下轉向窗外，衛太傅見狀搖頭。錢娘子的腳步聲越來越遠，直到消失，衛若懷才再次看手中的書，可是一字也看不進去。

衛太傅也沒出聲提醒，由著他發呆，自我調整。他早晚得面臨皇帝的猜忌、同僚傾軋，若連這麼點小事也搞不定，衛太傅再中意三妞，也不會向杜家提親，白白害了人家姑娘。

衛若懷自然不知道祖父的用心良苦，門外時不時傳來堂弟的笑聲、三妞的說話聲，衛若懷越加心煩意亂，起身拿著書去西北面的山腳下。

巳時過半，三妞的姑姑、姨娘、兩個舅舅和舅娘都到了。

三妞拎著砂壺上前招呼，被她大舅娘一把摟進懷裡。「我怎麼覺著妞兒又更漂亮了？」看向三妞的姑姑。

杜菱笑道：「可不是？一天一個樣，長大了可怎麼辦喲！」

「愁什麼？廣靈縣找不到配得上咱家妞的，就去建康府。」大舅丁秋實顯然跟三妞想的不一樣。

三妞前世相貌平平，氣質也是後來手上有錢堆出來的，以致今生無論別人怎麼誇她漂亮，對前世印象太深的三妞都不覺得她有多好看。

杜二丫奚落她將來難嫁出去時，三妞就打算回頭幫人家做宴席時，瞅瞅有沒有老實又願意入贅的好後生，拐一個和她一起照顧爹娘。

「舅舅喝茶，我出去看看。」三妞自然不會把心中的想法說出來，畢竟她才十歲。「今兒我做菜，給我個意見，不足的地方我再改。」

「我們可得好好嚐嚐。」丁秋實的話一出口，杜菱想勸解的話只得嚥下去。

三妞看到她大姑姑一副欲言又止的樣子，權當沒看見，到門口被段守義攔個正著。

「過來，咱倆好好聊聊。」

「打算聊幾文錢的？」三妞笑盈盈地問。

段守義一噎。「提錢多傷感情！咱倆誰跟誰？」把閨女遞給大妮後就去抓三妞的胳膊。

三妞朝他手背上一巴掌。「男女授受不親！」

「呵，妳是女人？小丫頭片子！」段守義白她一眼，從懷裡拿出個荷包。「三兩銀子，五香粉方子，夠誠意吧？」

杜三妞伸出食指舉到他面前晃了晃。「吃過午飯再談，我二姊和二姊夫快到了。」

趙家開布店，段守義倒不怕三妞一個方子賣兩家。「成。」往前走一步，想想又退回來。「妞啊！肥水不落外人田，價錢咱可以再商量。」

「丟不丟人啊你？」杜三妞瞥他一眼。「大姊，舅舅他們來了。」話音一落，段守義被大妮拽屋裡拜見長輩去。

杜發財走到三妞身邊，低聲說：「不准敲詐妳姊夫。」

「我姊夫姓段，還是個生意人。」三妞道：「你和我娘加一起也沒他心眼多，有閒工夫還是多操心操心我二姊怎麼還沒來吧！」

午時快到，按理新婚夫婦該來了。「我去看看。」杜發財往東南去。

三個閨女，大妮老實，三妞聰慧，二丫聽她說話也是個聰明的，然而杜發財清楚，二丫只有小聰明，很怕她到婆家聰明反被聰明誤。

趙家人前天來送聘禮，若比照之前的大妮，趙家得拿幾斤牛肉。當他們得知杜發財要豬肉，即便知道丁春花不是沒見過世面的村婦，多少也有點看輕杜家了；幸而趙家想順順利利把兒媳婦接到家，便送了兩頭豬、一頭羊。

結果，趙家作夢也沒想到，辭官回鄉的衛太傅、被亓國百姓尊稱相爺的人，竟是杜家村一員，還和杜發財家關係不錯！趙存良不清楚爹娘的小心思，昨兒來接二丫時非常坦然。回到家被他爹娘堵著問「有沒有看到傳說中的相爺」，趙存良回一句「見到了」，趙家老倆口當晚就去縣衙打聽，問最近有沒有人報備殺牛。大晚上的，即便打聽到也來不及買，這不，早上二丫還沒起來，趙存良的爹就去買牛肉了。

杜二丫不知內情，見回門禮多了一塊將近二十斤的牛肉，心中歡喜，嘴上卻說：「我爹娘人好說話，拿一半就行了。」

二丫的婆婆邊把回門禮搬上驢車邊說：「買都買了，拿去吧！」心想：妳爹娘好打發，妳妹妹可不是省油燈，以為我們沒打聽過妳家的事？

本著多一事不如少一事，二丫的回門禮比當初大妮的多三成。

杜三妞看到她二姊夫送到灶臺上的牛肉，眼珠一轉，喊來段守義。「這才叫誠意，大姊夫，學著點。」

段守義下意識找趙存良，新女婿正在屋裡聆聽長輩教誨。段守義暗罵一聲：就你會做人！擠出笑，道：「妞啊！我爹娘說，等我們家的店做大就跟我分家，縣裡的店留給我和妳姊，他們去建康府再開一家。」

段守義有姊姊和弟弟，姊姊早已嫁人，弟弟才十四歲，身為長子本來就要繼承家業。

三妞嗤笑一聲。「剛才的三兩銀子是你的私房錢？」

「我哪有這麼多私房……」段守義像被人踩著尾巴。「我爹給的。」從三妞這兒帶走的炸蠶豆、清蒸排骨和炒山藥已成了食客必點的菜，要不是礙於杜家忙著辦二丫的事，他早被他爹趕過來找三妞買食譜了。

三妞道：「我知道了，今天不會讓你空手而歸。」

杜二丫來到，村長見杜家親戚到齊，喊來幫忙的後生。「桌子抬出來，半個時辰後開飯。」

涼棚下有兩口鍋，三妞決定一口鍋做油炸，另一口鍋留著清炒。三妞準備十六道菜、四個湯。其中八道葷菜，分別是涼拌豬頭肉、涼拌豬腳、糖醋里脊、紅燒肉、筍塊燒肉、燉排骨、椒鹽小羊排和紅燒蹄膀。

葷菜陸續出鍋，杜三妞見客人不住地揉著肚子，抿嘴笑了笑，出去就把四個湯改成兩個，鯽魚湯和羊肉湯出鍋後，三妞喊。「若愉、小麥，過來，咱們也吃飯！」

「我去喊大哥。」衛若愉說著話就往家跑。

衛若懷想到母親和妹妹有可能看不起三妞，就不知該怎麼面對她。衛若愉見他大哥想去卻磨蹭個沒完，誤以為他又矜持。「再不去可沒得吃了啊！」

「祖父讓你來喊我的？」衛若懷不是注重口腹之慾的人，何況錢娘子被三妞教得已會做很多菜，他在家也能吃好。

衛若愉翻個小白眼。不是祖父叫你就不去啊？「是三妞姊。真不去？」作勢丟下他。

「去！」「三妞」兩個字瞬間擊垮衛若懷心中的堅持——不想清楚不去三妞面前晃悠。

杜三妞家來了六桌客人，但她準備了八桌菜，借她大伯和二伯家的大方桌，幫忙辦事的男人一桌，女人們坐一桌，菜比客人吃得還豐盛。

杜四喜發現多出蒜苗炒大腸和爆炒羊雜，得寸進尺道：「三姑奶奶，案板底下還有塊牛肉，咱做點嚐嚐唄？」

「先把你嘴裡的吃完！」李月季瞪他一眼。「別搭理他，這麼多菜，咱們都吃不完了。」

「我知道。」三妞邊啃著排骨邊問：「縣裡賣豬肉的都是什麼時候殺豬？」

李月季說：「想把家裡的肉賣了？」

「不賣，豬肉和牛肉留著我做好吃的。」三妞說：「四喜，吃過飯去縣裡看看，碰巧就把屠夫家的豬肉、豬蹄和下水全買來，我家的滷水你帶回去，還能用幾次。」

「四喜買那些東西吃？」李月季詫異道：「少吃點，留著錢把家裡的房子修修，來年我給你介紹個媳婦。」

四喜的臉一下子紅了，不敢說上次從縣裡提前跑回來便是回家相看，女方對他很滿意；然而提到他娘，女方的爹娘立馬反悔。「我才十五歲，不急。」

「先訂下來，十七、八歲再成親。」李月季說：「十七、八歲再相看就晚了。」

杜三妞忍不住頭疼，怎麼哪個時代都有吃飽沒事幹的七大姑、八大姨、嬸子大娘，天天盯著人家的婚事？「大伯娘，這話我不同意，將來四喜家蓋五間大瓦房，他二十歲也有小姑娘哭著、喊著要嫁給他。四喜不醜又識字，到時候給他找個離這邊遠的，成親之前別讓他娘出來，啥事都沒有。瞧我，說著又說遠了，我是想讓四喜賣豬頭肉，妳和二伯娘願意幹的話，我就不教四喜。」

杜四喜臉色一變，正待開口，衛若懷拽一下他，四喜想問「你幹麼」，就聽到李月季說話。「我才不搞那個，刮豬毛快累死我了，跟妳一起幫別人做喜宴，天天能吃到好吃的，活還輕鬆。」頓了頓，又道：「我覺得這事也不適合四喜幹，適合二寡婦，累得她直不起腰，看她還動不動和別人吵架！」

四喜無語，他娘到底有多麼不受待見？「我待會兒就去買。」

杜三妞也是哭笑不得。「我二姊家的驢車在這兒，你用車拉滷水。」想跟他說豬頭肉的定價，瞧著周圍那麼多人，便決定晚上去他家一趟。

午飯後送走遠路的親戚和新婚夫婦，三妞的舅舅、舅娘和伯娘幫忙收拾桌子，三妞也沒小氣，每家割兩斤羊肉和五斤豬肉。「剩菜就不給你們啦！」

「我不要生肉。」李月季說：「還有剩的紅燒肉，給我一碗。」

「也給我一碗。」三妞的舅娘說：「再給我拿點炸蠶豆和花生，回去給幾個孫子吃。」

三妞見兩人沒跟她客氣，也說：「行啊！娘，妳去拿，我和二舅有點事說。」

交通不便，多數百姓無論去哪兒都得靠走，今天來吃飯的便全是大人。

「和我？」丁豐收指著自個兒。

三妞點頭。「五香粉方子，我大姊夫給我三兩銀子我沒賣，二舅，給我三兩銀子就賣給你。」

「多少？三兩？」李月季猛地睜大眼。

段守義急了。「妳不能說話不算話！」

杜三妞睨了他一眼。「我說什麼？自始至終都是你在說。大姊夫，別嫌我講話難聽，雖然你娶我姊，可有句老話說得好，男人能信，母豬上樹，你覺得和我舅比，我和你親還是和我舅親？」

段守義一噎。「妳……我……我是妳外甥女的親爹！」

「那又怎樣？媳婦厭了可以再娶，孩子也可以再生，但舅舅我只有兩個。」偌大的院裡忽然寂靜下來，李月季拽一下丁春花。妳不管管？

丁春花拍拍大嫂的手，要她別擔心。

一時間，段守義被她氣得出氣多、進氣少。「妳巴不得我和妳大姊和離，對不對？杜三妞！」

「不對。」杜三妞脫口道：「我只是就事論事。古往今來，有多少男人功成名就時，許別人花前月下。我姊出身鄉野，誰能保證你日後不會休掉生不出兒子的糟糠之妻？世間沒得兩全法，我留一手有什麼不對？你敢說沒自己的小心思，想獨占五香粉方子，不准我賣給別人？姊夫，只要你點頭，我把配方免費送你。」

段守義一窒，對上她那似笑非笑的雙眼，心中一動，福至心靈道：「妳故意的，我怎麼說都不對。」

三妞輕笑一聲，算他反應快。從一開始她就沒打算把五香粉配方給段守義，故意拿這事吊著他，便是想找機會敲打他。大姊老實溫順，從來報喜不報憂。這裡是封建等級森嚴、重男輕女是正常現象的時代，三妞不信段守義的娘沒數落過她大姊。

無論段家兩老怎麼嫌棄大妮生不出兒子，可段守義若像她爹杜發財一樣硬氣，沒兒子就把女兒當半子，杜三妞也不會動不動懟他；然而據三妞觀察，段守義並不如她爹豁達。

「東西是我的，我想怎樣就怎樣。」三妞仗著年齡小才敢這麼無賴，過兩年說這番話就是不懂事的表現了，到段守義耳裡也會適得其反。「你是我大姊的男人，和我沒半文錢關係，今天晌午的一桌菜，給我一頭驢、一輛板車，我把所有的做法寫給你。」

「三妞！」杜發財皺眉。「妳這樣和敲詐有什麼區別？」

「有啊！」杜三妞理直氣壯。「爹，咱家日子寬裕了，日後若大姊過得不愉快，想和大姊夫和離，也不怕回到娘家沒飯吃。爹，咱們是大姊和二姊的依靠，我上學時夫子說過無欲則剛，俗氣點就是大姊不圖段家的錢財，只圖夫家的日子，便不會因為捨不得錢而委屈自個兒。」

段守義氣樂了。「合著我給妳驢和板車，也是為了大妮能捨得和我和離？杜三妞，小小年紀精成這樣，就不怕沒男人敢娶妳？」

「不敢娶我是他膽小，我才不要嫁給慫貨。」三妞翻個白眼。「一句話，給不給？」

段守義算了一下，這筆買賣長遠看不吃虧，剛才也是震驚於杜三妞獅子大開口。「整天擔心我對大妮不好，那二丫呢？」

「二姊會藏私房錢，我大姊憨。」

大妮苦笑，眾人也是無語。

「而且二姊夫沒你這麼多心眼，他知道我家的飯好吃就沒問我怎麼做，誰像你，我炸蠶豆都盯著不放。」

「那是因為趙家賣布。」段守義說。

杜三妞嗤之以鼻。「別不承認，二姊夫的臉皮沒你厚。我說累了，誠心呢，一手交東西，一手交食譜，也可以讓你爹過來和我談。二舅，三兩銀子。」

丁豐收開雜貨鋪，鋪子裡針頭線腦少不了，醃菜、臘肉也有很多，賣五香粉倒是比段守義合適。「我沒帶那麼多銀子。」

「沒關係。」

段守義想調頭走人，沒這麼區別對待的！誰知腳還沒抬起來，又聽到更氣人的——

「什麼時候給我錢，我什麼時候再給你寫配方。」

「三妞！」丁春花嫌丟人。

杜三妞毫不心虛和羞愧。「二舅和大姊夫都是親戚，我得一視同仁。」

「呵呵……」段守義簡直想給她鼓掌。「我嚴重懷疑妳投錯胎了。」

杜三妞深表贊同。「我也覺得我投胎那會兒閻王爺睡著了，不然……」上下打量他一番。「哪用得著這麼麻煩？敢欺負我姊，立馬揍得你不知道家門朝哪兒！可惜是個女孩兒。二舅，別生氣，我得給我爹娘存養老錢。」

「家裡有地，我們能花多少錢啊？」杜發財又是心疼、又是好笑。

三妞說：「久病床前無孝子，有銀子就不一樣了，錢能使鬼推磨。大伯、二伯，你們也得存點，以後堂嫂不耐煩伺候，就使喚村裡的小子去縣裡給你們買吃的，饞死他們，讓他們敢給你們甩臉子？」

「說這麼多，就這句對了。」李月季說：「我是得多存點錢。」

「妳少說兩句吧！」丁春花一看兩個嫂子不像開玩笑。「三妞，找人玩去，這裡用不著妳。」

杜三妞說：「爹，把我留的豬肉和牛肉搬屋裡去，我明兒做好吃的。」

「做什麼？」杜發財順口問。

三妞衝段守義呵呵一笑。「五香肉乾，非常美味哦！明天來巧了，做法送給你。」

段守義仰天長嘆。「三妞啊三妞，仗著我有求於妳是不是？信不信我不要了？」

「那是你的事，不用告訴我。」三妞無所謂。「反正我得給我爹娘存養老錢，大不了賣給別人唄！」

「妳！」段守義咬牙切齒。「我要和妳斷絕來往！」

杜三妞翻個白眼，轉頭就說：「大姊，瞧見沒——咦，我姊呢？」回頭看另一邊，同樣空無一人。「爹娘呢？」

「不是在——」段守義的聲音戛然而止，他旁邊也沒人，抬眼看三妞，什麼情況？

三妞哼一聲。「爹娘嫌你小氣，出去了！」

「妳姊嫌妳摳門，回屋了！」段守義說著話，往堂屋裡去。

三妞往門口走，經過段守義身邊，使勁朝他腳上踩一下，然後拔腿就跑。

段守義「哎喲」一聲。「給我站住，死丫頭！」踮腳去追。

「傻瓜才站住！」三妞回頭扮個鬼臉，邊跑邊喊。「爹、娘，大姊夫要揍我，快來啊！」

段守義踉蹌了一下，出門就看到岳父拿著刀，岳母拿著擀麵棍，他心裡一突，下意識後退兩步。「別聽她瞎嚷嚷，沒有的事！天兒不早了，大妮，咱們回去吧！」

「等等，給你們割一塊羊肉。」三妞為了把豬肉的做法推廣出去，這幾天一直在做和豬肉有關的吃食，羊肉只用掉羊排和一條前腿。

杜三妞不准她爹娘動豬肉和牛肉，丁春花打算把剩下的羊肉給幾家親戚分分。

段守義一見岳丈拿刀是要砍羊腿，登時不怕了。「給我們一半就夠了。」

「你還想要多少？」三妞趴在她娘身後。「大舅、二舅和大伯、二伯還等著呢！」

段守義的臉瞬間變得通紅。「妳……閉嘴！」

「三妞，別逗妳姊夫了。」杜大妮拎著一包乾菜出來，蹙眉道：「娘，家裡什麼都有，羊肉就算了。我見灶臺上有泡發的木耳、香菇、黃花菜，對了，還有竹筍，給我們吧？」

丁春花想了想。「也行。」

結果，段守義趁三妞去給衛家送紅燒肉時，把剩下的蠶豆和花生米倒走了一半。

三妞回來時，段守義和杜大妮已出村，而三妞還不知此事……

第五章

第二天，段守義過來看到三妞就笑咪咪打招呼，渾然不見昨日怒氣滔天的樣子。

三妞鄙視他，要錢不要骨氣的傢伙！「驢和板車呢？」

「我爹去買了。」

段守義回去後把三妞的要求一說，他娘當即氣得跳起來——

「都是親戚，意思意思就成了，小姑娘家的，要驢和板車留著她吃?!」

「不留著吃，留著拉莊稼，拉著她幫別人做宴席。」段守義不受他娘影響。「三妞說，她得賺我老丈人及丈母娘的養老錢，妳和爹不同意的話，她不把食譜賣給別人也成，等她爹娘老了，我和大妮出一份養老錢。」

段家兩老蔫了。聽說三妞又要免費教他做肉乾，今兒天沒亮，段守義就被老娘喊起來。

三妞自然不知道段家的事，聽她姊夫這樣說，十分滿意。「先做肉乾，幫我燒火。」使喚起段守義毫不客氣。

豬肉已被丁春花剁成肉末，三妞便先做豬肉脯。肉裡加胡椒粉、鹽、黃酒、醬油和碾碎的飴糖，再順著一個方向攪拌——不過這活兒被三妞推給了段守義。

段守義今天來的目的就是學做肉乾，三妞讓他親自動手，段守義很高興，然而一會兒後他就笑不出來了——胳膊痠痛啊！

三妞可不管那麼多，紗布包住一團豬肉，用擀麵棍擀成薄片，待鐵鍋燒得燙熱，把肉片放到鍋裡烤乾。待鍋冷卻，再次燒熱鍋，繼續烤肉片的另一面。

「這麼麻煩？」段守義皺眉。「不能像攤雞蛋餅那樣做？」

「不行。」三妞心想，有微波爐哪用得著這麼麻煩。「肉片太薄，灶底下留火，肉一下子熟了，就是炒肉了。」

杜三妞第一次做，不知道能不能成，怕肉黏鍋，特意在鍋裡擦了一層豬油。多一層油，肉烤乾後，豬肉片兩面變成金黃色。

江南多雨，肉片必須放在乾燥的地方，時常拿出來通風，不然最多五天就會生黴菌。

段守義聽著三妞的提醒，又忍不住皺眉。「我賣多少合適？」還有一句沒說，不好賣再發霉，豈不是虧大了？

「至少得賣成本價的一倍，你能賣三倍也行。」三妞不知道縣裡的消費情況。「姊夫，成本是包括肉、調料和人工費。」

段守義點頭。「我知道。妳歇歇，叫娘過來做。」

「娘在門口煮牛肉呢！」

杜三妞身矮腿短，烤肉片時必須踮腳，稚嫩的小臉上寫滿認真，段守義瞧著她這麼懂事又心疼，苦於他連鍋鏟都不會用，只能看著他們家三妞顫顫巍巍像踩高蹺似地幹活兒。

完。

好在三妞家的鍋大，一次可以做幾張肉乾。一個時辰後，回門宴剩下的生豬肉就被她做完。

五香牛肉也出鍋了，丁春花怕耽誤事，端著砂鍋找她。「倒出來？」

「對，切成肉片。」做好的豬肉乾分成四份，一份給段守義，一份自家留著，一份給她大伯和二伯，另一份，自然是孝敬衛老。

衛太傅雖說辭官回鄉，可他兒子還是朝中大臣，在廣靈縣乃至建康府，無論遇到什麼事，報出衛老的名號，絕對沒人敢輕舉妄動。

三妞清楚這點，再心疼勞動成果，也毫不猶豫地連牛肉乾一起送過去。

衛若愉正在看他哥和他祖父下棋，聽到三妞的聲音，歡呼一聲就往外跑。「我聞到香味了，三妞姊！」看到她端著小笸子，登時笑眯了眼。

「三妞來了啊！又做什麼好吃的？」衛老見大孫子的心跟著跑到外面，乾脆說：「下午繼續。」

衛若懷在他身後，也眼巴巴望著三妞。

三妞沒看出衛若懷看的是人而不是吃食，笑道：「肉乾這東西累牙，適合衛小哥和若愉吃，衛老吃的時候注意點。」

「沒事，我的牙比你們小孩好。」衛老伸手就拿一塊牛肉乾，放在鼻子邊嗅嗅。「聞著不錯。」

「吃著更香。」見錢娘子過來，三妞就把筐子交給她。「今兒是二月二，我娘說待會兒煎年糕，我先走了啊！」

「對哦，二月二，煎年糕，細些火，慢點燒，別把老公公的鬍鬚燒著了。妳不說我都忘了！錢娘子，咱家做年糕沒？」衛老忙問。

「年糕？那是什麼？」土生土長的京城人士錢娘子從未吃過，只隱約聽說過。「用什麼做？老奴這就去做。」

「來不及了。」三妞道：「糯米和稻米泡水後上鍋蒸，蒸熟後倒在石搗臼裡舂搗，打得黏糊便可取出來。」三妞說：「你們家如果想做，現在就得去泡米，兩天後上鍋蒸……不過，年糕好吃難消化，吃法倒是不少，剛打出來的年糕沾糖吃，風乾的年糕泡軟切片和青菜炒，能當飯也能當菜。」

「三妞姊，別講了。」衛若愉忍不住舔舔嘴角。「我現在就想吃年糕。」

「去我家吃。」三妞笑道：「我爹早上起來就開始打年糕，這會兒應該可以吃了。衛小哥去嗎？」

衛若懷下意識看向他祖父。

衛老想笑。「出去透透氣吧！」

「是，祖父，我去去就回。」衛若懷在京城時和朋友們出外遊玩，偶爾遇到美麗的姑娘時，會靜靜地聽著朋友談論，心裡默默地描畫他理想中的妻子。賢慧、漂亮、明理，在衛若懷看來，三妞剛好符合；可他一想到京城的親朋好友，又忍不住猶豫，一時變得不像自己。

衛老自然不曉得，怕衛若懷把自個兒逼得太緊，也說過。「人生大事得謹慎考慮，不過你和三妞都還小，不著急。」少年一想，祖父說得對，然而想見三妞又怕三妞也喜歡上他，他日後再辜負三妞；不見她，衛若懷又忍不住……短短兩天，衛若懷覺得他至少得老七歲。

杜三妞道：「很快，耽誤不了多少時間。」

衛若懷抿抿嘴掩下竊喜，跟上三妞。

誰知三妞到家就給衛若懷拿年糕，遞給他的時候再次交代。「別吃太多，不好消化。」

衛若懷接過來，站著不動。

三妞不解。「還有事？」

「沒、沒，謝謝。」這就趕他走？不多說兩句嗎？衛若懷好失望。「我想問，四喜有沒有聽妳的話製滷肉？」

「我今天上午忙半天，沒顧得上去他家，等一下去看看。」

「那妳去，有什麼事儘管找我，我回來雖沒幾天，在縣裡也能說上話。」衛若懷把最後一句說得格外重。

三妞起先沒明白，把人送出去才後知後覺，衛若懷這是要幫他們撐腰啊！

豬肉脯和牛肉乾做好後，段守義拿著食譜，拎著丈母娘給他收拾的大包、小包，騎著驢回家。

三妞的爹娘去地裡看有沒有草，有草得趕緊鋤，不然過些天育稻苗，忙起來就沒時間了。

三妞瞧著她家的牛豬雞鴨鵝或爬或蹲著打盹，想了想，鎖上門往村東頭去。

二寡婦正在院裡拔豬毛，見她過來沒好氣。「四喜不在家，沒人幫妳幹活！」

「我不找他。」三妞搬張小凳子坐她身邊，歪著腦袋打量二寡婦。「四喜的爹找妳聊天沒？」

「啊！」二寡婦一激動，鑷子一下子戳到手上。「妳、妳滾，我家不歡迎妳！」顧不上手指可能流血，指著大門趕人。

杜三妞也覺得自個兒夠壞的。「我走。」非常痛快。

二寡婦鬆一口氣，沒等氣出來，就聽到「下午再過來」，回答三妞的是「砰」的關門聲。

「膽小鬼！」三妞撇撇嘴，抬眼看到四喜的二嫂似笑非笑的模樣，三妞臉一熱，欲蓋彌彰道：「看著妳婆婆把豬下水洗乾淨，四喜不在家，我回頭教妳怎麼滷。」

「謝謝三姑奶奶，您別跟她一般見識。」

「我才懶得搭理她。」三妞踮著腳摸摸她懷裡小孩的臉蛋。「要不是看四喜兄弟幾個勤快，我家有什麼事隨叫隨到，我才不過來。」還有一點三妞沒說——她家沒兄弟，平時多幫幫村裡人，將來遇到什麼事，趕巧她幾個堂哥不在家，也能找到幫忙的人。

「我就說三姑奶奶最大氣。」對方見她沒記恨之前的事，招呼道：「快晌午了，去家裡吃飯？」

「我得回去給我爹娘做飯。」杜三妞猛地想到一事。「妳去村長家，叫他通知村裡人多買點豬肉，估計要不了多久豬肉就得漲價。」

「漲價？」四喜的二嫂不明白。「聽誰說的？衛老太爺還是您大姊夫？」

三妞不答反問：「四喜買兩個豬頭、兩副下水多少錢？」

「好像不用五十文，四喜早上還念叨，這麼便宜賣多少一斤合適？」

「先賣十二文，有人嫌貴也別降價，一斤送二兩。賣的時候暗示客人，全天下只有你家會做豬頭肉，別心虛、別慫，買的人也就當真了。咱們村的人都知道用豬肉燉菜、煉油，我姊夫的酒樓裡也推出清蒸排骨，豬肉不夠賣，自然得漲價。」

「照您這樣說，我們是不是還得多養幾頭豬？」

三妞眼中一亮，果然不能小瞧古人，讚賞道：「聰明！我家的六頭小豬仔，過三、四個月就能出欄了。」

「難怪去年一下子養那麼多，四喜回來就讓他們去買豬仔。」對方說著就拐個彎。「我這就去村長家，三姑奶奶？」

「去吧！」杜三妞擺擺手。

下午再去四喜家，二寡婦已不在院裡，問杜四喜的大嫂才知道，那婆娘也跟著別人一塊兒去縣裡買豬肉和豬仔了。

杜家村識字的男人多，妻女在其耳濡目染下也比別村的婦女覺悟高，得了村長的話，一群村婦吃過午飯就組團去買豬仔和豬肉，走出杜家村就四下散開。

黃昏時分，多數村民家裡都多了兩、三頭豬仔和幾十斤肥豬肉，因為分開行動，硬是沒人察覺到。杜三妞得知後哭笑不得，也再次告誡自個兒不能小瞧古人。

在門口吃飯的時候，聽大人們再次談論起豬肉價，杜三妞不期然想到豬油。「咱們村的媳婦都不告訴娘家人或者嫁出去的閨女嗎？」

「說是要說的，不過，估計那群婆娘也就順帶地說一、兩句，不會說得很清楚。」李月季說。

出來消食的衛老聽到，問：「還有什麼講究？」

「嫁出去的閨女潑出去的水。」李月季理所當然。「不是誰都像咱家，閨女、兒子一樣養，多數媳婦在家當閨女都受氣，可等她們當娘又開始不疼閨女，母女感情不親，閨女和娘兩條心，能提醒一句就不錯了。」

「欸，人啊！時間一長就變成自己討厭的人。」衛老嘆口氣。「如果都能想得開，你們村也就不會只有三妞一個姑娘上學。」

「老爺子，您這是連我一塊兒捎帶上了。」李月季不禁苦笑。

衛老點點頭。「難道妳不是？」

李月季一噎。

三妞噗哧笑了，噴了一地大米。

衛老轉頭一看。「咦？丫頭，妳碗裡是什麼？」

「炒飯。雞蛋餅切碎和臘肉、竹筍、蔥、米飯一塊兒炒，熟後放點醬油，就變成花紅柳綠的樣子。」杜三妞指著面前的一清二白。「這裡是大蒜炒糕，我家廚房裡還有，要不我幫您盛一點？」

「不用，晌午吃了點年糕，現在還沒消化。」衛老說著，轉向兩個孫子。「你倆呢？」

衛若愉摸摸圓鼓鼓的小肚子，言不由衷道：「我還可以再吃點。」

衛若懷出其不意在堂弟肚子上按一下，衛若愉難受得哼一聲，衛若懷壞笑。「還能再吃多少？二少爺。」

小孩的臉刷一下紅了，抬起胳膊要打他，衛若懷連連後退，小孩抬腿去追，然而吃得太飽，繞著衛老跑兩圈就累得一屁股坐在石墩上喘粗氣。

三妞哭笑不得。「你家晚上做什麼吃的？」更想問衛若愉吃了多少？

「年糕沒消化，晚上又喝兩碗湯。」衛老說著，不禁感慨。「年糕這東西真抵餓。」

「純米臼打出的，比米飯管飽也正常。」三妞說：「我們家一般把年糕當菜，胃不好的人從不吃。」頓了頓，看向衛若愉。「他年齡小，腸道弱，是我沒想到。」

「不怪妳，我們也沒信妳。」衛若懷怕三妞自責。「不試過，誰都認為自個兒是對的。」

「你這麼一說我想到了。」三妞把碗筷給她娘。「我去四喜家一趟。」

「大晚上的，不怕二寡婦趁著天黑沒人看見揍妳？」丁春花說。

三妞笑道：「她敢打我早打了，不會等到現在。」

「若懷陪妳一起去。」衛老突然開口。

衛若懷臉上一喜，眼巴巴看著三妞，恐怕她拒絕。

三妞哪敢拒絕？她娘盯著呢！

杜家村不大，西頭到東頭也就一碗麵的工夫。衛若懷磨蹭一會兒，想問三妞去四喜家幹麼？四喜家已近在咫尺，「再逛一圈」的話差點脫口而出，幸好四喜聽到聲音及時開門。

杜三妞進去就看見二寡婦瞪著眼，大概瞧見她身後的衛若懷，轉身回屋，連聲招呼都不打，搞得四喜別提多尷尬了。

三妞反倒習慣了。「我明天和你們一起去，也別到處找攤位，就在豬肉鋪旁邊。」

「和賣豬肉的一起？」四喜驚叫道：「三姑奶奶，咱比人家的肉貴一倍，豬頭和豬下水還是向人家買的，妳就不怕咱們出不了縣城？」

「不怕，他們還得招呼你下次再來。」三妞一錘定音。「就這麼說定，我回家了。」

「唉，等等！不行啊！」四喜攔住她。

衛若懷眉頭緊皺。「有我在，有什麼好怕的？」

三妞猛然停下腳步。「你？」上下打量他一番。「和我們一起去？」

「嗯……」衛若懷被她看得莫名心虛。「我、我是想著縣裡的人知道妳認識我，那些巡查的衙役、地痞流氓就不敢欺負妳，何況你們第一次去賣東西，妳年齡又這麼小。」

「你考慮得真全面，謝謝你。」三妞不是沒想過借衛家的名，可衛家對她這種小老百姓來說有點高不可攀，衛老爺子看起來雖然和藹可親，若是厭惡別人這樣做，她和她爹娘可承受不起衛家的怒火。「你祖父同意？」

「能幫到鄉鄰，我祖父樂意之極。」衛若懷說得非常肯定，心裡卻惴惴不安。

果然，回到家和衛老說起這事，衛老半晌沒吭聲，衛若懷只得硬著頭皮說：「祖父，我雖然沒想好日後怎麼應付母親，可我後來又想了想，不能放著三妞不管，她現在去縣裡，萬一被慧眼識珠的人看見，再對她死纏爛打……」

「我有說不讓你去？」衛老真想翻個白眼。「瞧你小子急得，我也希望你將來的妻子賢慧懂事、識大體，妻賢夫興旺的道理你懂，我不懂嗎？」

「你同意了，祖父？」不待衛老開口他就往外走。「我去找明天去縣裡穿的衣服。」話音落下，人已出了書房。

衛老看著敞開的門，氣笑了。「鄧乙，過來。」

「老太爺？」鄧乙見他家少爺出去不關門，誤以為他會再回來，就繼續守在門口。「有什麼事您吩咐。」

「明天用我們家的馬車送三妞去縣裡。」衛老說。

鄧乙彎著的腰猛地挺直。「老、老太爺，小的沒想錯，少爺真看上杜家三妞？那小丫頭有什麼好？您老這是同意了？」

「那小丫頭有什麼不好？」衛老反問。

鄧乙一窒。「她、她是個農女啊！」

「以咱家的情況，娶個農女，信不信皇帝會親自賜婚？」衛老這些日子遠離朝堂，漸漸能從旁觀者的位置上看問題，再次確定趁著老妻病逝辭官回鄉的決定，是他這輩子做的最正確的事。

「不至於吧？」鄧乙雖不是普通的僕人，但也只是個僕人，眼界限定了他的思想，覺得衛老的功勞沒高到震主，自然不信衛家會被皇帝發落。

衛老的門生遍布各地、六部衙門，不至於？只是那些人暫時身分不顯，待日後成長起來，衛老想脫身就晚了。「讓你去就去，哪來那麼多廢話？」

「是，小的這就去通知。」鄧乙渾身一僵，驚覺逾矩，忙出去交代。

衛老回鄉共帶四房僕人，一房錢家管灶房；一房鄧家貼身服侍主子兼管帳房；一房管理牲口，平時打掃庭院；還有一房是護衛。三個主子、四房人看起來不少，其實也是京城衛家大宅的一大半人。

衛老走之前告知兩個兒子要低調，哥兒倆硬是沒敢再外聘僕人，只用餘下三房的家生子。

有衛若懷跟著，四喜在豬肉鋪旁邊賣豬下水，屠夫是敢怒不敢言，誤以為三妞一行是有錢人家的窮親戚。三妞借用他家鍋灶，屠夫氣得肚子疼還是借給她用。

得知三妞來縣裡的丁豐收慌忙趕過來時，三妞正端著香氣四溢的豬肝和豬大腸出來。

「二舅，來嚐嚐！」

「要和妳姊夫打擂臺啊？」丁豐收打趣她。

杜三妞笑道：「我閒啊？」見周圍買東西的行人駐足往這邊看，三妞高聲說：「我家的豬頭肉一斤只要十二文，十二文能做一碟菜，你們不買我也告訴大家怎麼做。」隨後就介紹兩道菜的做法，卻不教他們如何清洗豬下水，末了還說：「豬頭肉切片，澆上蒜瓣水就可以吃了，味道怎麼樣，大家一嚐便知。」

丁豐收這時也看到杜四喜手裡端著個盤子，盤子裡顯然是涼拌豬頭肉，肉上面還有很多小竹籮。丁豐收沒吃過，但他相信外甥女的手藝，插一塊塞嘴裡。「咦，還有脆骨？」

「二舅吃到了豬耳朵。」三妞解釋。

「哎，這不是北面雜貨店的丁二老闆嗎？她是你外甥女？怎麼沒聽你說過還有個這麼漂亮的外甥女？」

「太漂亮，怕你們把我姊家的門檻踏破。」丁豐收笑咪咪道：「大家嚐嚐！嚐嚐不要錢，不好吃不買也沒事。」餘光瞟到屠夫臉黑得嚇人，忙拽三妞一下。

杜三妞接道：「大家嫌貴就買豬肉，把切成塊的豬肉放在熱鍋裡乾煎出油，無論和什麼菜放在一起炒都好吃。當然，大家想要菜更有味的話，明兒就去我二舅家買五香粉。」

「為什麼不是今天？」有人問。

三妞信口胡謅。「二舅家的五香粉被我姊夫段守義買走了，暫時還沒有。」其實段家酒樓用的五香粉全是段守義在他丈母娘家拿的。

「段家？我知道，酒樓最近的菜特別好吃，原來是用了五香粉啊！丁二老闆，你可得給我留點！」家裡不差錢的人忙說。

丁豐收本來還擔心沒人買五香粉，聞言頓時樂得見牙不見眼。「好好好，一定、一定！」

「那給我秤兩斤豬肉。」

「給我割點，我回去做點嚐嚐，真像這小姑娘說的，明兒我也去買五香粉！」

杜三妞急了。「你們不買點這個？到家就可以吃了，不但有五香粉，還有很多名貴香料，我們洗豬腸就洗了一天，可費工夫了！」

「豬腸子就算了，給我來一斤豬頭肉。」屠夫家的鄰居聞著挺香，想著他離屠夫這麼近，真好吃的話，明兒就管他家買豬頭。

其他人不知內情，見人家吃過就買，剛才試吃的人想著熟肉十二文不算太貴，也都嚷嚷著買點嚐嚐。

杜四喜向屠夫借秤，屠夫這次沒小氣，眼瞅著案板上的豬肉越來越少，還教四喜怎麼用秤。

雖說豬腸不好賣，也有人不懼豬腸的怪味。最後剩下一斤多沒賣完，丁豐收說：「給我，去我家吃午飯。」

「行嗎？」三妞看向衛若懷。

衛若懷當然沒意見，卻故作矜持。「晌午吃什麼？」

「回家晚了我娘該著急了，就吃麵吧！」三妞說。

三妞到二舅家後，她二舅娘和麵，三妞掏出一張紙，丁豐收遞出一個荷包。

「咦，兩個配方？妞啊！怎麼給我兩個？」

「你是我舅啊！買一送一！」三妞笑嘻嘻道：「八角、花椒、肉桂、白芷、丁香味道淡，桂皮、八角、小茴香、香菜籽和花椒味道重，有濃有淡才好賣啊！」

「就妳會說。」三妞的二舅娘本來覺得小丫頭心黑，一聽兩個方子，頓時打心眼裡高興。「麵好了，接下來呢？」

「擀麵皮、切麵條，咱中午吃炸醬麵。」三妞說。

眾人大喜。「又有好吃的！」

杜三妞無語。「麵算什麼好吃的？」

「麵不算，妳做的麵算。」丁豐收以前聽大妮說三妞做飯好吃，還說她什麼玩意兒都敢做著吃，他本來當外甥女誇張，結果去年中秋和今年春節丁春花一家來送節禮，午飯是丁春花掌勺的，味道比之他家的飯菜那是非常好！

即便這樣，丁豐收依然不信她做飯的手藝見長是跟三妞學的，直到二丫回門宴上的一桌菜，丁豐收才徹徹底底知道什麼叫飯可以亂吃，話不能亂說。

「難吃別怪我啊！」三妞把醜話說在前頭，畢竟眾口難調。她喜歡麵食，為此特意研究過，一天三頓，三妞能連做一個月不重樣。「對了，二舅，我好像見你買豬肉了。」

丁豐收說：「買了，肋條肉和排骨，妳做還是妳舅娘做？」

「我來吧，一會兒就好。」三妞衝四喜使個眼色，又衝衛若懷的方向呶呶嘴。

機靈的四喜忙對他說：「衛少爺，要不要去街上轉轉？」

衛若懷在人家店鋪裡坐著挺不自在的，雖然身邊有鄧乙陪著。「行，你帶路。」

昨天晚上衛若懷說「不試過」，三妞便聯想到「試吃」，今天就帶點五香粉借用屠夫家的廚房做豬肝，剩下那點還在她身上，剛好晌午做飯用。「二舅娘，把豬肉剁碎，哪裡有賣豆乾的？我去買。」

「我去吧！」三妞的表嫂放下蔥，擦擦手起身出去，等她回來，蔥和薑已洗淨切碎。她把麵擀切成麵條，問：「煮麵條嗎？」

三妞點點頭。「把另一個鍋也點著。舅娘，肉末炒變色後放蒜、薑和切成丁的豆乾，之後再放豆醬。」

冬天蔬菜少，七、八月分蔬菜成熟季，每家每戶都會曬或者醃菜，趁著天氣好也會做豆醬留著冬天吃，三妞家就還有一缸豆醬沒動，估計可以吃到再次做豆醬的時候。

杜三妞家的親戚知道她做飯好吃，但她二舅娘也不敢讓她動手，原因是三妞太小，手上沒力，若不小心油濺到了臉上……

總指揮三妞踮著腳往鍋裡瞅，聞到香味後說：「放點黃酒、醬油、鹽和一點五香粉。」

「這就成了？也太簡單了，我去喊衛少爺過來吃飯。」

三妞轉頭一看，原來是她二舅。「還差點。二舅娘，炸點蔥花油，倒在醬裡面拌勻，麵條撈出來後直接放麵上，炸醬麵最重要的就是醬。」

丁豐收喊來衛若懷，院子裡全是排骨香，麵條放的時間長有點涼了，三妞笑著說：「今兒讓你們嚐嚐涼炸醬麵。」

「和熱的有什麼不同？」衛若懷問。

三妞信口胡謅。「比熱的更有味。」

其他人不知道內情，聽到這話還當真了。

丁豐收邊吃邊評價味道如何如何好，不知道的人還以為他吃的是人間美味。

杜三妞簡直不知道該說什麼好，乾脆吃過飯就坐衛家的馬車走了。

當然，屠夫又把他家的豬頭和豬下水賣給了四喜。

杜四喜幹勁很足。「三姑奶奶，明天妳還去嗎？」

「明天不去，後天去。」三妞見他疑惑，解釋道：「再好吃的東西，天天吃也會膩。你明天老老實實去上工，回頭讓你兩個嫂子去，別人若問昨天怎麼沒來，你就說做豬頭特別麻煩，沒做好，以後人家花十二文錢也覺得值。」

「妳……這不是欺騙嗎？」四喜不贊同。

三妞朝他肩膀上一巴掌。「懂什麼？這叫善意的謊話！讓買東西的人心裡好受點，吃得舒服點。」

「合著還是為了人家著想？」杜四喜白她一眼。

杜三妞瞪眼道：「隨便你，反正我又不指望豬頭肉賺錢。過幾天去縣裡買大料，我二舅家有的就去他家，沒有的再去別人家。」

「必須的。」

四喜雖然不贊同三妞的說法，還是按照她說的做，第二天沒去賣。

廣靈縣說小不小，說大也不大，四喜剛到就被老闆追問「是不是不想幹了」，四喜想點頭，一想到三妞說賣豬頭這事交給三個嫂子，賺來的錢分五份，他和他娘各占一份，便道：「不是，我娘和嫂子做，她們不知道怎麼賣，叫我跟過去照看一下。」

誰知老闆話鋒一轉，竟問他。「今兒在哪裡賣？」

杜四喜不知他這是何意，便拿三妞的話忽悠他。果然，老闆不再追問。

四喜回到家就去找三妞，問問她老闆什麼意思。

「當然是想吃。明兒去上工時，你送他一斤，然後請半個時辰的假去教你大嫂和二嫂賣豬頭肉。」杜三妞想一下，又說：「賣東西的時候眼睛要活，別為一文、兩文的跟人家叨叨。比如二十一文，就收二十，二十四文，就說『你買得多，再送你一點』，錢照樣收那麼多。記住了嗎？」

「記住了、記住了。」杜四喜點了點頭，欲言又止。

三妞當作沒看見。「那就回去吧，你娘還等著你吃飯呢！」

「欸，三姑奶奶，且等等！」四喜見她轉身，頓時慌了。「我、我嫂子若是在縣裡遇到點什麼事，能不能去找妳兩個姊姊？」

「我大姊就算了，找她也沒什麼用，找我二姊吧！」杜二丫十二歲之前沒少跟村裡的孩子打架。

有次她領三妞出去玩，村裡的小子搶三妞手裡的糖，三妞還沒反應過來，杜二丫就把人家揍得哭爹喊娘了。後來對方家長找到杜家，三妞以為二丫會害怕，誰知她把人家堵在門口，一手扠腰、一手指著人家罵。「手賤的是你兒子，我們家三妞差點被你兒子嚇掉魂，我都沒找你，你們倒好意思來了？三妞比你兒子小兩歲，要不要臉？要不要臉？以為我沒有哥哥，老杜家就沒人啦……」然後扯開喉嚨就喊「大伯」、「二伯」。最後丁春花兩口子都沒露面，二丫就把欺負上門的人搞定了。

杜三妞從此也學會，只要她有理，那就不客氣，他強比他還強。

杜四喜比二丫小三歲，自然清楚二丫的豐功偉績。

再次滷豬頭肉和下水時，四喜背著他娘，送給三妞半塊豬肝。

丁春花不願意要，三妞伸手接了過來。

杜四喜出去後，丁春花指著三妞的額頭說：「我們家什麼沒有？妳做的牛肉乾還沒吃完呢，要他家豬肝幹麼？」

「我幫四喜，不收他的東西他心不安。」杜三妞抬手遞給她娘。「做給我爹吃。」

「妳幹麼去？」丁春花見她拎起小籃子。「天快黑了，別上山。」

「在河邊逛逛。」今天中午，三妞和她娘洗衣服的時候發現河岸上的草地裡有很多地木耳，一直想去撿，卻被她娘拘著在家學做衣服。

「三妞姊，我和妳一起去！」衛若愉剛好出來休息，瞧見不遠處的三妞，拔腿就追。

衛若懷見此，嘴裡嚷嚷。「若愉，幹麼去？回來！」腳下動作卻不比他堂弟慢，追到三妞跟前，衛若懷彷彿突然忘記之前的話。

三妞哪知道十來歲的孩子有這心眼，即便知道古人早熟，也沒料到十一歲就想著娶媳婦啊！

見兩兄弟對她手裡的東西好奇，三妞便介紹道：「這個是長在地上的木耳，又稱地皮菜，據說有清熱明目、收斂益氣的功效。今天陰天，地木耳多，天放晴它就縮地裡。撿得多，曬乾後和木耳一樣存放，吃的時候用溫水泡開。」

「怎麼吃？」衛若愉好奇這點。

三妞笑道：「炒雞蛋、焯水涼拌，或者和排骨一起燉。」

「妳今晚做嗎？」衛若愉再問。

衛若懷眼巴巴看著她。

杜三妞想捂臉，這兩兄弟在京城過得什麼日子？

「今天太晚了，明天做。」杜三妞頓了頓，又說：「叫錢娘子過來跟我學，你們家人多，沒事就可以去河邊或者山腳下撿這個，地木耳看似不起眼，也算山珍之一。」

「我們多撿點回去。」衛若愉說著話，突然「撲通」雙膝跪地。

只顧著盯著三妞瞅的衛若懷嚇了一跳。「怎麼了？」慌忙扶著他。

誰知小孩指著腳下。「好、好多。」

衛若懷順著他的手指看去，朝他腦門上拍一巴掌。「地木耳長在地上，地上當然到處都是！我以為你出什麼事，嚇死我了！」

「我還以為若愉餓得腿發軟了呢！」三妞鬆一口氣就調侃他。

小孩的臉脹得通紅，期期艾艾地說：「可以……可以吃。」

「山裡到處都是。」三妞笑道：「吃的重要，你更重要。叫你哥看看膝蓋有沒有瘀青？」

衛若懷一想得掀開弟弟的褲子，便咳一聲，道：「回去再看。」

村裡人知道地木耳可以吃，但洗的時候太麻煩，為一碗地木耳湯，主婦們得洗至少七、八次，不是饑荒年，山上的木耳又隨處可見，真沒人吃地木耳。

三妞說：「那也行，撿夠明天早晨吃一頓的量就回去。」

衛家兩兄弟雖說沒幹過農活，但無人問津的地木耳塊頭大，撿拾也簡單，不足半個時辰，三人就回家了。

此時天空已暗下來，衛若懷剛到三妞家門口，鄧乙就喊他倆回去吃飯。

「等等，若懷，我做了千層餅，給你一塊。」丁春花見三妞撿了半籃子地木耳，暗瞪她一眼。有人幫妳，可真不知道客氣！

「不用，我們回去吃。」衛若懷擺手。

丁春花拉住慢他一步的若愉。「一塊餅而已，又不是什麼矜貴的東西。」

千層餅對從京城來的衛家哥兒倆不矜貴，對老百姓來說可矜貴著呢！

杜家村大多數村民吃的麵是連帶麥麩一塊兒的，三妞小時候也這樣吃，有次麥麩吃得嗓子痛，她哭著、鬧著再也不吃帶有麥麩的麵餅了，丁春花氣得要揍她，嫌她嬌貴，杜發財反而依她，此後麥麩乾脆用來餵牛。

亓國百姓殺牛得向官府報備，但百姓可以自由買賣牛。三妞家的小牛犢吃麥麩長得快，牽去牛行能賣個好價錢，丁春花看到有利可圖，也就不再嘮叨三妞。

衛若愉下意識看他哥一眼，見他不說話，麻溜地跟著丁春花進廚房。「這個金黃色的就是千層餅？看起來很香的樣子。」

「你吃什麼都香。」三妞舀盆水。「先洗洗手。」看一眼小孩肥嘟嘟的手，問：「你是不是胖了？若愉。」

「才不是，我只是身上的肉比較多而已！」衛若愉拿塊餅就跑。

三妞伸手拉住他的衣袖。「等等，我告訴你這個怎麼做，趕明兒讓錢娘子做給你吃。」

「她明天早上過來學。」衛若愉暫時不想跟三妞說話了，居然說他胖，哪裡胖？明明是富態！不會說話的丫頭！

錢娘子恨不得拜三妞為師，怎奈三妞不收徒，一聽三妞又要掌勺，天濛濛亮就起來去隔壁了，不同於上次被衛老命令，這次是心甘情願過來的。

杜三妞年歲小，和麵、切菜，一般都是丁春花做，而千層餅最重要的是麵筋道、有嚼勁，麵和好醒上一刻鐘是必須的。

趁著這個空檔，丁春花把洗淨的蔥切碎，炒半碗芝麻備用。待時間到，丁春花掐一塊嬰兒拳頭大的麵團擀成皮，把芝麻和蔥花均勻攤在上面後，把麵皮折成團，用擀麵棍再次擀薄。「放在鍋裡煎至兩面金黃就好了。」

「地木耳炒雞蛋呢？」錢娘子見案板上還有一大塊麵，估算著丁春花準備把一天的餅全部做好了。杜家什麼時候吃飯都行，可她家還有三個主子空著肚子呢！

「和韭菜炒雞蛋一樣。」丁春花若有所思道：「我覺得一般的菜都可以這樣炒，味道好壞主要和調料多少有關。」

三妞忙說：「娘，別亂講，山藥炒軟了不好吃，別的不說，雞蛋加黃酒和不加酒炒是兩個味；鴨蛋一定得加黃酒，不然太腥。」

「妳懂，我不講行了吧！」丁春花瞪她一眼，盛出千層餅之後繼續擀下一個。

錢娘子尷尬地笑了笑。

三妞倒是沒覺得她說錯。「錢嬸子，妳沒事的時候可以多琢磨一下，別做什麼稀奇古怪的東西，一般都沒事。」

「什麼算稀奇古怪？」錢娘子忙問。

三妞說：「南瓜和羊肉啦、梨和鴨肉、木耳和白蘿蔔、大蒜和狗肉、菠菜和豆腐、蜂蜜和蔥、蘑菇和驢肉、雞肉和菊花啊之類的。」

「妳倒是真能想。」丁春花道：「除了妳自個兒，誰還會這麼吃？」

「我隨口一說，妳們隨便一聽，不行啊？」三妞白她娘一眼。

錢娘子見娘兒倆又叨叨起來，忙笑了笑，向她們告辭。

驚蟄過後，南方進入多雨季節，又沒到育苗的時候，三妞得空就拎著籃子去河邊、去山前，不是找木耳就是採蘑菇。然而她認識的可食東西多，每次出門，身後都會跟著長長一串人龍。有幾次衛若懷碰到，別提多羨慕了。

二月十四中午，西北面的山上升起白霧，每當這時即便天上掛著太陽，鄉民們也知道快下雨了。三妞想趁著這個時節多採些香菇和木耳，待天晴曬乾，留著夏天吃。

夏天熱，即便段守義拿十兩銀子買三妞一個食譜，三妞也不進廚房教他，實在是動一下便能熱出一身汗，所以，三妞一手拎著簑衣，一手拎著籃子，繼續前幾日的工作。

杜三妞剛找到三個蘑菇，就聽到有人喊——

「快回來，三姑奶奶！快來，死人了！」

聞言，三妞扔下東西拔腿就往村裡跑，速度快得一度讓自己後來懷疑她前世是短跑冠軍，而不是患有先天性心臟病。「誰死了？」

「還沒死，在四喜家裡，您快去，村長叫我來喊您。」傳話的小孩臉色煞白。

杜三妞摸摸他的腦袋。「別怕，有你三姑奶奶在，閻王爺來拘人也得先問問我同不同意。」

在村裡等三妞回來的衛若懷踉蹌了一下，好大的口氣！想到四喜家的鬧劇，忙甩甩腦袋走過去。「我聽別人講，有人上午買四喜的豬頭肉回去吃得肚子痛，那人的家人就把他抬到四喜家，嚷嚷著四喜賣毒豬肉，意圖毒死他；但別人吃了都沒事，只有他有事，村長懷疑他想訛詐，叫妳趕緊過去看看。」

杜三妞交代過四喜，每次只賣兩個豬頭和兩副下水，而且每隔一天去賣一次，到目前為止已有六次，中間從未出過紕漏。昨天用的滷水是她看著四喜的二嫂調配的，一直放在四喜那邊，村裡又沒來外人，縱然二寡婦心黑也不會喪心病狂地往滷水裡加東西。

前前後後思索一通，三妞心裡有譜了，趕到四喜家，還沒進去就看到院裡全是人。

村長發現三妞，大喜。「快過來！」

杜家村的男女老少立即讓開一條道。

三妞越往裡走看得越清楚，二寡婦和三個兒媳婦被村裡的漢子們護在身後，倒是沒受傷。五個原本怒瞪著二寡婦等人的男子轉身，在他面前躺著一個四十歲左右的男人，男人臉色煞白，雙手捂住腹部，不斷呻吟。

「就是他？」杜三妞問。

「妳是誰？」最為年長的男人高聲問。

杜三妞打量地上的人一番，板起小臉，故作老成。「甭管我是誰，他不立刻把肚子裡的東西吐出來可就真沒命了。兩個選擇，一是看著他死，我們賠錢；二是先救好他，該賠多少我們賠多少。」

「我沒錢！」二寡婦突然開口。

「妳給我住嘴！」村長頭一次遇到人命關天的事，又慌又怕，派人找三妞的時候順帶去衛家向衛老討主意。雖然衛老沒來，但村長看見三妞和衛若懷進來就莫名心安，頓時腰板直了，底氣也足了。「讓他們說。」

「別以為有衛老——」

「我們姓杜的事和衛老沒關係，別往衛老身上扯，有事說事！」三妞打斷他的話，不耐煩地道：「他那麼難受，你們還都都磨磨，我有理由懷疑你們是故意的！」

「放屁！妳才故意！」對面的人勃然大怒。

村長下意識擋在三妞面前。「還想不想救人？不救我們現在就去請縣令大老爺，問問他該怎麼判？」

「對，去請縣令！」

「請縣令，叫縣令定奪！」

杜家村的村民本來很害怕，三妞一說，又見五人好像真不顧地上那人的死活，察覺出不對，潛意識認為他們心懷鬼胎，臉上的心虛一轉，變成憤怒。

「你、你們別以為人多我們就怕你們！」年長的男子色厲內荏。

「可別這樣講，不知道的人還以為我們怎麼著你們呢！」杜三妞冷笑連連。「我估計他撐不了多久了。」

「妳個小丫頭片子別胡說！」對方低頭一看，弟弟額頭上密密麻麻的汗水，心裡一咯噔。

三妞瞅準他變臉。「來個人，摳他的喉嚨，讓他把肚子裡的東西吐出來。」見村民們下意識後退，三妞扶額。「又不讓你們殺人，也不是要你們的命，瞧你們一個個慫的！哎，那個大叔，要不你來？」

對面五人渾身一僵。

這時，四喜的大伯站了出來。「三妞姑，怎麼做？您說。」

外人在場，村民極其懂規矩，該叫什麼叫什麼。

杜三妞使喚二寡婦打盆水，四喜的大伯洗乾淨手，在三妞的指點下半抱起地上的男人。眾人反射性瞪大眼，摳喉嚨能催吐？疑惑剛剛浮現在腦海裡，眾人聽見「嘔」一聲，地上已多出一堆污穢。

杜三妞捂住鼻子，抬頭一瞧，除了四喜的大伯，其他人的動作和她一模一樣，不禁啞然失笑；然而現在不是笑的時候，忍住噁心，三妞走過去。

對方幾人見她盯著嘔吐物，也跟著看過去。「小丫頭，瞧見了沒？肉還沒消化，現在沒什麼可說的了？」

「不用你說，我眼神好著呢！脆骨還在，我們又沒賴帳。」三妞仔細辨認還有沒有別的東西。

「等一下，三姑奶奶，您說什麼？豬頭肉上沒脆骨啊！」四喜的大嫂突然出口說。

杜三妞嚇一跳，沒注意到男子臉色更白了。

衛若懷看見了，在三妞耳邊低語一句。

三妞的腦袋有點亂。「豬臉上沒有，豬耳朵有啊！」提醒她想清楚再說。

「我們沒賣給他豬耳朵。」四喜的二嫂開口。「今天剛到縣裡，四個豬耳朵和一副大腸就被妳姊夫買走了，據他說，有客人點名要吃。」

「所以……」三妞盯著神色僵硬的男人。「你吃四喜家的豬頭肉，還吃了別人家的豬耳朵？那憑什麼認定杜家的東西有問題？」說著話，猛地拔高聲音。「村長，去牽我家的驢，帶他找縣令大人主持公道！」

「好！」村長意識到對方有備而來，又見對方沒之前難受，也不怕他死在路上，應一聲就往外走。

「杜、杜村長，你且等等！」年長的男子突然開口。

眾人齊齊看過去，他嚇得後退一步，看了看三妞，又看了看村長。「這點小事，哪用得著麻煩縣令大老爺。」一副希望大事化小，小事化了的神情。

「人命關天無小事。」杜三妞不讓村長開口，他口才不好。「你們在誰那兒買的豬耳朵？告訴我，你們怕他，我們可不怕。」

「沒、沒買過。」事到如今，五人說話開始結巴，但依然強撐。

三妞嗤笑。「不講我們可沒錢賠給你，誰知你們是不是吃豬耳朵吃得？」

「就是吃豬耳朵吃得，還想賴上我們，信不信老娘讓你們走著進來，橫著出去！」二寡婦突然出來怒罵。

三妞無語，卻很贊同她的話。「不錯，今天說也得說，不說也得說。」

「你、你們仗勢欺人！」五人大怒。

杜三妞冷笑。「欺得就是你們！敢來我們杜家村鬧事，有種去縣裡！」見五人一噎，三妞再接再厲。「他的樣子可不好，你們趕緊老實交代吧，否則有什麼後遺症，可和我們沒關係。」

「對，我去拿筆墨，讓他寫個保證書。」

不知誰突然來一句，三妞簡直想給他鼓掌。見五人眼神閃爍，猶豫不決，也不催他們，給他們時間考慮利弊。

大約一碗飯的工夫，家裡有事的村民準備離開了，對方最為年長的人才說：「我們家的。」

「什麼?!」眾人大驚。

走到門口的人都踉蹌了一下，京城來的衛大少爺也瞬間變臉。

三妞詫異道：「吃你們自個兒做的豬耳朵?你們往豬耳朵裡加了什麼?」

「和你們的一樣。」對方脫口而出。

三妞接道：「不可能，你知道我們裡面放了什麼?」

「知道，花椒、茴香、火參——」

「火參?誰跟你說我們豬頭肉裡放那東西?」三妞面色古怪。

對方被她看得莫名心虛。「我……我們見那個四喜買了。」

「那是治便秘的瀉藥。」三妞轉頭問二寡婦。「四喜是不是好東西吃多了，這幾天便秘?」

二寡婦下意識搖搖頭。「我沒注意，不過，他早兩天在茅房裡蹲了好些時候。」

「那就對了。」杜三妞簡直無語。「你們買的時候都不問問?」

碰巧看見四喜買那幾樣，他們便也跟著要了一份，心裡別提多虛了，哪敢多問?「我們、我……」

「你們誣賴我們，看在大家都不容易的分上，這事就算了。」見二寡婦瞪大眼，三妞瞥她一眼，她頓時不敢吭聲。「村長，這位大叔不舒服，送他們回去吧，我和你一起牽驢。」

卻對衛若懷使個眼色：看住他們！

眼尖的村民瞧見杜三妞的小動作，等村長駕著驢車過來，立馬跟上去，名曰保護村長，其實他們不信得理不饒人的杜三妞突然這麼好說話。

村長到對方村裡，很大聲地把對方為什麼不舒服的事和盤托出，之後又非常欣慰且自豪地說杜家村的村民不計較，還特意找輛驢車送他們回來。

跟去的幾人可不信村長能想到這些，十有八九是牽驢的時候三妞告訴他的！

回來村裡後，幾人連說帶比劃，紛紛道：「我覺得咱們村沒有比三妞更壞的丫頭了！她這樣一搞，那幾人在他們村的名聲算是徹底壞了。」

杜三妞不巧聽見，暗暗嗤笑。「不然呢？這時壞的就是咱們了！賣有毒的豬頭肉，以後哪家還敢把閨女嫁到咱們村？」

村裡人也意識到這點，嘴上調侃，心裡對她卻佩服得不得了。

後來有什麼事，村人都先去找三妞討主意，明明衛老就住在她隔壁。

第六章

傍晚，四喜和三個哥哥回到家聽說此事，立即端著從豬頭裡剔出的豬腦，送到三妞家，直言：「給我三太爺吃，不是給您的。」不等丁春花拒絕，四喜的大哥又說：「還有條水蛇，回來的路上在別人地頭上碰見的，老二說您會整著吃，三姑奶奶若不要，我們就扔了。」

夏天蛇多，村民偶爾會捉兩條菜花蛇打牙祭，扔了？才怪！三妞沒揭穿，讓她爹接過來。

杜發財笑道：「二月分看見蛇可是好兆頭，真給我們？」

「有三姑奶奶在，哪天都是好兆頭！」四喜脫口而出。

三妞白他一眼。「少恭維我！回去告訴你娘看好滷湯，再出這樣的事我可不管。」

「我們一定看好！」杜四喜一想到有人來鬧事，他們兄弟還不在家，心臟就怦怦跳個不停。

「我們回去了。」

「回吧！」三妞擺擺手。「等一下，後天去縣裡賣豬頭肉的時候，記得買兩根豬大骨。」

「妳要？兩根夠嗎？」四喜忙問。

杜三妞嘆氣。「我要豬骨頭用得著你買啊？買了放滷湯裡，別忘記先焯水；豆皮、豆乾也可以滷了賣，回頭讓你嫂子試試。」

「買回去怎麼吃？」四喜忙問。

「涼拌啊！」杜三妞說：「價格比新鮮的貴一倍就行了。」

「這麼多?!」丁春花驚呼。「杜三妞，妳個心黑的丫頭，妳——」

「停停停！柴火不要錢？人工費不算？調料不算嗎？」三妞掰著手指頭算。

丁春花一噎。

杜發財想笑。「別說了，四喜，聽她的。」

四喜連連點頭。

他們走後，杜發財就收拾起菜花蛇。由於杜家早就做好飯了，所以杜發財收拾好，就把蛇放進水裡冰著，以防明天變味。

翌日一早，三妞聽到喜鵲在枝頭吱喳地叫個不停，仰起頭問：「誰家要辦喜事？」

「可能是南邊姜家。」丁春花邊餵牛邊說：「早些時候聽說他們家這個月娶兒媳婦，興許就是這幾天。」

對方和三妞不同姓，辦喜事的時候除非人手不夠用才會找姓杜的，因此三妞不感興趣。

「娘，我吃過飯還去山上啊！」

「別往山裡去，哪天想去叫上妳爹。」丁春花雖然疼三妞，但農家孩子五、六歲就會打豬草、做飯，所以三妞出去找個野菜什麼的，兩口子從不攔著。

誰知剛吃完早飯，門口就多出一輛驢車，三妞出去一看。「你們來幹麼？」

「小氣鬼，我們帶東西回來呢！」杜二丫氣樂了，真把自個兒當成繼承家業的小子啦？「過來幫忙拿出來，不會吃妳家東西。」

杜三妞走近一看，驢車裡不但有她大姊和外甥女，還有一條大鯉魚和一小包白米，這才連連點頭。

啪一聲，二丫的手從她腦門上移開，不好意思地笑笑。「沒忍住。」

「我家不歡迎妳！」三妞捂著腦袋就往屋裡跑。

看笑話的段守義慌忙攔住。「二丫和妳鬧著玩呢，給妳這個。」從大妮身邊拿出個荷包。「銀簪子。」

「不需要！」杜三妞氣鼓鼓地瞪著他。

丁春花出來看到這一幕，誤以為三妞又勒索段守義。「可別再慣著她了，你們是不知道，昨天……別人都冷眼看著，就她一個小丫頭，天不怕、地不怕，敢摳人家的喉嚨催吐，再由著她，她能上天！」

「娘，我什麼都沒做，就說兩句話。」三妞一看大姊、二姊齊瞪眼，不期然想到當初她偷偷做飯燒著自個兒，兩人對她嚴防死守的那段艱辛歲月。

丁春花譏笑。「妳就沒想過萬一是真的呢？」

「賠錢唄！」杜三妞說：「但是沒有萬一，別人沒事，他們出事不先看大夫卻先來四喜家，這說明什麼？心裡藏著壞唄！」

「得了，我說不過妳！」丁春花點點她的腦門。「不是要出去嗎？」

三妞奪走銀簪，跑回屋裡拎籃子。

段守義一愣，看著她的背影，不可思議道：「那小丫頭不是說不要？」

「她說你就信啊！」二丫白他一眼。「娘，家裡什麼時候育苗？」

「晴天再說，妳爹怕天氣又轉冷，稻苗長出來全給凍死了。」丁春花看到又是魚、又是米，說：「下次別買了，家裡還沒你們一口吃的啊？」

「不是我買的。」杜二丫道：「大姊夫指著咱家妞兒做好吃的呢！」

丁春花很是無語。「還惦記紅燒魚呢？」

「我們做出了紅燒魚。」大妮說：「他想知道糖醋魚怎麼做，店裡的廚子一直沒研究出來。」

「妳怎麼把實話給說了！」段守義下意識往四周看，見三妞跟村裡的丫頭們講話，這才鬆了一口氣。

可是讓段守義沒想到的是，三妞今兒沒打算做糖醋魚。

杜三妞印象中，豆腐是在宋朝時期大規模登上百姓餐桌。事實上她沒記錯，之前村裡人要麼水煮豆腐，要麼水煮豆皮，撈出來後拌些麻油。三妞用小蔥煎豆腐，她伯娘看到後也有樣學樣，沒多久，杜家村人人都會煎炒豆腐。

在挑嘴的杜三妞的「異想天開」下，豆乾、豆芽也出現在餐桌上。

賣豆製品的人聽到三妞要買豆芽和豆腐，給她裝了兩菜盆。「拿回家吃吧！」

「給妳錢。」三妞遞給她銅板。

對方臉色大變。「這就沒意思了啊！下次再這樣，別來我家買豆腐。」

三妞回道：「那以後妳家剩豆腐了，也別往我們家送。」

對方一窒。「……總之我不要。」使勁把杜三妞往外推。

三妞頗為無語。「我們家今兒做魚燉豆腐，妳家男人賣豆腐的時候跟人家說，魚擱鍋裡煎一會兒，然後倒水，放鹽、薑、蔥和豆腐一起燉，開鍋就行。」

對方一頓。「那豆芽呢？」

「豆芽和魚？老廚子才會做，一般人做得四不像。我姊夫家的廚子會，但是沒法教妳。」三妞抱歉道。

「那算了，現在可以把錢收起來了吧？」

杜三妞扶額。「下次讓我娘來，看妳還敢不敢把她往外推！」

丁春花去買豆腐，對方照樣不收錢。

為何？

杜三妞曾和段守義口頭約定，她不定時地教給段家食譜，而段家酒樓所需的蔬菜、瓜果由杜家村提供。段守義猶豫不決時，三妞又講「我們每天早上派人送到你家」，段守義當即拍板同意，這當中，獲益最大的當屬村裡賣豆腐的人家。

豆腐可是好東西，一年四季隨時可做，豆腐做老了當老豆腐賣，不小心做嫩便當嫩豆腐，賣不完不捨得扔，放臭了正好當成臭腐乳出售。

這幾樣交到杜三妞手裡都能做出美味，比如臭烘烘的豆腐，杜家村的村民親眼見她把豆腐往油鍋裡一扔，出鍋後聞著多臭，吃著就有多香。

別提賣豆腐的這家人多羨慕丁春花了，生兩個兒子不抵她一個閨女。買豆腐的時候送三妞提供的簡易食譜，為自家豆腐打開銷路，自然不收三妞的豆腐錢。

杜三妞回到家，丁春花看到豆芽和豆腐根本沒問多少錢。「晌午妳做飯還是我做？」

「我說，妳做。」三妞問：「魚殺了沒？」

「早好了。」段守義說著，走到廚房門口。「我幫妳燒火。」

二丫輕笑。「姊夫不用幫忙燒火，這小妞收下你們的簪子，不敢不告訴你糖醋魚怎麼做。」

「誰跟妳說我做糖醋魚？」三妞睨了二丫一眼，又自作聰明。「我打算一魚三吃。娘，現在做飯，妳去喊錢家娘子過來搭把手。」

錢娘子來了，後面還跟了條小尾巴衛若愉。

昨天村裡出事，衛老怕出現紛爭時碰著衛若愉，便把他拘在家中；然而衛若愉對三妞是一日不見，甚是想念她做的飯，這不，一看丁春花來喊人，忙不迭地就跟了過來。

段守義買魚的時候碰見買豬肉的趙存良，連襟倆交談兩句，得知彼此都打算去丈母娘家，段守義便買一條足足有七、八斤重的鯉魚，趙存良買十斤豬肉。

杜三妞看到又胖一圈的衛若愉就想笑。「我家今天不做新吃食。」

「我吃過啦！」衛若愉三兩步鑽進廚房裡。「三妞姊，我幫妳燒火，待會兒妳隨便……」四下裡看了看。「給我碗魚湯喝就好了，我不挑。」

「知道你不挑。」三妞心想，挑食也不能三、五天胖一圈。「你不是吃過了？」

「喝湯不算飯啦！」衛若愉說得理直氣壯。

三妞止不住地搖頭。「娘，先剁掉魚頭和魚尾，然後把魚肉削成片，就像削蘿蔔片。」

「魚肉這麼滑，我怎麼削？」丁春花皺眉。「整天想點子吃，早知道這麼會吃，說什麼我和妳爹也不送妳上學堂。妳說說，到底在哪兒看到這麼多吃的？」

「書上可沒有。」三妞前世的經理不是白當的，上忽悠上司、下忽悠下屬，對付她娘那是眼皮都不帶眨。「我舉一反三。」

丁春花哼哼道：「我不知道什麼舉起一個反三個，只知道若削到我的手，咱家一天三頓的飯全由妳做。」

「娘，我來吧！」杜大妮把孩子遞給二丫。「幫我抱會兒。」說著話就去洗手。「妳出去吧，吃飯的時候喊妳。」

「對，娘，我們都在這兒，用不著妳。」二丫說話直。「閒不下來就抱她出去玩。」遞出剛到手的孩子。

丁春花指著她的腦門。「懶貨！」還是把孩子接了過來，畢竟不知道待會兒三妞做什麼怪東西，可不能嗆著孩子。

杜大妮沒削過魚片，魚片切得薄厚不勻。

三妞捏起一塊。「這樣就行，剩下的魚骨頭別扔，和魚頭放在一塊兒燉豆腐。」衛若愉幫忙燒火，三妞把煎好的魚頭放砂鍋裡，擱小火爐上面慢燉。隨後讓等吃的二丫泡木耳和蘑菇，打算做個涼拌木耳和蒜炒蘑菇。這兩道菜好做，被三妞放在最後，今天的重頭戲是酸菜魚和汆魚片。

家裡鹹菜和酸菜多，雖沒有辣椒但有茱萸啊！對，就是那個遍插茱萸少一人的茱萸。茱萸果味辛辣，在辣椒入華夏之前，茱萸一直是華夏人民餐桌上不可或缺的調味品。廣靈縣的人不喜辣，而俗話說一鹹三分味，一辣到十成，偶爾沒有胃口，茱萸就派上用場。

杜大妮切蔥薑蒜時，三妞醃魚片。待她把蔥、薑、酸菜等物放入鍋裡煸炒，後添水煮開，魚片也醃得差不多了。一半魚片倒入鍋裡，魚肉變色立刻盛出來，然後炒茱萸果醬，等聞到辣味，三妞把辣油舀出放酸菜魚上面。

段守義見她把魚和酸菜一塊兒煮，眉頭就沒鬆開過，這會兒看到她真準備吃酸菜煮的魚，忍不住說：「妞啊！這玩意兒聞著一點兒也不香。」

「不好吃，但是下飯。」三妞本來就沒指望她做的每一道菜都有人捧場。怕鍋裡的酸味影響到汆魚片的口感，等大妮刷乾淨鍋，才燒水焯白菜和豆芽，出鍋後盛在盤裡備用。之後往鍋裡倒入水、料酒、薑和鹽，鍋開放魚片，汆熟即撈出放在白菜和豆芽上面。

段守義又不懂了。「不是和剛才差不多嗎？」

杜三妞道：「差得多好不好。」在魚肉上淋醬油、蔥絲、花椒和茱萸果醬。等鍋再次刷乾淨，杜三妞就舀一勺豬油放鍋裡。

二丫驚呼一聲。

錢娘子瞪大眼。「妳……這又是幹麼？魚都熟了，還炸魚？」

「不，待會兒就知道。」豬油慢慢融化，直到鍋上方冒青煙，杜三妞快速舀出熱油澆在魚片上。

「嘩啦」一聲，衛若愉猛地站起來。「好香！」茱萸和花椒的辛辣、魚肉的鮮香，刺激著衛若愉的味蕾，他忍不住吞口水。「三妞姊，這個好香啊！」又說一遍，恐怕她沒聽見。

杜三妞笑睨了他一眼。「晌午在我們家吃，可好？」

「好好好！」衛若愉點頭如搗蒜，渾然忘記誰之前說吃過飯來著。

杜三妞轉向段守義。「大姊夫，一樣嗎？」

「咳，看起來差不多。」段守義左顧右看，就是不看杜三妞。「再說了，我又沒吃過，一樣不一樣還不都是妳說得算。」

「三妞姊的大姊夫，你其實很想先嚐嚐吧？」衛若愉突然開口，一副「別想騙我」的神情。

段守義臉色爆紅，三妞立馬伸出大拇指。

小孩十分得意，誰知一開口就是——「可以吃了嗎？」

三妞哭笑不得。「等等，再做兩道菜。」

涼拌木耳和蒜炒冬菇對錢娘子來說沒什麼難度，她之前已聽三妞提過兩句，用心一琢磨就能做出來，關鍵是——「二少爺，咱家沒魚。」衛相不喜歡吃全是刺的東西，炸至酥脆的魚除外。

「去縣裡買唄！」衛若愉應得乾脆，見錢娘子靜靜地看著他，小孩蹙眉。「不想去啊？那就讓四喜的嫂子給我們捎，反正她們明天得去縣裡賣豬頭肉。」

「老太爺……」錢娘子哭笑不得，只能提醒他，別光惦記著人家鍋裡的，也想想自家人。

衛若愉恍然大悟。「知道了，我會和祖父說，妳照辦就是。」

回到家他就向衛老顯擺，說三妞用一條魚做出了三種吃法，對三妞的佩服又繞回到最初。「我怎麼就沒早出生幾年呢！」

「關於這個問題，你可以寫信問二嬸。」衛若懷知道堂弟小孩心性，喜歡三妞全賴她會做好吃的，可是三不五時地聽他提起，依然很不開心。

「才不呢！」衛若愉還沒吃糊塗。「我娘聽見得揍人，大哥，別想陷害我。對了，祖父，我爹有沒有給我寫信？」上午有差役往家裡送東西，當時衛若愉正在練習畫畫技巧，沒敢丟下筆。後來丁春花來找錢娘子，衛若愉一激動就把這事給忘了。

「沒有，就問你有沒有聽話。」衛老說：「我給你爹回信，讓他們儘管放心，說你比在京城時重了十斤。」

「祖父！」衛若愉大叫起來。「怎麼可以這樣講?!你得說杜家村水土養人，不是我貪吃！而且也沒胖那麼多，最多兩、三斤啦！」

「鄧乙，去給二少爺找面銅鏡。」

衛若懷剛開口，衛若愉的小拳頭就落到他身上。

然而一個十一歲，一個五歲，武力懸殊，衛若愉只能看著雙手被桎梏，氣得乾跳腳。

與此同時，吃過午飯該回家的人仍坐在三妞家的廚房裡不動彈。

三妞無語。「幫我燒火？」

「好！」段守義立馬找火鐮、拿柴火。「晌午為什麼不做？」

三妞剛想問什麼玩意兒，順著他的視線看到盆裡的蛇肉。「這東西至少得燉一個半時辰，你等得了，我二姊夫也等不了。」

「對對對！」趙存良見三妞端著一盆魚肉段，誤以為她又做好吃的，正奇怪不是剛吃過飯？一聽那是蛇肉，立馬閃出廚房，站在門口說：「大姊夫，我家還有事，我和二丫先走了啊！」

段家這段時間可以說是日進斗金，段守義他爹給三妞買驢車的時候自家也置辦了一輛，還給板車安個棚，便是今天段守義坐的這輛。

趙存良要先走，只能用兩條腿，段守義怪不好意思的。「等我一會兒，我看三妞怎麼做的，咱們就回去。」

蛇肉焯水去浮沫，用蛇油爆炒生薑，隨後下蛇肉及調料，待肉稍稍變色，倒入黃酒，杜三妞把沒用完的木耳倒進去，煸炒兩下後盛出來放入砂鍋內，注滿水，小火慢燉。

杜三妞前世算不上老饕，卻是個十足的貪吃鬼，蛇肉湯滋補養顏，前世冬天的時候沒少做，以至於做蛇肉湯的時候她想都沒想，動作特別乾脆俐落。「時間到了放點枸杞進去，蛇肉湯就好了。蛇肉有緩解疲勞之功效，但小孩少食，而且吃蛇肉的時候除了飯和饅頭，別吃其他的。」

「為什麼？」段守義皺眉。

三妞說：「和蛇肉相剋的東西多，比如豬肉、大蒜、醬油、醋這些東西。」

「難怪妳只放薑、鹽和胡椒，其他東西一概沒放。」段守義恍然大悟。「我記下來了。

三妞啊！糖醋魚……妳看，妳都教我這麼多了，也不差那一個是不是？」

「三妞早把做法寫給我了。」杜大妮從荷包裡拿出一張紙。「在這兒呢！你現在起來回家我就給你。」

「走、走！」段守義抱過丈母娘懷裡的閨女，立刻就往外走，坐上驢車，一手護著孩子，一手拿食譜。

丁春花忍不住嘆氣，難怪三妞喜歡逗他，當爹的人了還這麼不穩重。「回去再看，別凍著孩子。」

「知道。」段守義不知從哪兒摸出一件披風，直接把孩子裹在懷裡。

丁春花不禁扶額，乾脆來個眼不見為淨，關門回屋。誰知她還沒到堂屋裡，敲門聲再次響起。「去看看是不是妳大姊夫又忘記什麼東西？」

「有大姊跟著他，不會忘的。」三妞打開門，一見是南邊姓姜的，忙招呼道：「姜大嫂有事？我娘在屋裡。娘，快出來！」

五十歲左右的老婦人，一身短打上面好幾個補丁，站在三妞面前有些局促。「不，我不找三嬸子，我找妳。」

杜三妞彷彿沒發現她很緊張，側開身，笑容可掬道：「找我啊？進來說，外面風大。」

「哎，好。」對方見三妞這麼客氣，忽然放鬆下來。

丁春花扔下鐵鍬，從豬圈裡出來就使喚三妞。「倒水去。」

「不用，我不渴！」婦人連連擺手。

三妞主動開口。「姜大嫂找我什麼事？能幫的我一定幫。」

婦人面色一喜。「是這樣的，我家五小子過幾天成親，想請妳幫我們做一頓宴。我知道價格，八桌以內一百文。」從懷裡掏出一串銅錢往三妞手裡塞，恐怕慢一點就被她拒絕。

丁春花反射性攔下。「她嫂子，妳這是幹麼？有事說事。」

「對啊！不急。」三妞心中疑惑，面上不顯。「等我幫妳家做好喜宴，妳覺得合適再給我工錢也不晚。」

「早晚都一樣，我信妳。」對方說著話，又把錢遞過去。

丁春花說：「好吧，那我們先收下。妳家有幾桌客人？用什麼菜？都給三妞講講，三妞寫個菜單，等喜宴那天也不慌。」

聞言，姜家婆子臉上閃過一絲為難。

三妞挑眉，終於要說了？她就覺得事不對，有錢如她大姊夫，沒見著兔子也不撒鷹，何況姜家並沒比四喜家好多少。

「這裡沒外人，她爹出去蓋房子還沒回來，就我們娘兒倆。」丁春花怕她不好意思。

對方笑了笑。「我知道，我家那口子也跟著三叔幹活。是、是……我們家裡只有山藥、冬菇和去年曬的木耳，還有點鹹菜和菜乾，我想著再買點豆腐，殺一頭小豬，不知道夠不夠？」

「六桌客人還是八桌？」三妞反問。

「我們沒你們家人多，所有親戚都算上也就六、七桌。」對方頓了頓，很不好意思地看三妞一眼。「二丫妹子回門的事我聽村裡人說過，我們家恐怕不能用蹄膀，也沒那麼多肉，能做嗎？」

杜三妞心想：妳還知道不好做？「妳家有長生果……就是花生嗎？」

「有，但是沒蠶豆，白菜也被我醃酸菜了。早知道、早知道怎麼著也得多窖幾顆！」姜婆子有些懊惱。

「沒事。喜宴是哪天？」三妞問。

「二十。」

三妞想了想，道：「喜宴前一天下午殺豬，讓四喜的嫂子教你們收拾豬頭，洗豬下水，第二天上午去買兩盆豆腐和豆乾，乾菜泡上，準備些胡椒、香菜、蔥薑蒜。」

「三妞妹子，這點東西真能做十幾道菜？」對方很擔心。「也能讓我們家親戚吃得飽、吃得好？」

「我沒把握不會打腫臉充胖子。」杜三妞說：「有年糕就把年糕泡軟切片，保證給妳賺足面子。」

「哎，好好！」對方一改方才的愁眉不展。「能不能再說一遍？我記下。」

「可以。」三妞慢慢講一遍。

她走後，丁春花拉著三妞。「姜家和咱家情況不一樣，妳二姊回門那天，我算了算，一頓飯被妳個憨妮子用去一頭豬，兩百多斤。姜家最大的那頭豬也就一百多斤，殺死後至多一百斤。」

「八十斤，不能再多。」三妞說：「去掉下水和豬頭、豬血。」

「對，那宴席得寒酸成什麼樣？」

「八十斤豬肉足夠了。」三妞說：「不上蹄膀，一桌五斤肉。不是人人都是咱家那群人，就說我堂哥，一個人幹掉一個蹄膀，有他這麼憨吃的嗎？」

「妳堂哥……」丁春花想笑又好氣。「吃一頓管一天。別說他了，妳打算做什麼？」

「老醋花生、蒜炒年糕、蔥煎豆腐、涼拌木耳、蒜炒香菇，素炒山藥、素炒豆乾、素炒青菜——」

「怎麼全是素的？妞啊！也放點肉絲進去。」丁春花掰著手指頭幫她數。

三妞說：「娘啊！沒聽出她的意思嗎？沒有羊肉和牛肉，也不打算殺雞和買魚，剩下八道葷菜，我只能做紅燒肉、豬肉丸、糖醋里脊、乾炸里脊、糖醋排骨、豬肉燉菜乾、酸菜燉肉和冬菇燜肉，湯也只能做雞蛋湯和排骨湯。十六盤碟子還得葷素交替上菜，不然人家一看姜家連隻雞都不捨得，滿桌豬肉，挑剔些的客人一定不高興。」

「不是有豬頭肉和豬下水、豬肝和豬血？」

杜三妞聳肩。「我估計姜家會把豬頭和下水賣給四喜，至於豬血和豬蹄，殺豬的那天晚上可能會被做成殺豬菜招待幫忙辦事的人。」

「不會吧？」二丫成親那會兒，他們家豬頭肉隨便吃呢！

杜三妞笑了笑，沒跟她娘爭嘴。「不信過兩天去看看。」

二月十九日下午姜家殺豬，丁春花跑去圍觀，見姜婆子把豬頭和豬下水收到屋裡，留一盆豬血和四個蹄子，簡直無語。

「以後這種事別接。」丁春花回到家和三妞說：「太小氣了！也就妳腦子好使，換個人也沒本事用那麼一點東西做一桌菜。」

「他們也不想。」杜三妞說：「再給姜嫂子一次機會，她絕對不生那麼多孩子。娘，她又沒少咱一個銅板，人家摳也是摳自個兒家。」

丁春花一想也是，索性不管了，反正明天有什麼做什麼。「對了，妞，老醋花生是不是醋和花生？」

杜三妞一改常態。「我也不知道，我沒做過。」看一眼西邊的天空，見時間還早。「娘，咱剝花生試試。」

「試試？」丁春花驚叫。「不知道怎麼做還算在菜單上？明天做油炸花生米，就這麼說定了！」

「娘，不試試永遠不知道。」三妞指著自個兒的腦袋。「妳不信我，也該信這裡。」

丁春花無語。「那不還是妳的！」

杜三妞無辜地眨了眨眼，轉身去屋裡翻找花生。

花生對生長條件要求不高，乾花生秧又可以餵牲口，杜三妞一家也喜歡吃花生，丁春花去年便在山邊地頭上種半畝，收了三百多斤。整個冬天煮著吃、炸花生米，二丫回門那天用去許多，到如今還剩百十斤。種子只須十來斤，丁春花倒沒反對三妞拿花生瞎折騰。

孰料杜三妞正在剝花生，衛若愉又摸過來，三妞對他佩服至極。「你屬什麼的？怎麼我家一做好吃的你就知道。」

「又要做什麼？」小孩三兩步蹦到三妞身邊，雙眼亮晶晶的。

三妞被他看得頭皮發麻。「先剝花生。」

衛若愉立馬搬凳子坐三妞對面。

這麼機靈的小孩，骨子裡藏著一個老阿姨的杜三妞真心喜歡。「你怎麼出來了？功課做完了？」

「祖父讓我歇歇。」衛若愉剝出兩個花生仁，先往自己嘴裡塞。「不好吃。」皺著眉頭嫌棄。

「生花生當然不好吃。」三妞說：「多剝點，用四喜家的滷水煮。」

「三妞姊，妳家為何不做豬頭肉？」衛若愉面上好奇，心想三妞若是賣豬下水，他天天都能吃到。

「我們家沒那麼多人。」丁春花突然開口，怕三妞直白地說懶得洗豬下水。「三妞她爹去上工，連幫我們挑水的人都沒有。」

「去我家洗，不用挑水！」衛若愉脫口而出。

丁春花笑了，心想一次、兩次可以，天天這麼幹，衛老得煩死。「謝謝若愉，已經有人請三妞做宴席了。」

「啊？我怎麼不知道？誰呀？」衛若愉很吃驚，好像這事必須經過他同意。

杜三妞道：「南邊姜家。若愉，你明天別去，他家情況不好。」

「嗯，我才不去呢！」他又不是個貪吃鬼，對方也不是他三妞姊。

三妞笑笑，摸摸他的腦袋。「待會兒端點給衛老和衛小哥嚐嚐。」

衛若愉別看人小，胖乎乎的，動作卻不慢，認真起來剝花生的速度和丁春花有得一拚。一大兩小，半個時辰剝出兩菜盆花生仁。

丁春花去四喜家，衛若愉幫三妞燒火。三妞先炒花生備用，然後就著熱鍋，倒入一碗醋、半塊蔗糖，醋熱糖化，倒入醬油，熬製成黏稠狀。由於花生米還沒冷涼，不甚酥脆，三妞便去門口的菜園子裡摘點香菜和生菜，洗淨切絲備用。

「若愉，嚐嚐花生酥不酥。」三妞往花生裡加入碎鹽、蝦米攪拌均勻，端到小孩面前。小孩也不客氣。「可以了，三妞姊，明明就是花生米啊！」居然還想騙他。

老醋花生必須現吃現做，杜發財還沒回家，所以杜三妞倒出一碗花生米，剩下大半盆放櫃子裡，往碗裡倒入部分老醋和菜絲，拌勻後遞給衛若愉一個勺子。

小孩將信將疑地舀一勺，咬了一口，瞪大雙眼。「酸酸甜甜的！」

「是花生米嗎？」三妞笑咪咪地問。

衛若愉的回答是又舀一勺塞嘴裡，小嘴巴鼓鼓囊囊像隻小老鼠，三妞不期然想到第一次在他們家吃飯的衛老和衛若懷。

丁春花回來就看到兩個孩子坐在案板邊，你一勺、我一勺，碗裡的花生只剩一點。「那些都叫你倆吃完了?!」

杜三妞抬手一指。「我們又不是貪吃鬼。」

丁春花打開櫃子一看。「還不是貪吃？怎麼好意思說啊！」別以為她不知道總共有多少花生。看到灶臺上多出一碟菜絲和大半碗醬，再瞅瞅三妞正在吃的東西，丁春花明白了，那什麼老醋花生又被貪吃鬼做出來了。

衛若愉端著一碗老醋花生和滷花生回家，照例被衛老念叨一番，然而依舊沒等衛若愉說「不好意思的話，我自個兒吃」，衛若懷已遞給衛相一雙筷子，他自己手上的卻是勺子。

衛老生生氣樂了，真是他的好孫子！「錢娘子下午燉隻公雞，給三妞送半隻去。」兩碗花生換半隻雞，衛若愉也不心疼。「祖父，三妞的娘說，我們吃什麼、買什麼太費錢，建議我們自個兒養雞養鴨養鵝，再種點菜。」

衛家在杜家村有四畝族田，田裡葬著衛老的爹娘祖輩，可耕種地還有一畝多，衛老沒回來，田地荒廢著，村裡人也不敢貪小便宜偷種他家的地，畢竟對方是衛太傅。

衛老想了想，回道：「你去和錢娘子說，不懂的地方問三妞的爹娘。」

「你們吃慢點，給我留點！」衛若愉不放心地交代。

衛老真想給他一巴掌。「我們又不是貪吃鬼！」

衛若懷抬頭看到祖父氣急敗壞的樣子，不由自主地想到另一張和他相似的臉。「祖父，您說，我爹娘若是收到我的信，會不會一氣之下跑過來？」這「貪吃鬼」三個字，讓衛若懷終於意識到，吃事可大可小。

衛老的手一頓。「你回信上寫了什麼？」

「食譜。」衛若懷吐出兩個字。

衛老差點被花生嗆到，難以置信地看向大孫子。「別告訴我全是食譜？」

「不是，四頁只有三頁是食譜。」必須要留一張紙描述祖父和堂弟若愉有多麼喜歡他寫的那些菜。

「只有？」衛老深吸一口氣，簡直不敢想像，古板的大兒子看到信的那一刻會氣成什麼樣。

翌日早上，丁春花難得沒允許閨女賴床。「快點起來，紅燒肉得提前做。」

「妞還沒起來？」李月季和段荷花拿著圍裙走進來。

「沒有。」丁春花朝著杜三妞的房間又喊一嗓子。「飯菜在鍋裡，我和妳伯娘先過去幫妳配菜。」

「好。」杜三妞揉著眼睛走出來，洗臉，用鹽水刷牙，慢條斯理吃完早餐，才慢吞吞地晃出去。

路上碰見去學堂的小孩，那些孩子離得老遠就給三妞打招呼，有幾個大孩子甚至笑說：「三姑奶奶，等我成親，也請您幫忙做喜宴！」

「你娘指望你考上秀才呢！」

說話的孩子下意識往四周看看，見沒有他家近親，鬆了一口氣，也不敢再調侃三妞。

姜家這頓宴席紅燒肉最麻煩，三妞所需的材料他們已準備好，到姜家，三妞就開始做紅燒肉，隨著肉味出來，巳時已過半。

三妞想到午時開席，立馬指揮她娘炒花生，指揮她兩個伯娘切肉、剁排骨，燒火的自然是姜家的兩個兒媳婦。

村長看到杜三妞四人開始做菜，也沒避諱兩個姜家人。「妞啊！她們家準備六桌菜，我估計得有七桌多客人，分量做足點。」

姜家媳婦不好意思地笑了笑。「三妞姑，讓妳為難了。」

「這點事還難不倒我。」杜二丫回門那天，三妞的姑姑住得遠，來得就是他們老倆口，家中小輩一個沒來。三妞的舅舅家開店做生意，家裡得留人，來的人也是老倆口。然而姜家不是，三妞過來就看到老頭、小孩、婦女，院裡站得滿滿的，按照三妞一桌十個人算，只算大人至少就有八桌。

杜三妞做素菜時，每個碟子上堆得高高的，燉肉的時候，每個菜碗都被三妞用勺子壓實在。肉不夠？肉下全放木耳、冬菇，甭管裡子好不好看，反正面上好看。

姜家兩個媳婦看著三妞擺盤，也忍不住樂了。「三姑的心思真巧。」

「但願這麼多夠吃。」

上到第十二道冬菇燜肉，還剩下炸里脊、紅燒肉、素炒山藥和蒜炒年糕時，杜三妞喊姜家的小孩。「去叫村長，偷偷的啊！」

「我正準備找妳。」村長連走帶跑，過來就說：「大妹子，還剩幾道菜？我覺得不太夠吃。」

「還有四道，桌上的碟子乾淨嗎？」杜三妞忙問。

「別提了，剛上去就沒有了。我們那一桌都是男人，還好一點，女人、小孩的桌上，嘖！我覺得菜有點危險。姪媳婦，妳家饅頭在哪兒？趕緊上饅頭！對了，炒年糕，年糕頂餓！」村長想一下，立刻吩咐姜家兩個媳婦。

杜三妞搖頭。「不行，上湯才能上主食，是咱們這邊辦事的規矩。」

「等妳上湯、上饅頭的時候，碟子裡乾乾淨淨的，咱們臉上可不好看。」村長提醒她。

杜三妞表情未變，可當她發現泡發的木耳等物全部用光，年糕和山藥也被她娘和二伯娘炒好，頓時傻了。「不加菜真不行？」滿心期待地望著村長。

杜家村無論誰家辦事都會請村長主持，別看他有時候膽子比三妞還小，村長辦事仔細，為人公允，在村裡威望極高。今天這場喜宴姜家交給他，村長無論如何都不能讓姜家在親戚面前丟臉。「你們家還有東西能做著吃？」

「有青菜，做雞蛋湯剩下的。」姜家二媳婦指著不遠處的一盆青菜。

三妞看過去，皺眉。「不行，看著多，炒好不夠六碟。豆腐還有嗎？」

「有。」姜家大兒媳婦彎腰從案板下拉出一個盆。「我娘怕不夠用，特意多買點。」其實豆腐便宜，也可以用黃豆換，姜婆子存個心眼，明明三妞跟她說七、八斤，她硬是換二十斤，便是希望三妞做菜的時候多放豆腐、山藥等不值錢的東西，少上點肉。

「那就好。」村長提著的心一下落到實處，不知道三妞準備幹麼，還是覺得她能完美解決此事。

「有沒有蔥？沒有找別人借點，切一盆，炒雞蛋用。」

姜家二媳婦腳步一頓，期期艾艾道：「三、三妞姑，沒……沒有雞蛋了。」

「什麼?!」杜三妞陡然拔高聲音，終於無法鎮定。

村長嚇一跳。「幹麼呢？小聲點，想讓親戚、鄰居都知道咱們準備的菜不夠吃嗎？沒雞蛋，有沒有鴨蛋？有就趕緊去拿！鵝蛋行嗎？」最後一句問三妞。

杜三妞沒好氣地說：「只要是蛋就成！」指著等上菜的姜家青年們。「先端年糕和山藥吧！」

村長忙問：「有什麼講究？」

「這兩樣飽腹。」人家辦喜事一桌坐十來人，姜家辦喜事一桌大人、小孩將近二十人，村長也是能人，居然能安排好。「緩一會兒再上青菜肉末燉豆腐。」肉末是做豬肉丸剩下的。三妞交代她娘道：「全放進去，算道葷菜。」

「然後上炒鴨蛋？」李月季問。

杜三妞道：「不然呢？總不能上紅燒肉。炒鴨蛋的時候別忘記放黃酒，二伯娘。」黃酒自家釀造，今天客人喝的也是黃酒，鴨蛋放黃酒去腥。

里脊之前已做好，澆些醬料，三妞就喊人端出去。賓客們吃過年糕和爽口的山藥後，看到金黃的里脊肉，雖想多吃點，但吃一、兩塊後硬是吃不下去了。

村長時刻留意著各桌動態，見小孩子吃飽已跑出去玩，大人也放慢挾菜的動作，暗自滿意。便是此時，肉末豆腐和小蔥炒蛋端上來了。

看上菜速度慢下來的賓客們以為該上湯了，見此不禁驚呼。「還有菜？」

「今天多少道菜？」

杜村長答。「十八，待會兒還有湯。」

「這麼多?!」眾人大驚，新娘家來的陪嫁下意識看姜婆子，他們是知道姜家什麼情況，喜宴居然準備得這麼豐盛？

賓客們七嘴八舌地議論，今天的菜是他們這麼多年來吃過的味道最好的喜宴云云。這時粗瓷菜盆盛放的紅燒肉出現在桌子正中心，聲音戛然而止，居然還有？

村長適時站起來。「菜上完，可以上湯了，饅頭也端上來。」

雞蛋湯是提前煮好的，村長話音落下，六盆湯盛了出來，隨之便是排骨湯。等一碟饅頭上桌，本來空空盪盪、乾乾淨淨的桌面又被擺滿，看起來煞是豐盛。

直到賓客起身，豆腐、紅燒肉還剩下一大半，雞蛋湯無人問津，排骨湯只剩排骨……是的，湯沒了，炸里脊的功勞。

里脊好吃，是在人空腹的情況下。吃得八分飽再吃里脊會覺得油膩，油膩就想喝湯，雞蛋湯不是首選，加香菜和醋，有點酸又清爽的排骨清湯便被瓜分乾淨。

亓國百姓生活安定，也沒到家家戶戶有驢車、牛車代步的地步，百姓出行還是靠兩條腿。飯後，離得遠的賓客便向主人家告辭，姜婆子和她男人見親戚對今天的飯菜很滿意，心下大安。

遠房親戚全部送走，姜婆子就對她娘家人說：「桌上剩的排骨和紅燒肉，你們帶回去點。」

豈料幾人道：「不用這麼麻煩，跟我們說這些肉怎麼做？吃著和酒樓裡賣得差不多，我們回去自個兒做。」

姜婆子臉上的笑容一僵。「那可不成。」

「我們又不是外人。」

姜婆子苦笑，今天若不是杜三妞出面，她家這場喜宴甭想善了。「做飯的人是小段老闆的丈母娘和小姨子，你們說，我問，她們能說嗎？」

「迎賓酒樓的段老闆？」屋裡的眾人齊齊看過來。

姜婆子心中一顫。「是、是呢！」

「原來是請她們做的，難怪呢！」

「多少錢一桌？」眾人打消念頭後，又有別的想法。

「我們本村的人收一百文，外村收一百二十文，八桌以上，多一桌多收十文。」二丫的回門宴後，三妞就把價格公布出來了，本來大家覺得多，可三妞說一頓宴席得四個人做，村裡人一算，忙活一天才二十五文，又覺得便宜，就給杜三妞出主意，到外村要貴點，多照顧照顧自個兒村的人。

託杜三妞的福，姜婆子家的豬頭肉和豬下水全賣給四喜家，四喜給她四十文，若是在一個月前，最多二十文，所以姜婆子才主動幫三妞說：「誰家辦事找我們村的三妞準沒錯！」當著娘家兄弟，姜婆子壓低聲音道：「今天這桌菜，除了我們殺的豬，總共就用這些。」伸出兩根手指。

「二兩銀子？」

姜婆子身子一晃，好大的數。「兩百文，不帶酒錢。」

「多少?!」眾人大驚。「妳、妳可別騙我，那麼多菜呢！」

「鹽、糖、醋、醬花點錢，八角、茴香是我們家去年在山上採的，豆腐便宜，冬菇現在山上還有，不信就自個兒算。」姜婆子此話一出，眾人掰著手指算，兩百文?真有可能。

「……算上殺的豬和給杜家的工錢，也就一兩銀子?」誰家娶媳婦，一場喜宴下來不用三、五兩銀子，宴席簡直沒法看，一兩?開玩笑哪！

姜婆子點頭。「對的。」

「我的老天爺！難怪段家和趙家那麼有錢，卻不娶縣裡的閨女，非娶杜家村的閨女，杜家一家子真有本事！」

姜婆子與有榮焉。「這話讓你說對了，我們村的三妞是全村最聰明的姑娘，夫子都說，她若是個男兒，我們村十年後又會多個狀元郎！」

杜家村出過一個狀元，就是衛老。眾人聽到這話倒是無法反駁，畢竟有先例在，更何況，現如今杜家村的男孩子都識字。

「妳去幫我問問，我們村她去不去?」姜婆子的小姑子突然開口。

姜婆子眉頭緊皺，上下打量她一番。「妳閨女才十五歲。」

「想什麼呢?我婆家姪子，下個月初二，他家情況和妳家差不多。」

「這……」別看姜婆子說的時候得意，自家知道自家事。吃飯的時候村長出去很長時間，姜婆子心裡不安，就找大兒媳婦詢問，兒媳婦都說了，灶臺上連點青菜都沒剩下。「我家六桌客用一兩，你們那邊的親戚若是多，三妞有天大的本事也沒法幫忙省錢。」

「就是怕客多，才趕在下月初，家家戶戶都得育苗翻地，誰有工夫來串親戚？大嫂，去問問。」

姜婆子不樂意，能省下錢皆大歡喜，若是不能呢？到時候她裡外不是人。小姑子可以拒絕，杜三妞可不能得罪，畢竟遠親不如近鄰。比如四喜之前遇到的事，家裡兄弟多，都不在跟前，要不是杜三妞和村裡人出面，搞不好杜四喜一家這輩子都難翻身。「你們那邊沒有專門做村宴的廚子？」

「有，可是和杜家的人沒法比。嫂子，我婆家嫂子準備了三兩銀子。」

「早說呢！」姜婆子一聽錢寬裕，轉身就走。

杜三妞正在吃飯，姜婆子見三妞喝雞蛋湯，轉頭喊三兒媳婦。「把桌上的紅燒肉端來給三妞妹子吃！」

「不用了，湯是大骨熬出來的，挺好的。」杜三妞心想：誰吃妳桌上剩的菜？嘴上說：「收拾菜的時候別把湯給倒了。」

姜婆子瞬間忘記所來何事。「難怪總覺得妳做的雞蛋湯也比旁人做的好喝，上午煮一鍋大骨頭就為了做雞蛋湯？」

「是呀！」杜三妞笑笑。「聽村長說大家很滿意，我們也回去啦！」放下碗站起來。

「等等！」

姜婆子一回頭，見是小姑子，不禁扶額。「三妞，是這樣……」把之前的事和盤托出，末了不顧小姑子使眼色，又說：「妳們家如果不得閒就算了。」

「大嫂！」

「娘……」

丁春花開口回應道：「我們過幾天育苗，初二倒是沒事。她家有哪些菜，來跟三妞講一聲，三妞寫個單子，差什麼再去買，妳們看這樣成嗎？」

「成，成啊——」

「等一下。」杜三妞打斷她的話。「得先付十文定錢。萬一你們突然找別人，我娘和我伯娘就全白忙活了。」

「這是應該的。」姜婆子搶先開口。「妳們家的牲口還沒餵吧？我就不留妳了。」拽著她小姑子，不許她開口，待三妞走遠，姜婆子才鬆開她。「想說什麼？收下定錢，三妞初二有事也得去你們那兒！」

「對哦，我怎麼沒想到呢？」

姜婆子心想：妳能想到貪小便宜？「今天咱家來的客人回去一說，到時不知道有多少人找三妞呢！」

這倒是實話，第二天就有人來找三妞，不過被三妞推了。她兩個伯娘年近半百，過幾天又得育苗，可禁不起折騰。

話說回來，三妞回到家給兩個伯娘一人二十文，兩人今天又是切、又是剁，累得不輕，也沒推辭。

傍晚杜發財回到家，聽說有六十文進帳，還沒餓著家裡的牲口，不禁笑道：「我以後在家看家，妳們出去做事。」

「瞧把你美得！」丁春花白他一眼。「我和妞今天累了，做麵疙瘩打雞蛋，沒炒菜，就這樣吃，成嗎？」

「那怎麼成！」杜發財迎來兩雙眼瞪視，嚇得他忙說：「櫃子裡有花生米，妞，我燒火，再做點那什麼老醋不費事吧？」

「不費事。」

不久後，杜三妞一家三口正在吃晚飯時，聽到一陣敲門聲。

「誰呀？這麼晚了還過來。」

「估計是妳姜嫂子。」農家辦喜事的時候有個潛規則——無論多麼摳門小氣的人，收拾好剩菜總會分送給左右鄰居。

一來天熱菜不能久放，二來給大家夥兒打牙祭。家裡條件好的，也不會嫌棄別人送來的剩菜，就算不吃也不會倒掉，大不了餵牲口。

杜三妞前世雖說是孤兒，但她從未在農村生活過，別看她這麼會吃，讓她割麥她差點割著自己的手，第一次鋤草的時候麥苗和野草一起鋤掉，以致她對農村很多規矩不熟悉，甚至無法接受。

就像現在，打開門見來人真是姜婆子，忍不住嘆氣。沒人比她更清楚，姜家喜宴過後只剩下幾根大骨頭，其他菜全被三妞用光，案板上連塊薑都沒有，然而姜婆子此時卻端著兩根大骨頭。「留著你們自個兒吃啊！」

「我們家還有幾盆紅燒肉呢！」姜婆子頗為不好意思。「我知道你們不稀罕這點，可妳一定要收下。」

話都說到這分上了，三妞哪敢不收？「進來坐。」接過她手上的盆。

「不了，家裡還有事，我明天再來拿盆。」姜婆子心中自有打算，說完轉身就走。

三妞張了張嘴，話沒說出來，人已消失在夜色中……三妞看了看手中的東西，又看了看她爹娘，滿臉不解。「這……又是怎麼回事？」

「可能她家裡真有事吧！」丁春花雖比多數村婦有見識，可她並沒多心眼。

三妞喜歡這樣的娘，他們家有她一個心眼多的就夠了。

不過，三妞並不打算等姜婆子上門。

第七章

翌日一早，三妞拎著小籃子出去。

站在院子裡裝作鍛鍊身體，其實時刻注意隔壁的衛若懷看到，很自然地走出去和她來個巧遇。「又上山採蘑菇啊？」

「不，早幾天見香椿芽出來了，我去摘香椿芽。」三妞自然沒有多想。

衛若懷反射性回頭看一眼，祖父和貪吃鬼堂弟不在。「香椿芽是什麼？」裝作很好奇。「我可以和妳一起去看看嗎？」

「行啊！回頭多摘點，讓錢娘子給你做香椿炒蛋或者香椿卷。」杜三妞想一下，說：「要不要再拿個籃子？」

衛若懷耷拉下眼皮，開口道：「我家沒有，算了。」

「我們走吧！」杜三妞誤認為衛家還沒來得及置辦籃子、筐子這類小物件，走到山邊特意指著遠處的毛竹。「叫你家人砍幾根回去，村裡的老人都會編。」

「嗯，我記下了。」衛若懷鄭重地點了點頭，心裡想著，回去就把籃子全藏起來。

杜三妞餘光瞥到他臉上鄭重的表情，噗哧樂了。

「妳笑什麼？」衛若懷下意識瞅瞅衣服，見上面很乾淨，又摸摸臉。「有髒東西？」

「沒、沒有。」杜三妞見他這樣更想笑，輕咳一聲，壓下亟待出口的笑聲，沒話找話。「今天沒功課？」

衛若懷不信她，但見她沒有說的打算，便說：「每隔幾天祖父就會讓我休息半天。」

「若愉，你哥呢？」衛老去書房裡找本書，回來就看到院裡空無一人。

扶著護院的手慢慢從小馬上滑下來的小孩，衝西北方翻白眼。「和三妞姊一起走了，我喊他還裝沒聽見。」跑到衛老跟前，仰頭大聲說：「您沒有覺得大哥自從來到這裡後，像變了個人嗎？祖父，他天天念叨我別去給三妞姊添麻煩，自己卻讓三妞姊帶他上山玩。他……大哥就是只准州官放火，不許百姓點燈！祖父，您必須好好管管他！」

衛老點頭，佯怒道：「太不像樣，回來罰他寫五篇字！」

「這還差不多！」衛若愉哼一聲，又喊護院教他騎馬，渾然忘記他們的功課就包括五篇字。

衛若懷存著和三妞培養感情的心思，怎奈他並沒和姑娘家獨處過，根本不知道說什麼或者怎麼說才能討她們歡心，以致一路下來，基本上是杜三妞說，他答，偶爾裝白癡問兩個問題。沒什麼進展，倒也和往常一樣沒引起三妞懷疑，還幫三妞摘了一籃子香椿芽。

昨天半夜下了一場小雨，今天早上多日不見的太陽終於露出頭，也沒能把香椿芽上的水珠全部曬乾。三妞回到家淘洗一遍香椿芽，就倒入鍋裡焯水，燒火的人正是衛若懷。

丁春花從外面回來，路過廚房看到裡面一個燒火、一個做事，兩人有說有笑，竟莫名地像一對小夫妻？丁春花心中一顫，搖頭甩去這麼不靠譜的想法。「你們在幹麼？」

「焯香椿芽。」三妞道：「娘幹麼去呢？回家也不見妳，門也不關。」

「去地裡看看，我們家下午育苗。」丁春花瞅瞅自家閨女，又看了看衛若懷，兩個孩子神色坦然，沒有被抓到的窘迫或心虛，再次確定是自個兒老糊塗，孩子才多大，哪懂什麼情情愛愛。「中午吃這個？」

「哪能吃飽。」三妞一聽下午得幹活，便打算做香椿炒蛋當菜，隨即教衛若懷香椿餅的做法，衛若懷回家的時候分給他一半。

「大哥真是回回都不空手。」衛若愉氣堂哥出去玩不帶他，聽到他回家後和錢娘子說的話，怒意消了，卻還是忍不住說：「你真該照照鏡子，看看自己吃成什麼樣了。」

「反正沒你胖。」衛若懷也感覺到他比在京城的時候胖了，所以每天早上起來都會和護院一起鍛鍊，颳風、下雨也不落下。

衛若懷回家後，燒火的人變成了丁春花。「三妞，妳也大了，別再像以前一樣，整天跟小子們混在一起。」

「怎麼啦？又有人說閒話？我又沒做什麼見不得人的事。」亓國男女大防不嚴，可也有不少老古董見不得女孩和男孩一塊兒玩。

「沒人說什麼。」丁春花不敢說是她自個兒胡思亂想嚇著自己。衛若懷是誰？京城大少爺啊！哪是他們這等人家高攀得起的。「妳十歲了。」

「我才十歲啊！」前世她雖早熟，這個年齡也不知道談戀愛。「離我嫁人至少還有八年，妳想得真遠。」說著，淘一碗米。

丁春花一看她的動作，忙問：「等等，現在做飯？」

「做蛋炒飯，米飯要涼了才好做。」三妞蓋上鍋，回房拿繡了一個月還沒完工的繡帕。

丁春花無語。「指望妳做衣服的人得凍死！」

被親娘嘲諷的三妞一怒之下走回房間，邊走邊說：「我今天就把它搞定！」願望很美好，卻趕不上變化，剛做兩下，就聽到姜婆子在外頭喊——

「嬸子，三妞妹子呢？」

「三妞，出來！」丁春花見鍋底下有木頭，估算著燒完能蒸熟米，便搬幾張板凳到院裡。

「什麼事？」杜三妞拉著臉出來，看到姜婆子身邊有個和她差不多大的婦女。

「這是王家窪的王嫂子，也是我小姑子的婆家嫂子，她想找妳們做喜宴。」

「哦，那有什麼要求？」三妞一聽來生意，抬腳便去堂屋裡倒兩杯熱水。

「不用，我們不渴。」來人下意識舔了舔嘴角。

杜三妞瞧見也權當沒看見，笑容溫和，道：「現在不渴，一會兒說多了就渴了，先拿著。」

「哈哈……瞧瞧我三妞妹子多會說話！」姜婆子恭維道。

丁春花笑說：「別再誇她了，你們每天誇她，再過些日子她都不知道自個兒姓什麼了。」

若衛公子聽見，一定答「姓衛」，可惜他正在應付擠對他的小貪吃鬼堂弟。

「娘，人家過來有正事。」三妞轉向姜婆子。

姜婆子戳一下王婆子的胳膊，對方忙說：「是這樣的，三妞姑娘，我家裡有白菜，沒有山藥，也有木耳、冬菇，但是不多，我該買些什麼？」

杜三妞先問她家有幾桌客人，然後才說：「向你們村裡人買些乾貨吧！還有，妳是打算自個兒殺豬，還是買人家的？」

「家裡倒是有頭一百多斤的，姜嫂子說夠了。」王婆子很忐忑。

王婆子的弟妹是姜家女，因為姜家窮，成親那會兒也不敢提太多要求。因為不只窮漢難討媳婦，家裡窮的姑娘家也不好嫁，誰都不想攤上一窩窮親戚，誰都不希望自己的妻子是個討債鬼。

娶個窮媳婦，王家的席面也沒搞得多隆重，只有稍稍過得去，那時也花了二兩多銀子。

王婆子聽從娘家回來的弟妹一說，三兩銀子足以辦一頓像樣的酒席，雖見到杜三妞本人，還是不敢相信弟妹說的話。

「是夠了，豬頭肉和下水不打算賣的話，也能做兩碟菜。」三妞提醒她。

誰知王婆子搖搖頭。「我們那邊的地不如你們這邊好，我家的地又多，沒時間擺弄豬下水，打算賣掉。」

杜三妞下意識看姜婆子，姜婆子早已低下頭，三妞心底嗤笑。「也行。」這時蔬菜還沒上市，得知她家又沒有年糕，遂道：「妳回去就去地頭河邊撿些地木耳，洗淨晾乾後，等下月初二用。初二前一天摘些香椿芽，一定得看清楚，不能是臭椿芽。」

「這個我知道。」王婆子以前吃過香椿芽。「還有呢？」

杜三妞說：「多備些雞蛋。」

姜婆子想到昨兒的事，老臉一紅，終於沒法繼續裝死了。「嬸子，我家的盆呢？」

「對了，我給妳拿。」丁春花從堂屋裡出來，就見兩人站起來。「說好了？」

「好了。」杜三妞收下十個銅板，交代王婆子多準備些調料，就去廚房看看米怎麼樣，見米熟了，盛出來放在案板上，放涼也剛好到飯點。

杜三妞炒雞蛋的時候喜歡放黃酒，待雞蛋炒半熟立馬倒入米飯，快速翻炒，一來不黏鍋，二來受熱均勻。炒出香味後，放入調料，又翻炒兩遍，盛出鍋，總共用時不足五分鐘，對丁春花來說就一眨眼。

「熟了？」

「米飯本來就是熟的。」杜三妞端到案板上。

丁春花就看到米飯粒粒金黃，偶爾有一點白是蛋白，一點綠是蔥花，還沒吃，她就聞到誘人的香味，又和肉香、菜香不一樣。

成年人每日可食兩個雞蛋，三妞做蛋炒飯的時候用兩個，不顧她娘隱隱有流口水的趨勢，又打兩個雞蛋。「娘，燒火，炒香椿芽。」

「好吧！」丁春花戀戀不捨，待香椿芽出鍋，她端著一大碗公蛋炒飯往外走。

杜三妞忙問：「幹麼去？不吃菜了？」

丁春花的聲音從外面傳來。「這些夠我吃了。」到門外，見大嫂和二嫂端著碗坐在大槐樹下。「妳們快看，三妞做的蛋炒飯！」

「看什麼看？又不給我們吃。」李月季可不給她面子。

丁春花就想顯擺閨女能幹，讓所有人都知道娶她家三妞不虧。「我教妳做。」

李月季冷哼。「我們家人那麼多，妳覺得一頓得吃多少？」

丁春花噎住，他們一家三口，頓頓吃肉也吃不了多少，但兩個嫂子家卻不一樣，兒子媳婦、孫子孫女，一人一個雞蛋，一頓也得七、八個。「嘿嘿，偶爾做一次還是沒關係的。」

沒關係？關係可大了！

收到兒子的來信，衛炳文氣得暴跳如雷，把全家人喊到跟前，指著信紙。「從出京城開始算，到今天滿打滿算離開一個月，你們看，上面三十多道吃食！我說不讓若懷回老家，父親非帶他走，等他回來得變成什麼樣？」

「胖得和若愉一樣。」衛炳武有個小胖墩兒子，反而不像兄長那般生氣，還有心情喊來廚娘。「去試試妳們大少爺寫的食譜，看是不是真像老太爺信上形容得那般美味？」

「老二！」衛炳文一翻白眼，差點氣昏過去，轉身去書房給他爹寫信。

信件抵達廣靈縣那天，杜三妞家熱鬧極了，丁春花正拿著掃帚把一個胖胖的、穿紅戴綠的婦人往外攆。

隔著一條路，一向笑不露齒的衛小哥樂得見牙不見眼，不斷嘀咕著。「活該、活該。」

「別高興得太早。」衛老說：「三妞去王家窪做一次宴就引來一個媒婆，離她及笄還有幾年呢！」

衛若懷臉上的笑消失殆盡。這個媒婆不會講話，直顯擺男方家境，還說對方能看上三妞是她的福氣，杜家和對方相比高攀了云云，惹丁春花不快；若下次來個能說會道、眼力活泛的……衛小哥不敢想像。「祖父，您給我父親寫信。」

衛老剛想開口，就看見遠處的差役直奔他家這邊。「不用，還是你自己和你父親講吧！」

「什麼？」

衛若懷話音落下，騎著馬的差役來到跟前，下馬作揖。「衛相爺，京城的衛大人來信了。」

衛若懷一凜，先衛老一步接過信，拆開就看到他爹命令他和若愉回去。「祖父？這是父親的字？」

「你爹的字你問我？」衛老嗤笑。

「您是他爹。」衛若懷脫口而出。

衛老一噎。「回不回去隨便你，別忘記我之前和你說的話。」

衛若懷哪能忘？今早還在猶豫，結果媒婆的到來讓衛若懷瞬間下定決心，偏偏他爹來了一封言簡意賅、連信封上也布滿怒氣的信。

父親氣什麼，衛若懷自然知道。以他父親的秉性，最希望看到的是他請教和功課有關的問題，而不是……而不是連他自己寫好都不敢看第二遍的食譜，就怕自己控制不住，放下毛筆一頓狂吃。

「真回去啊？祖父。」衛若懷敢這麼挑戰他爹的極限，仗的就是他爹不在跟前。

衛老幸災樂禍道：「你可以不回去。」沒等衛若懷露出喜色，就接著道：「等你父親親自來杜家村捉你。」

「我……可是，我這時候怎麼能回去？」衛若懷衝隔壁呶呶嘴。

衛老反問：「你在這兒有什麼用？去杜家提親，還是覺得你長得俊，不會被三妞的娘攆出來？」

「不至於吧？」衛若懷心中一突。

衛老收起笑容。「你娘不太可能同意你娶農家女，而三妞她娘估計也不會同意她嫁進高門。」

「那怎麼辦？」衛若懷臉色驟變。

衛老哪知道？他不止一次在杜發財跟前說三妞長得好，聰明又能幹，未來女婿可得好好相看，杜發財對他的話那叫一個言聽計從，偏偏媒婆趕在杜發財不在家的時候上門！幸虧來的是個蠢貨，萬一……那就沒什麼萬一了。

「祖父……」衛若懷見他沈默下來，沮喪道：「您也沒什麼對策？」

衛老抬眼看到大孫子很失望，彷彿他這個前太子太傅是混上去的，老頭兒嘴角一彎。「丁點兒大就惦記著娶妻的人是你不是我，我想那麼多幹麼？」背著手往屋裡去。

「大哥，怎麼啦？」看完熱鬧回來的衛若愉見他大哥變得更呆了。「我爹來信了？」伸手奪走。

放在以往，衛若懷不朝他腦袋上打一巴掌，也得把信搶回來，這次居然放任衛若愉唸出聲。

「大哥、大哥，回去還回來嗎？」

「當然回來。」衛若懷瞬間清醒。

小孩鬆一口氣。「那就好。」隨即喊僕人收拾行李回京城。

「著什麼急？慢慢收拾。」

衛若愉轉過臉，一副「你敢不聽大伯的話？膽子大了」的不可思議表情。

衛大公子臉色爆紅。「咳，祖父。」

「哎，對哦！」小孩猛地驚醒。「我們走了，祖父怎麼辦？」

「再陪祖父幾天，到京城就回來。」衛若懷掐指算了算。「耽誤不了幾天。」關鍵是他也耽誤不起。

遇到正經事，衛若愉聽哥哥的話。「什麼時候動身？」

「看天氣。」衛老的聲音從院子裡傳出來。「連著晴四、五天了，我估算著過兩天得下雨，待下次天晴你們再走，路上不會淋著。」

「聽祖父的。」正合衛若懷心意。

衛老只預料到開頭，第二天晚上下起大雨，到第三天晌午太陽露出半張臉，傍晚又下起了淅淅瀝瀝的小雨。

三妞對杜家村的花花草草都喜歡，最討厭陰不陰、晴不晴的天氣，因為有時候能反反覆覆半個月，結果這次沒下半個月，也陰了十來天。

天氣再次放晴，已到三月十五。衛若懷坐在廊簷下看著僕人把衣服、書籍全搬到外面晾曬。「晚上不會再下吧？」

「不會。」衛老特意問過村裡懂江南天氣的老人。「明天晾曬一天，你倆後天回去，讓錢娘子給你們做些東西路上吃。」

「叫三妞姊做，祖父。」衛若愉放下手中毛筆，恐怕衛老沒聽見。「錢娘子做的不好吃。」

衛老瞪他一眼。「不好吃你還每天吃！」

「那是沒得選擇。我要豬肉脯、牛肉乾，還有老醋花生，裝罈子裡能吃到我到京城。」衛若愉掰著手指數。「不行，得吃到我回來。」

「三妞不是我們家的廚子。」衛若懷也想吃，但他不捨得累著三妞。

衛若愉道：「我當然知道，等做好送給三妞姊一些。」說著話起身。「就這麼愉快地決定啦，我去找三妞姊！」

杜三妞和她娘把屋裡的東西拿出來晾曬後，就去山上挖一堆竹筍，煮好切片放到竹篩子上。

衛若愉去的時候三妞還在切竹筍，轉一圈瞧瞧沒什麼好吃的，又回到三妞身邊。「曬乾的竹筍怎麼吃？」

「留著夏天和秋天燉著吃。」山上有大片毛竹，杜家村的人卻很少挖筍，蓋因春筍適合濃油赤醬，和五花肉一起燉最美味。

家裡不來客人，村裡沒幾家捨得三不五時地去買肉，這就便宜了三妞。

衛若愉想起來的目的，把話一說，三妞想都沒想就點頭同意。「我們接了件事，二十日，剛好不耽誤。明天叫錢娘子早點去縣裡，在你家做還是我家？」

「我家廚房大，可以做好多好吃的。」小孩邊說邊遞給三妞一支筍，指著丁春花剛從鍋裡撈出來的芥菜。「這個呢？也能燉著吃？」

「對，冬天燉最好。」三妞家的房子有廊簷，菜曬乾掛在廊簷下，放好幾個月也沒問題。「娘，我記得家裡好像還有梅乾菜？」

「有不少，我打算再做些。」自家的梅乾菜是用雪裡紅做的，她家屋後面種不少，但年後一直沒趕上好天氣，丁春花便沒動手。

翌日早上，杜三妞去衛家提醒錢娘子和麵，等錢娘子從縣裡回來，麵也醒得差不多了，杜三妞端著一菜盆梅乾菜前往衛家。

梅乾菜切碎加蔥花、蝦皮、調料和剁成餡的五花肉，裹在麵團中擀成餅。可亓國上下都沒有燒餅爐，臨時訂做又實在沒必要，三妞便準備一塊薄石板。

「妳準備用石板烤餅？」三妞過來時身後跟著丁春花，丁春花搬著一塊石板，衛若懷起初以為石板是烤肉用的。

三妞點頭，在餅上刷一層麻油，放到燒得滾熱的石板上；然而三妞心裡並不像她表現得這般胸有成竹、從容不迫，因為她只聽說過石板烤餅，並沒見過，更不用說做了。手生導致兩個餅看起來雖烤熟了，卻並沒有如同三妞期待的那般餅發起來，而是像個死麵餅。

丁春花很擔心。「可以吃嗎？」

杜三妞第一次做，哪知道啊？便挾起一個，顧不得燙手，掰開一半，豬肉和梅乾菜的香味撲面而來，杜三妞大喜。「成了？」

衛若愉咂咂嘴。「好香啊！但看起來好醜。」肉香混合著烏黑、瞧著沒一點食慾的梅乾菜，意外地令人想嚥口水。「我替妳嚐嚐。」

「你能嚐出熟沒熟？」杜三妞瞥他一眼，衛若愉的小手立即縮回去。

杜三妞咬一口，眾人睜大眼，她嘴巴剛動，杜小麥就迫不及待問：「怎麼樣？」不待她開口，又轉向衛若愉，說：「我們兩人吃一個？」

衛若愉看向三妞，見杜三妞沒阻止，分小麥一半，剛送到嘴邊又聽到三妞說——

「我忘了，錢孃子，去找點芝麻，灑餅上烤著更好吃。」

杜小麥一頓。吃嗎？可待會兒的餅更好吃，他肚子就沒空位了；不吃嗎？可餅都碰到他的嘴唇了……往四周一看，立即分給丁春花一半。「三奶奶，給您點嚐嚐。」

「真乖！」丁春花很高興。

衛若愉有樣學樣，也分給他堂哥一半。

衛若懷不想接，然而三妞在跟前，他得給三妞留個愛護幼弟的好印象。梅乾菜餅是衛家哥兒倆路上的乾糧，起先做得不好，掌握火候後，一個比一個好。衛老趕緊讓錢娘子收起來，否則恐怕到明天就沒了。

隨後，杜三妞開始做豬肉脯和牛肉乾，做好之後天快黑了。借著月光，三妞又做了一罈老醋和花生米。

杜發財早已歸家，丁春花得回去給他做飯，衛若懷送慢一步的三妞到門口，就能看到杜家的大門，可是衛少爺不想和她這麼快分開。「妳有沒有什麼想要買的？我從京城回來的時候給妳帶來。」

杜三妞仔細想了想。「沒有，謝謝你。」

「不客氣。我們這一走，祖父在家可能會寂寞，妳沒事的時候能不能多往我家來幾趟？」最好來的次數多了，把他家當成自個兒家。

杜三妞作夢也想不到，她覺得呆呆的少年竟會有那麼多小心思。

「別擔心，我們會幫你照顧衛老的。天不早啦，回去吧，明天還得趕路。」

衛若懷的嘴巴動了動，想說「起不來就晚點走」，見杜三妞什麼都不懂地直往家去，衛少爺頹廢地嘆了一口氣，進門時嚇了一跳。「祖父！您……站在門後面幹麼？」

「我想出去溜溜，你突然進來，我還沒說你呢！」衛老嫌棄地看他一眼。「送個人也能送半天，衛少爺，有出息點！」

「站著說話不腰疼，我睡覺去了。」衛若懷輕哼一聲，不待他祖父反應過來，麻溜地跑回房間。

翌日，三妞還沒起床，衛若懷就出發了。從廣靈縣到京城有兩千里路，官道路況比較好，如果快馬加鞭，六、七天就能到京城；但衛若愉堪堪五歲，身體好也不能像大人一樣騎馬趕路，只能坐馬車。

因此，衛若懷一行到京城，時間已到三月二十九。京城和他走時一模一樣，一身銀裝，不同的是那時是雪，如今是柳絮。

「大哥，古人說近鄉情怯，我怎麼就沒感覺呢？」衛若愉掀開車簾，伸著頭往外看。

衛若懷撇嘴。「杜家村才是你家鄉。」瞧見旁邊有賣簪子的，喊道：「鄧乙，停車，我下去看看。」

「碰見熟人了？」鄧乙很肯定地問。

衛若懷「嗯」一聲，下車買兩根簪子，掏錢的時候手一頓，擋住衛若愉和僕人的視線，又挑兩根讓老闆分開包起來。

去外村做喜宴的杜三妞回來，丁春花停好驢車，發現門口坐著一個人，下意識抓住李月季的胳膊。「這人誰啊？」

「我哪知道。」李月季有點近視，揉著眼睛走近兩步，發現真不認識。

「哎，你誰呀？坐在人家門口幹麼？」

地上的人猛地驚醒，顯然剛才睡著了。「妳是杜家三孀子？」說著話就站起來，瞧見她身後還有個小姑娘。「妳就是三妞吧？哎，我是孫家集的，想找妳幫我家做飯，我弟弟下個月初四成親。」

「等一下，孫家集？」丁春花掏掏耳朵。「我沒聽錯吧？那兒離這裡有二十里路。」

「是的。」對方笑道：「我給妳們一百五十文，去嗎？」拿出一個荷包。「這是二十文定錢。」

三妞很好奇。「離這麼遠，你怎麼知道我們會做菜？」

「去縣裡買東西時聽別人講的，我也在迎賓酒樓吃過飯。」倒出銅板遞給丁春花。

丁春花看了看三妞，杜三妞微微頷首。

中年男子見狀，臉上的訝異一閃而過又恢復正常，快得任憑三妞身體裡住了個成年靈魂也沒注意到。

「去屋裡坐吧！」三妞打開門，側身請他進來。

男人搖搖頭。「不了，我得回家了。」

「喝點水再走。」杜三妞說著，衝她娘遞個眼色。

丁春花去倒水，男人卻之不恭，隨她進來。

丁春花不但端一杯水，還拿了兩個包子來。「涼的，行嗎？」

男人慌忙站起來。「嬸子太客氣了！我、我……」

「別我了，吃吧！我們村沒飯館，別說你晌午吃過了。」丁春花把包子和碗塞他手裡。「吃完再走。」

「終於到家了！」衛若愉歡呼一聲，從馬車裡跳下來就去拍門。

此時正值飯點，衛炳文聽到「砰砰」的聲音，眉頭緊皺。「誰這麼沒禮貌？看看去。」對丫鬟說完，他自己就站起來。「算了，我過去。」

衛大老爺這幾天跟有狂躁症似的，皆因早該回來的衛若懷到現在還不見人影，因此衛炳武也不敢招惹他。對於敢無視他哥命令的大姪子，衛家二老爺內心對他報以誠摯的問候：保重！然而被他問候的衛公子，此時正在數落他兒子。

「這麼急幹麼？不能等一會兒？」

「我餓啦！」衛若愉理直氣壯，見門開了一條縫，甩開他的手就往裡鑽。「哎呀，誰呀？」

衛炳文越過門房，沒好氣道：「你大爺！」

「大伯？」

「父親？」

接著，小哥兒倆異口同聲。「您怎麼變成這樣?!」

衛炳文拉著臉，神情嚴肅。「我變成什麼樣？你倆倒是說說看！」

衛若懷看天看地看門，就是不看他爹。

衛若愉反射性躲到堂哥身後，圓溜溜的眼睛瞄到大伯身後的親爹，又忍不住蹭一下竄出來。「大伯您臉腫啦？咦？父親，您的臉怎麼也腫啦？」待人走近，小孩不禁睜大眼。

衛炳武踉蹌了一下，罵道：「胡說什麼?!」裸露在外的古銅色肌膚瞬間變成酒紅。

衛若愉嚇一跳，可一見父親大人像換了個頭，關心瞬間壓下害怕。「您……您生病啦，父親？到底什麼病？看大夫了沒？大夫怎麼說？」連聲詢問，滿臉焦急。

衛炳武猛地抬起胳膊。

衛若懷趕緊伸手把堂弟拉到身後，忙說：「叔父沒病，我想大概是京城水土養人，發福了。」

「胖啦？」衛若愉差點驚掉雙下巴，看看自個兒的小肚子，又看看他爹和大伯。「怎麼比我胖得還多？我的老天爺啊！我和大哥走後，你們做什麼吃的？是不是故意等我們走才——」

衛若懷趕緊捂住他的嘴巴。小貪吃鬼，說話怎麼不過腦子！「許你胖，不許叔父胖啊？父親，我們有點累，先回房了。」拽著衛若愉的胳膊往裡去。

衛炳文冷冷道：「你倆不餓？」

「不餓！」衛若愉脫口而出。

衛若懷心裡咯噔一下，想甩開不會看臉色的堂弟，先逃為妙。怎奈父親大人口氣不佳，衛少爺有賊心、沒賊膽，只得硬著頭皮說：「家裡正在吃飯？若愉，我們去喝點湯。」

衛若愉吃了一路乾糧，雖說中間有驛站，但吃慣了三妞做的菜，小孩兒一路上沒胖，反而比在杜家村的時候瘦了一點。「好啊！」

「父親，您先請。」衛若懷拉著堂弟的胳膊。

衛炳文哼一聲，越過影壁，轉身往屋裡去。

衛炳武邊看著兄長的背影，邊壓低聲音問姪子。「我真胖很多？」

「也沒有，不過是臉肥了一圈。」見衛炳文腳步一頓，嚇得衛少爺捂住嘴巴，直到他爹走遠才敢說：「叔父，我父親，這是怎麼吃得？」

「還不是你小子寄來的食譜。」衛炳武的脾氣和他兒子差不多，不如兄長悶騷。「我吩咐大廚房做你說的紅燒肉，你父親，我的好大哥原先不屑，誰知嚐一口後就停不下來，三天兩頭地叫大廚房做紅燒肉。」

「我父親？」衛若懷艱難地問：「他？」

衛炳武連連擺手。「說錯了、說錯了，你父親即便饞得想死也不會主動開口，可廚房裡只要隔兩天沒做紅燒肉，他就說自個兒沒食慾，被你氣飽了。起先我們真以為他生氣，後來大嫂聽大哥念叨兩句，才猜出他想吃肉。託他的福，如今京城賣豬肉的屠夫都認識我們家廚子了。」

衛若懷無語。「好吃也不能多吃啊！短短一個月，你們胖一圈，少說得有十斤，這樣不健康，身體負擔重啊！」

「可不是？最近跑幾步就覺得喘，所以這兩天都吃清淡的。」衛炳武說著話，一個勁兒地嘆氣。「吃慣了紅燒肉、里脊肉，再吃素菜嘴巴都沒味啊！」

衛若懷當初寫食譜時就藏著壞，試圖把全家人的嘴巴養刁，然而……不提也罷。「今天晌午做什麼吃的？」

「水煮芥菜和炒豆腐。」

京城氣溫比廣靈縣低五、六度，那邊的芥菜、雪裡紅老了，京城的剛剛好。杜三妞提過兩地氣溫差異，衛若懷不疑有他。「唉，我先去廚房一趟，若愉——」

「我和你一起！」衛若愉在來的路上擔心回來後被他爹念叨，豈知結果喜人，小孩兒心情倍爽。「大哥，叫廚房做青菜豆腐湯和冬菇筍乾湯。」

衛若懷想了想，去馬車裡拿從丁豐收店裡買的五香粉和胡椒粉。青菜、豆腐廚房常備，兩個湯都是素菜，只一刻鐘，湯出鍋。哥兒倆去正房，看到門口站著兩位身材豐滿的婦人，不作他想。「我母親和你母親。」

「我現在最想知道若兮姊有沒有胖成球？」小孩兒見家中不再只有他一個胖子，別提多開心了，好想和他三妞姊姊分享，這都是她的功勞！

衛若懷小聲嘀咕。「難怪她們不去廚房找我們，若兮估計胖得不好意思見人。」

「我覺得是。」衛若愉點點頭。

然而他倆走進中堂後，驚訝地相視一眼。「若兮沒吃胖?!」怎麼可能有人能抵抗美食的誘惑？

「是不是很失望？」身著鵝黃中腰襦裙的少女笑盈盈問：「小若愉，是不是你讓大哥寫的食譜，故意讓我們吃成大胖子和你作伴？」

衛若愉想否認，卻見她信誓旦旦的樣子。「小人之心，我不想和妳說話。」一點兒也沒三妞姊大度。「母親，孩兒吃到好吃的東西就想到您和爹，想到你們吃不到，孩兒好難過……」眨巴眨巴眼睛，試圖擠出兩滴眼淚。

自家兒子什麼德行，衛炳武最清楚，這小子只有實在吃不下去的時候才會想到爹娘。

「坐下說，你們在路上吃過了？」

「差點忘了。」衛若愉站起來，喊：「鄧乙、鄧乙，去把我馬車裡的食盒拎過來！」

五個人駕兩輛車，衛家兄弟和一個護院一輛，鄧乙和另一個護院拉著一車特產。鄧乙卸下貨，正準備問食盒放哪兒，一聽這話，立即拎著食盒放到板凳上。

衛若愉粗暴地掀掉盒蓋，屋裡幾人不約而同地看過來，食盒中躺著兩個油紙袋。

「什麼東西？」衛炳武倒出來一看。「肉乾？」

「五香牛肉乾，聞著香，吃著有嚼勁，越吃越想吃，孩兒可喜歡了，一直沒捨得吃。」衛若愉一臉「快誇我、快誇我」的表情。

衛若懷真不想拆穿他。「你吃完一袋了。」

「說得好像你沒吃一樣！」小孩炸毛。

衛炳文淡淡地掃兩人一眼。「你們還在孝期，張嘴肉、閉嘴肉，成何體統。」

「伯父，您臉上的肉是吃蘿蔔、白菜吃出來的嗎？」衛若愉怕祖父、怕親爹，可有他爹在跟前，他爹沒發火，他就不怕整日裡虎著張臉的伯父，因為他爹不止一次幫他懟伯父。

「朝廷可沒規定孝期不准吃肉，別以為我小就不知道。」

「你的話怎麼這麼多？」衛若懷感覺到周圍一冷，忙盛碗湯遞給若愉。「喝湯。母親，這個湯也不錯，沒放豬油，是麻油，吃著不胖。」

「我還擔心你到老家不習慣。」衛大夫人懸了兩個月的心終於放下。「別只想著吃，功課呢？」

衛若愉瞬間老實，「功課」兩字堪比緊箍咒。

衛若懷從容不迫地說：「祖父每天沒什麼事，就盯著我和若愉。村裡清靜，無人打攪，若愉比在京城的時候進步還快。」

「是呢！」小孩連忙點頭。「伯母，我們吃飯吧！祖父說，端午之前回去就行，我和大哥得在家待好多天呢！」

「不行。」衛炳文突然開口。「在家裡誰教你們？過幾天就回去，回去少吃點，別過幾年回來變成個大胖子。」

「對，屆時可沒人願意嫁給你，大哥。」衛若兮幸災樂禍道：「還有你，若愉。」

小孩嗤之以鼻。「誰稀罕京城貴女。」

衛若懷直覺不好，沒等他開口果然又聽到——

「母親，我若早出生五年，這次就給您帶個兒媳婦回來了！」

「什麼？小子，再說一遍！」衛炳武拔高聲音。

衛若愉打個哆嗦，繼而一想，又不是什麼見不得人的事。「我跟您講啊！父親，杜家村有個好漂亮、好漂亮的姊姊，會做好多、好多吃的，就是大哥寫給你們的食譜，祖父還誇她是女狀元，可惜比我大五歲。」哀嘆一聲。「也不知道將來會便宜哪個混蛋？我的三妞姊啊……爹，都怪您，不和娘早點成親！」

「我？」衛炳武傻了。「和、和我有什麼關係？再說了，你、你這孩子才多大點，知道什麼？」

「什麼都知道！」衛若愉說：「三妞姊如果來我們家……唉，不說了，說起來就難受。」

衛若兮噗哧樂了。「怎麼個難受法？給我講講。」結果小孩轉身給她屁股看，朝向他母親。

衛二夫人抬手把胖墩兒子抱過去，小孩往他娘懷裡一倒，發出打呼聲。

「睡著了？」一屋子人正笑他，沒聽到小孩反駁，看過去才發現不對頭。

衛二夫人摸摸兒子的小腦袋瓜。「坐十來天的車也該累了。若懷，他沒少惹你生氣吧？」

「若愉挺乖的。」衛若懷喝了一碗湯便站起來。「父親，另一個紙包裡是豬肉脯，味道也不錯，祖父最喜歡了。我……我去歇歇。」

「等等，若懷，三妞是何人？」衛大夫人叫住他。

衛小哥一凜。「鄰居，和我們家的宅子隔一條路。」

衛二夫人接道：「若愉剛才說的……」

「人家已經訂親了。」衛若懷說出這話，彷彿談論的是陌生人。「若愉喜歡她做的吃食，不是她那個人。」

「愛屋及烏嘍？」衛若兮開口。

誰知衛少爺搖搖頭。「對方論儀態不如郡主表妹，卻比郡主表妹美五分；而且，美而不豔，嬌而不作。」

屋裡一靜，幾人齊齊看過來，嚇得衛小哥心中一突，連忙回想剛才說的話。

「比我如何？」衛若兮接連聽到弟弟、哥哥盛讚一個鄉野丫頭，非常不高興。

衛若懷說：「除了家世，妳比不上她。」

「呵，大姪子，你的評價有點太高了啊！」旁觀的衛炳武坐不住了。「她是天仙下凡嗎？居然敢和我們家若兮比。」

衛小哥再次沒眼色地說：「她識文斷字、明理懂事——」

「等等，我沒聽錯吧，識字？」衛炳文最喜歡讀書人。

衛若懷瞭解雙親就像瞭解他自個兒。「上過幾年學，祖父考校過她，雖長在山野，卻如那凌霄花，祖父對她甚是滿意。」

「聽你這樣說，那姑娘假如沒訂親，還真同意若愉……不對，把她許給你？」衛炳武想了想，說。

衛若懷忍住心中喜悅，蹙眉道：「叔父怎麼會這樣想？祖父從未講過類似的話。」

「那是因為人家已訂親。」衛二夫人便是出自耕讀之家，她家和衛家差了三個檔次，所以對於父親的異想天開，衛炳武毫不懷疑。

衛若懷搖頭。「二叔切莫再這樣講，祖父的確說過……」

「說過什麼？反正我不同意你娶她！」衛若兮突然開口，惹來她娘一記警告。

「若懷，說完。」

「祖父希望我娶個小門小戶的姑娘。」仗著老爺子不在跟前，衛若懷信口胡謅，一點心理壓力也沒有。「又擔心小門小戶的姑娘眼皮淺，畢竟二嬸只有一個。」

「嘖，若懷出去一趟，嘴巴又甜了！」衛二夫人笑瞇了眼。「父親擔心得有道理。太子今年十六，聽我父兄的意思，皇上已開始物色太子妃，瞄準的都是和咱們家差不多的人家，將來太子成婚，其他皇子按捺不住，我們家只會更加顯眼。」

「誰說不是呢？」衛大夫人頗頭疼。「京城這些人家沒幾家乾淨的，一旦出點什麼事准會牽扯不清，可小門小戶也不好找。」看向衛若懷。「苦了我兒，若像若愉這麼大，等你成年一切也該塵埃落定，那時為娘也不用這麼愁。」

「車到山前必有路。」衛炳文喝兩碗湯，緩緩開口。「若懷才十一，晚成婚幾年也沒關係。」

「到二十歲也只有九年。」衛大夫人說：「皇上正值春秋鼎盛，興許太子還得再當十年。」

「休要胡說。」衛炳文下意識朝外看，見丫鬟、小廝皆離得遠。「別扯到皇上和太子身上。」

「行，不講。」衛大夫人起身。「若懷，娘送你回房。」

「衛小哥該到家了吧？」丁春花算著時間。「妞啊！妳說孫家集那人說起一百五十文眼都不眨，怎麼不請妳姊夫店裡的廚子幫他做菜呢？說出去還有面子。」

杜三妞正在學和麵。「管他呢，我們做好飯就回來。」

「我總覺得那人不是人傻錢多，就是有什麼不可告人的目的。」丁春花說著話，突然站起來。「不行，我得去問問相爺！」

三妞道：「問問也好，別忘了叫相爺來我們家吃飯。」

「做油潑麵？」

「不，片兒川，油潑麵太麻煩。」三妞想念前世西湖邊的麵條，只吃過一次，回去試著做總不對味，不知是食材有問題還是火候。一聽她娘教她和麵，三妞又想起那道處處難尋，唯有去江南的麵食。

睡了一覺的衛若愉睜開眼看到床邊有個人。「大哥？在我房裡幹麼？」

「給你說件事，若兮鬧著母親請三妞來咱家當廚子，我說三妞訂親了，她才死心，你千萬別說漏嘴，否則你三妞姊得離鄉背井，變成僕人。」衛若懷嚇唬他。「她可是不講道理的。」

「若兮姊太不像樣！」小孩皺眉。「放心，我一定會保護好三妞姊，不讓若兮姊得逞。」

衛若懷想了想。「也別全隱瞞，該說還是要說的。」

「真真假假，讓若兮姊辨不出真假。」小孩拍著胸口。「你瞧好吧！」

衛若懷當真把此事交給他，下午就出門找朋友。

小若愉也沒辜負堂兄的信任，在母親和伯母旁敲側擊打聽杜三妞的情況時，把三妞誇得天花亂墜，末了總不忘來一句。「可惜杜三妞是別人家的，可恨的是我至今都沒見過那人是黑是白。」

衛家兩位夫人對三妞好奇得不得了，衛若兮更是直接問：「你和大哥什麼時候回去？若愉，帶上我。」

「不方便！」衛若愉心中一緊，脫口而出。

衛若兮愣了愣。「什麼叫不方便？」

「我和大哥、祖父都是男人，妳個姑娘家家和我們住一起啊？男女七歲不同席，老家沒多餘的房子了。」衛若愉誤認為她還沒死心。

衛家大小姐氣樂了。「你五歲，衛若愉。」

「那又怎麼樣？我是貨真價實的男人。」五歲大的衛若愉不懂謙讓女孩子，何況此女子刁蠻任性，居然異想天開要讓杜三妞離開爹娘來家裡當廚子，簡直豈有此理！

「你、你……」衛若兮氣得跺著腳向母親告狀，卻被衛大夫人好一番教訓。

「嫉妒一個農女，衛若兮，妳能不能有點出息？」

衛若兮自然矢口否認，怎奈衛大夫人根本不聽她詭辯。

衛若懷回到家聽說此事，反應出乎所有人意料。「妹妹是不是想祖父了？母親，讓她去吧，多安排幾個人照顧她便是。」

衛若愉拽著他往外走。「大哥，你太讓我失望了！」

衛若懷心想，我的目的是讓你圓「三妞訂親」的謊，誰管若兮去不去杜家村？以後讓你失望的地方會越來越多。「若兮已經記住三妞，我們全家都阻止她，她會記恨三妞。」誣陷自家妹子，衛公子的眼皮不帶眨。

「若兮姊怎麼這麼小氣！」小孩被他堂哥洗腦，把有點嬌蠻的小姊姊當成蠻橫，渾然忘記九歲的小姑娘，第一次親耳聽到兄長、弟弟誇讚和她年齡相仿的同性，一時接受不了也在所難免。「伯母不會同意的。」

衛若懷心想，我當然知道母親不會同意。「同意也沒事，三妞不會吃虧。」衛若懷一副為她好的表情。「其實啊！我怕若兮吃虧，你想想，三妞怎麼對付去四喜家鬧事的人？」

衛若愉打了個寒顫，一想對方是對他很好的三妞姊，又張嘴道：「讓她去，讓若兮姊長點教訓，叫她連伯母的話都不聽！」

衛公子笑了笑，沒點頭也沒反對。

第八章

丁春花向衛老討主意，衛老不知道孫家集在南在北，更沒見過來找三妞的人，縱然他是太子太傅也沒辦法。「讓家裡的小子錢明陪妳們走一趟吧！」

有他這句話，丁春花如同吃了定心丸。「三妞今天做片兒川，您老去我們家吃吧！」

兩個孫子去京城，僕人又不會陪他，每到飯點就只有衛老一人，以前沒覺得，如今倒真有點空虛寂寞。「喲，三妞兒又做新吃食，那我可得去嚐嚐！」

杜三妞正在切麵條，見衛老過來忙招呼道：「一會兒就好。」

「不急、不急。」老大人沒去堂屋，搬張椅坐在廚房門邊。

杜三妞往生豬肉片裡倒入胡椒粉、黃酒和澱粉抓勻，又去切竹筍和雪菜。丁春花生火，三妞爆香薑片，先後放入肉、雪菜和竹筍，煸炒幾下加鹽、醬油和蝦米味精，倒水燒開，放麵條，動作那叫一個行雲流水。

做飯的又是個漂亮的小丫頭，若不是地方不對，衛老真以為她在作畫。「好了？」

「對，第一次做，可能不太好吃。」

「那也比錢娘子做得好。」衛老能急流勇退辭官回鄉，其心性可見一斑，今日只有一碗麵，老大人臉上也沒有半分不快。

杜三妞仔細看了看，見老人家雙目含笑，又從櫃子裡拿出兩碟涼菜，蝦米拌豆腐和涼拌木耳。

木耳裡添了醋，衛老吃了這道菜，胃口大好，直呼：「春花，再去幫我盛碗麵，幸好我不和你們一家，照著三妞的手藝，我得吃成個大胖子。」

丁春花笑道：「她啊！也就這點本事。」

杜三妞和她娘、兩個伯娘架著驢車去孫家集，到達目的地，見辦喜事的人家準備了雞魚肉蛋，還有帶魚和海參，丁春花只聽過，從未見過後兩樣，不禁擔憂道：「妳會做嗎？」

「天上飛的、水裡游的、地上長的，就沒有我不會的！」三妞口氣大，惹來她娘一記白眼。她聳聳肩，壓低聲音對錢明說：「去四周轉轉。」

錢明點頭。「老太爺和我說了，三妞姑娘放心，我這就去打聽打聽這家什麼來頭。」說完，牽著驢車走遠。

主人家在辦事，誤認為他把驢拴到遠處，也沒在意，這麼一忽視，倒真把他給忘了，幸虧三妞還記得吃飯的時候喊他。

杜三妞仗著亓國百姓廚藝有限，做帶魚的時候直接油炸，海參乾脆蔥爆，其他菜怎麼簡單怎麼來，除了一道被她做出名的紅燒肉，沒法簡化，即便這樣，這頓喜宴也受到賓客的盛讚。

丁春花接過主人家付的餘款後，拉著三妞就走，出了孫家集才說：「那個老太婆看我的眼神不對勁啊！直勾勾盯著我，三妞，發現沒？」

「我看到了。」三妞轉向錢明。「打聽出什麼了？」

誰知錢明未語先笑，笑夠了才說：「妳們家早些天不是來了個媒婆？我覺得就是這家人請去的。」

「你說什麼?!」李月季差點從驢車上掉下來。

丁春花慌忙扶住她。「大嫂，坐穩，又不是給妳說親，激動個什麼勁！」

「不、不，不對啊！他們家今天娶親。」李月季提醒。

錢明說：「這家有兩個閨女、四個兒子，那天去找三妞的是孫家大女婿，今天娶親的是第二個兒子，媒婆講的估計是第四個兒子，在廣靈縣書院裡讀書。」

「那天媒婆剛說給三妞說親，我就拒絕了，然後她就說我沒見識什麼的，我居然忘了問是哪家叫她來的，早知道、早知道——」

「娘，妳若是知道，他們今天絕對不會請我們。」三妞說著話，反而想不通了。「我娘都拒絕他們家了，為何還找我們做喜宴？」

「估計想知道三妞姑娘是何方神聖吧！」錢明笑說：「聽孫家的左右鄰居講，他們想給第四個兒子找個好親家，高門大戶看不上他家，大字不識的姑娘他們看不上，挑來挑去便挑到妳身上。」

「他們想得倒好，也不想想我們看不看得上他家！」李月季嗤笑。

杜三妞搖頭。「不對，村裡沒有識文斷字的姑娘，廣靈縣可不一定。他們離廣靈縣比離杜家村近，廣靈縣說大不大，說小也不小，我不信連個年齡適合的姑娘都找不到。」

「難道孫家有什麼別的目的？」錢明一凜。「要不，我再偷偷回去打聽打聽，妳們在前面路口等我。」

杜三妞道：「不用。」一看他滿臉焦急，她福至心靈。「我懂了。」

「什麼？」四人齊聲問。

「遠在天邊，近在眼前。」三妞指著錢明，對方一愣，她解釋道：「你家老太爺啊！」

「對哦！」錢明一拍腦門。「孫家、孫家這叫什麼來著？」

「醉翁之意不在酒，在乎我家和你家的關係也。」三妞說。

丁春花明白了。「他娘的，這麼深的心思，幸好我把媒人趕跑了！」

杜發財回到家，聽娘兒幾個說起當天遇到的事，翌日早上，端著碗出去吃飯碰到入鄉隨俗的衛老時，忍不住跟他念叨。「叔啊！您說說，現在的人怎麼那麼多心思？就算我家和您家處得好，可是跟他孫家有什麼關係？」

衛老昨兒已聽錢明說了事情經過。「不需要有關係，只要老夫指點你未來女婿一二，他到外面自稱老夫的學生就夠了。老三啊！你也別生氣，誰家供個讀書人都不容易，聽我的話，等三妞及笄再給她訂親。」頓了頓，又說：「不用擔心好後生被人挑走，是三妞的緣分，跑也跑不掉。」

「叔啊！您可不知道，我們以前擔心三妞嫁不出去，都做好給她招贅的準備了。」杜發財嘆氣，從二丫出嫁到現在才兩個月，就這麼多糟心事。「我和她娘說，下次做喜宴不帶她去，我看還有沒有那麼多事。」

衛老不想打擊他，為了自家大孫子，只得寬慰道：「你家三妞能幹的名聲已經傳出去，藏也晚了，不如該怎樣還怎樣，三妞跟去做喜宴也能長點見識，以後別人也不敢輕易騙她。」

杜發財一琢磨，是這個理。

衛炳文怕兒子和姪子在家待太長時間耽誤功課，四月初五就趕兩小回老家。衛若兮鬧著要去，不出衛若懷所料，任憑他說再多好話，母親就是不同意若兮去杜家村。

衛若兮嘀咕這個家裡只有大哥對她最好，結果被衛夫人拘在房裡學規矩。

衛若愉幸災樂禍地登上馬車。「這次該不惦記三妞姊了。」

「沒工夫了。」衛若懷心想：*為了三妞以後在家裡能立足，我也得對妳好。*

帶著這種心情，哥兒倆十天後趕到了杜家村。

到村口，衛若愉見小孩都朝田裡去。「幹麼呢？」

「咦？若愉回來啦？今天大家插秧，在田裡逮了好多泥鰍，三妞姑說做火烘泥鰍，我們去幫忙捉泥鰍。」農忙的時候村學也跟著放假，小麥帶著一夥小孩子，穿著草鞋，見衛若愉從車上下來。「你去不去？去的話得去換衣服、換鞋。」

「去啊！給我留點，別捉完啦！」衛若愉提著衣襬往家跑。

衛若懷跟著下車，想直接找三妞，但是一想到懷裡的兩根簪子，決定還是先回家，萬一捉泥鰍的時候掉了，那就尷尬了。

「這位小哥，請問這裡是杜三妞家嗎？」

衛若懷正想著多日不見三妞，不知她有沒有又變漂亮了？聽到聲音抬起頭，就見對方耳邊戴了朵鮮豔的桃花，眉頭一皺。「是，妳也是媒婆？」

對方一愣。「我也是？還有誰來過嗎？」

「之前來過一個，被三妞的娘拿掃帚趕走了。」衛若懷說。

「為、為什麼？」來人不禁打了個哆嗦。

衛若懷說：「杜三妞快訂親了，妳給別人說媒前都不事先打聽清楚嗎？」裝作很困惑，餘光瞥到幾個阿公、阿婆離這邊很遠，暗鬆一口氣。

「訂的哪家？」媒婆驚訝道：「我怎麼沒聽說過？誰介紹的？」娘的，居然截胡她的生意！

「我說快了，但是還沒有。」衛若懷不等她開口，又道：「是我祖父介紹的，建康府姓李的人家，具體哪家我不甚清楚，畢竟是人家姑娘家的親事，好像因為三妞年齡小，兩家打算等她大點再過納禮。」

「你祖父？」媒人打量他一番，總感覺少年人說話太誇張，建康府姓李、家境像樣的人家，她倒是知道一個，知府大人的岳家。

衛若懷微微頷首。「是的，我祖父姓衛。」

「衛……衛太傅?!」媒婆心裡一咯噔。

孫家第一次請的媒婆真不靠譜，這次來的真靠譜，來之前把杜家村有多少戶都打聽清楚了，自然知道衛太傅在村裡。衛若懷今天穿著青色曲裾，外披白紗袍，氣度和村裡少年截然不同，媒婆已信七分。

「這人誰啊？衛小哥。」見衛若懷一直和婦女聊天，閒著沒事的幾個老頭、老太太慢吞吞走過來。

衛若懷道：「來給三妞說親的。」

「還敢過來?!」眼神不甚好使的老頭兒努力睜大眼。「不怕再被三妞的娘打？」

「不不不，您認錯了，我不是上一個！」一人說不信，兩人說，三人在旁，媒婆不得不信了，頓時覺得站在杜家門口都危險，下意識往南走兩步。「我也是好心。」

「好心個屁！三妞——」

「三妞其實真不需要妳說親。」衛若懷怕老頭兒說出實話，忙打斷他的話。「她家稻田在南邊，要不要我幫妳找她娘回來？」

「不用、不用了！我還有事，既然不在家那就算了！」找回來，然後拿著掃帚把她揍一頓？媒婆說完，匆匆向幾人告辭，彷彿後面有毒蛇追她。

衛若懷心底嗤笑一聲，嘴上嫌棄道：「都是哪兒來的媒婆？一點誠意也沒有！」

「對，都他娘的什麼東西！我們三妞才幾歲，這麼喪心病狂地想把她娶回去，還是不是個人！」幾個老頭義憤填膺。

衛若懷臉一紅。「咳，三妞太好了。」好想捂上耳朵。「下次村裡再來陌生人，你們問清楚再讓她進村。」

「衛小哥放心，下次連問都不問就把她打出去！」幾個老頭家的蔬菜賣給段家，雖說換不了幾個錢，好歹夠一家人平日裡吃油、吃鹽，所以這些人比誰都希望三妞晚些訂親，多想幾個發財門路惠及全村人。

衛若懷詫異，但他裝乖裝慣了，因此故作為難道：「這不太好，祖父萬一知道一定很生氣。」

「我們不告訴相爺。衛小哥剛回來？還沒回家吧？趕緊回去歇歇，這麼遠的路，真夠累的。」

衛若懷笑道：「還好，坐在馬車裡不累。之前答應過祖父，三妞家插秧我去幫忙，你們聊，我回家換身衣服。」說完抬腳往家去。

老阿公、老阿婆看著衛若懷的背影，不禁感慨。「衛小哥將來絕對是個為民請命的好官。」

「是呀，都過去這麼久了，他居然還記得。」見衛若懷真換上短打，穿著粗布鞋出來，幾個老阿公、老阿婆也拄著枴杖跟過去。

衛若愉動作快，衛若懷到三妞家的地頭上時，衛家二公子已變成泥娃娃。

「你是捉泥鰍還是在泥水裡洗澡？」衛若懷皺眉道。

「你準備一直這麼看著，大哥？」小孩反問。

衛若懷一噎，看了看泥水溝，又看了看不遠處的三妞，猶豫不決。下還是不下，是個很大的問題。

衛若愉一點都不懂他的糾結，或者懂，但小孩裝不懂。「大哥，我看啊！你還是快回家歇著吧！」

「我又不累，歇什麼？」衛若懷見三妞往這邊看，抬腿走進泥潭。

衛老不忍直視，拎著裝泥鰍的筐子往三妞那邊去。「怎麼收拾？我叫錢娘子先收拾出來，等會兒妳直接做。」

「去頭、去肚子裡的東西，洗乾淨後用胡椒粉、黃酒和鹽醃。」三妞說：「衛小哥若是餓了，我晚上再做，今天不能按時吃飯了。」

「沒關係，三妞，我和若愉不餓。」衛若懷高聲答。

衛若愉緊隨其後。「三妞姊，我可想妳做的好吃的了！」

「我也想。」杜小麥說：「三姑姑，這幾天我在妳家吃，我幫妳插秧……嗯，燒火也行。」

三妞哭笑不得。「知道了，捉泥鰍的時候別碰到秧苗。」

「放心啦！」一眾孩子異口同聲。

杜發財三兄弟早已分家，這次沒等杜發財開口就先幫三妞家插秧，一來三妞家地少人少，二來這些日子託三妞的福，兩個伯娘不但分了不少錢，人也胖了一圈。

俗話說，人多力量大，一群孩子捉的泥鰍，錢娘子花半個時辰才搞好。

醃好泥鰍後，三妞一家就從地裡回來，杜發財對兄長、姪子、姪媳婦們說：「今天都去我家吃，三妞，多做點好吃的。」

「我來做。」三妞的大堂嫂開口，一家子大人，哪能讓個孩子做飯？「晌午吃米飯還是饅頭？」

丁春花道：「昨兒蒸了一鍋饅頭。妞，教妳嫂子炒菜。」

四月分青菜老了，小蔥開花，年前種的蒜苗吃著柴，吃春筍的季節也過去。正值青黃不接之際，杜三妞有理由懷疑，她娘不進廚房是不知道要做什麼！

事實上也是，每年這時候總得吃點生菜、鹹菜應付幾天，三妞誇口沒有她不會做的，丁春花便撇下十歲的閨女，和兩個嫂子聊天，沒一絲羞愧。

家裡活忙，杜發財特意去縣裡買隻豬腿回來。如同三妞所料，廣靈縣的豬肉貴了，好在豬肉的多種吃法還沒普及，豬肉價普通老百姓還能接受得了。

杜三妞先把豬肉切成薄片，然後用調料醃。農家土豬肉腥味重，必須濃油赤醬，否則掩蓋不了土腥味。

豬肉醃上後，杜三妞邊教堂嫂做蒜蓉生菜和筍乾燉肉，邊在廚房門口用兩塊石頭和之前幫衛若懷哥兒倆做烤餅的薄板搭了個簡易烤架。

燒熱薄石板後，三妞站在大門口喊錢娘子把泥鰍端來。錢娘子出來，身後還跟著一串小孩，三妞掃一眼，有七、八個，她從來不知道自個兒人緣這麼好。「過來一個幫我燒火。」

「我、我！」杜小麥閃出來。「我會燒石板！」

杜三妞用紗布包著筷子，做了個簡易刷子，往石板上刷一層油，又往泥鰍上刷一層，就把泥鰍放在燙熱的石板上。一群孩子們眼睜睜看著泥鰍發出濃郁的香味，跟著吞口水。

開春後第一次吃烤泥鰍，三妞烤熟一個想先嚐嚐，然而這麼多小孩在跟前……「都不准吃，我烤完咱們一塊兒吃。」

「好！」大家都一樣，一群小孩眼巴巴盯著三妞，見她把熟泥鰍挾了放盤子裡，其中一個立馬往石板上放一尾。

三妞朝他手背上拍一巴掌。「洗手沒？」

好了。

「我洗了，我幫妳。」衛若懷不知何時到的，手裡拿了根筷子，擠到三妞身邊。一個刷油，一個翻泥鰍，有他幫忙，三妞的幾個嫂子做好筍乾燉肉時，兩人也把泥鰍烤好了。

杜三妞把泥鰍一分為三，自家一份，衛家一份，小孩子們一份。泥鰍多，一群小孩每人能分到三尾，吃了一尾就問：「三妞姑，我們能拿回家嗎？」

「給你們的就是你們的！」三妞的聲音從廚房裡傳出來。

小孩子們高興地歡呼一聲，打算回到家就讓爹娘做火烘泥鰍！泥鰍來自田裡，烤泥鰍的油又是豬油，每家每戶倒都能吃得起。看到爹娘點頭，杜家村的小孩對三妞的喜愛又升到一個新高度。

衛小哥頓覺壓力好大。

杜三妞不會因為他停止做美食。醃的豬肉入味後，三妞往裡面添雜糧粉拌勻，把肉片捲起來放在鋪上豆皮的碗裡，上鍋蒸。豬肉多，蒸了兩大碗，三妞撥給衛若愉一小碗。「第一次做，不好吃不准嫌棄。」

「三妞姊做什麼都好吃！」衛若愉的嘴巴像抹了蜜，三妞很受用，等他回家時又給他一碗筍乾燉肉。

小孩端著兩個碗，拎著泥鰍，還沒進門就嚷嚷。「錢娘子，別炒菜啦，熱兩個饅頭、做個湯！」

「真不客氣。」早早回家的衛若懷羨慕地撇嘴。

第二天，瞅著三妞落單，衛若懷立馬把簪子送出去。

杜三妞看著突然出現的蝴蝶簪和蜻蜓簪，愣了愣。「為何送給我？」

「不，不是我送給妳的。」衛若懷緊張得手心裡全是汗，就怕三妞拒絕。「我在京城陪母親逛街……其實是幫她們拎東西，妹妹買簪子的時候母親想到妳，說多虧妳照顧祖父，就給妳買了兩支；妳若是不要，我回家還得帶回去，母親見到估計會很生氣。」

衛若懷說完額頭上已全是汗，他自己沒發現，三妞卻挺不好意思的，搞得好像她故意為難衛若懷似的。

「行，我收下，下次別讓伯母破費了。」三妞接過去，細看之下，兩根銀簪真的很精緻，蜻蜓的翅膀薄如蟬翼。「不便宜吧？」

「我母親買得多，掌櫃要價不貴。」衛若懷說起這個倒是不緊張。

然而衛若懷卻不知，被他忽悠回去的媒婆到孫家集後逮著孫家兩老狂噴一頓，說孫家差點害了她，竟和知府家搶人？她還不想死啊！

翌日，廣靈縣的媒婆問她昨天的單成了沒？自詡戰無不勝、攻無不克的媒婆很不好意思，但一想到涉及到知府夫人娘家，又得瑟起來。不是她無能，是敵人太強大！

於是，待杜家村插好秧，杜大妮和杜二丫連袂而來，下驢車就問：「娘，三妞什麼時候訂的親？」

「三妞訂親了？」李月季問。

見杜家來客，剛想回家的衛老腳步一頓。「三妞訂的哪家？」

「衛老爺子也不知道？」拴好毛驢的段守義踉蹌了一下。「難道杜家村還有第二個三妞？」

衛老挑眉問：「我該知道？」

「是呀！說是您幫三妞介紹的什麼建康府李家，還說沒訂下來是因為三妞小，傳得有鼻子有眼的，難道是謠傳？」段守義早幾天就要過來的，但丁春花拜託往段家送菜的村民捎話，說插秧不需要兩個女婿，段守義和趙存良便沒來，免得來了丈母娘還得忙著給他們做吃的。

衛老心中冷笑，衛若懷個小混蛋，難怪特意跟他說又來個媒婆給三妞說親！他故作恍然大悟，道：「我想起來了！早幾天有個媒婆，好像是孫家找來的。」不是也得是！「我便跟她說三妞訂了，別瞎忙活，這麼點小事，我忘了跟你們講。」

「孫家還敢請人來？」丁春花柳眉倒豎。

大妮和二丫不解。「哪個孫家？」

聽丁春花把之前的事一說，段守義接道：「娘，孫家那次請妳們去，估計是想看看三妞，看了滿意，所以再次請人過來。」

「我知道。」丁春花此時還有什麼不明白的？「衛叔，謝謝您，下次她再過來，您別說了，直接喊我，看我不打死她！」

衛老苦笑。「現在大家都知道妳家三妞快訂親了，妳不生氣？」

「那您老真給三妞介紹一個唄！」段守義接得飛快。

衛老神色一僵。

杜發財喝道：「胡說什麼？守義！」衛老替三妞出頭，他怎麼還能賴上人家。

「算不上胡說。」衛老笑呵呵地道：「三妞做點花生都給我送去，吃她那麼多東西，給她說媒也是應當的。話說，我們講再多都沒用，得看三妞中意什麼樣的。」

丁春花道：「她整天只知道吃吃吃，問她等於白問。」

「三妞娘，話不能這樣說，陪三妞過一輩子的人是她未來相公。」衛老說到這裡，不好意思再講下去。「合適的不一定適合。」比如他家小混蛋，看著不合適就很適合。「不過，我還是覺得現在談論這些為時過早。」

「可不是？那麼點大的孩子，看到的也是表面。」杜發財十分支持衛叔。「以後三妞的事別再提了，等她及笄再說。」

「是該這樣。」衛老暗喜。「對了，三妞呢？」

丁春花嘆氣。「上個月做什麼桃花酒，據她說時間差不多了，今天閒下來，在屋裡擺弄她做的酒，還說如果能做成，要拉去建康府賣。」

「去什麼建康府？那麼遠！」段守義說著話就往屋裡跑，速度快得只留下一片殘影。

眾人瞠目結舌，杜大妮尷尬得好想抱著孩子回家。「娘，他、他……」

「習慣了。」丁春花說：「進屋看看？」看向衛老。

衛老完全沒意見，他每天最大的事便是教兩個孫兒。由於太閒，村學的夫子和廣靈縣書院院長就請他授課。衛老畢竟上了年紀，答應每月只去兩次，每次一個時辰，即便這樣，整日裡也閒得發慌。

杜三妞聽到腳步聲，回頭看到房門口全是人。「都知道了啊？」

「成了沒？」段守義跑得快，半道兒上想起三妞十歲了，再隨便進她的閨房不像樣，便在門外伸著頭往裡瞅。

「爹，拿酒壺，再拿幾個杯子。」三妞訂做的酒杯和酒壺至今只用過一次，正是二丫回門那天，幸虧沒花多少錢，否則三妞的耳朵得被她娘唸出繭子。

杜發財說：「用碗喝。」

「桃花酒放在冷水裡冰一下，味道比較好。」三妞前世喝過幾次桃花酒，因聽說其「美容養顏獨一樹」便留意過桃花酒的做法，除此她還看過桃花枸杞酒和桃花蜂蜜酒的做法。

去年杜三妞被允許進出廚房時，桃花花期已過。秋天做桂花酒的時候想到桃花、杏花、梨花皆可入酒，不同於上次用白酒，三妞這次選用米酒，米酒度數低，她娘和兩個姊姊也可以喝。

每年開春，村民們會釀米酒和黃酒，家境富裕的多釀一些，留著日後款待客人。杜三妞家的米酒也是自個兒釀的，當初釀酒的時候因為釀得多，四喜等人過來幫忙，還在村裡轟動一時。這次沒人再嘲諷三妞敗家，而是問：「妳家三口人，做這麼多什麼時候能喝完？」

杜三妞說：「我想做桃花酒，不知道能不能成，便一次多做些米酒備用。」

杜家村的老少爺們兒動了心思。「成的話能拿去賣嗎？」

「可以。」

三妞一點頭，村民就說：「要多少桃花？我們幫妳。」

桃花酒最好用野桃花，因此三妞沒在客氣。別看她又是梨花、又是杏花的，整個釀造過程，杜發財和丁春花真沒幫多少忙，都被熱心的村民包攬了。

有桂花酒在前，杜發財對他閨女莫名自信，立馬拿來兩個酒壺盛酒，迫不及待地聞聞。「沒有桃花味。」

「桃花香味本來就淡，放的花也不多。」泡在酒裡將近一月，即便是濃郁的桂花，味道也會變淡。「爹，晌午吃什麼？」

「我買了豬肉。」沒存在感的趙存良突然開口，眾人齊齊看過去，杜家二女婿頭皮一麻。「怎、怎麼啦？」

三妞詫異，大姊溫柔賢慧不還嘴，大姊夫的嘴巴能去說相聲，二姊話多，二姊夫卻悶不吭聲，來到她家叫幹活就幹活、叫吃什麼便吃什麼。「沒事，那晌午就做豬肉。」
「哦，豬肉還在車上，我去拿。」趙存良說著話往外走。
「大姊夫，去幫忙。」杜三妞開口。
段守義眼裡只有酒，聽到這話不樂意離開。「只有一點東西，他可以拿完。」
三妞淡淡瞥他一眼。「是嗎？」
「當然不是！」段守義一凜。
杜二丫噗哧樂了。「大姊夫天天仗著妳二姊夫好欺負，時不時調侃他，下次再說妳二姊夫，我來接妳。」
「別，我可沒那麼多閒時間。」三妞見兩個姊夫當真只拿了豬肉和一條魚，便開始思考晌午做什麼吃。
杜家村靠河靠山，可耕地不多，導致村民把村裡能栽種東西的地方全栽上植物。杜三妞細想之下，可食的東西也有不少。
地頭上種的豌豆、蠶豆、黃花菜、韭菜、蒜苗，及屋前、屋後撒的野菜。像家裡養雞鴨鵝的人家院裡不能種菜，便種桃樹、杏樹，雖然這兩樣山上也有，可上山不方便，據說山上還有野豬。
杜三妞家也不例外，院裡有棵十來年的桃樹，門口有兩棵杏樹，長在糞坑旁邊。每年杏黃時，三妞就給她家糞坑蓋上茅草編的大被子，以防杏子掉坑裡去。

「娘，妳去摘點蠶豆和豌豆。」三妞說。

丁春花皺眉。「還沒熟呢！」

「我知道。」三妞說：「炒著吃。」

蠶豆和豌豆一般是成熟之後煮著吃，丁春花看她一眼。「妳每天能不能想點別的？上次妳大姊教妳繡的東西繡好沒？」

三妞臉色一僵。

杜大妮瞪眼。「這麼久了還沒好?!」

「我、我忙忘了。」三妞尷尬地笑了笑。

「現在稻苗下地了，不到收稻都沒事，該不忙了吧？」大妮說完，門口傳來敲門聲。

「三妞在家嗎？」

杜三妞大喜。「來生意了！」抬腳往外跑。

丁春花攔住。「妳洗豬肉去。」

「咳……」衛老笑到嗆著了。「三妞啊!去吧，我喊錢娘子來跟妳學，我家也種了蠶豆和豌豆。」

「好吧！」老大人發話，三妞不甘不願地轉去廚房。

大妮把孩子交給段守義，和二丫跟過去。

杜三妞把豬肉切片醃上，等她爹洗好魚，也把魚醃上。大妮、二丫、丁春花和錢娘子剝了一菜盆蠶豆、豌豆粒，於是三妞先炒蠶豆，炒至九成熟，放入切成段的韭菜，煸炒出味就盛出來。

鍋刷乾淨，倒油放薑煸炒，接著倒肉末、放黃酒和醬油，肉末炒變色就把豌豆倒進去，放一點茱萸果，快出鍋時灑一點鹽和蝦米味精，便有兩道菜。

自家吃飯沒那麼多講究，剩下的豬肉炒好之後便做個魚湯。

三菜一湯出鍋，錢娘子都不想回家，可衛老拿著一壺桃花酒走了，錢娘子只能嘆氣。「春花妳真是好福氣，有這麼幾個能幹的閨女。」

「錢嬸子有所不知，我娘懷我的時候想打掉呢！」三妞道：「要不是村裡的老人忽悠她懷了個小子，這世上可沒什麼三妞。」

「打掉？」錢娘子愣了愣，見丁春花很不好意思。「那什麼，我得去做飯了。」

「還記著呢！」她一走，丁春花就把小閨女拉到跟前。「娘都說了，娘那時候年齡大，不敢生，不是怕妳是個姑娘。」

杜三妞當然知道事實如何。「嗯，所以我不生氣。」

「不生氣還說！」杜二丫瞪她一眼。「娘，吃飯吧，吃完我們就回去，今天為了這丫頭，我和大姊來得急，也沒和我婆婆及她婆婆細說，回去晚該著急了。」

「妳倆啊！」丁春花忍不住嘆氣。「當娘的人了，怎麼還這麼不穩重？三妞，喊妳爹把妳做的桌子搬出來。」六個人加一個半歲的孩子，小方桌坐不下。

三妞剛走出廚房就看到，笑說：「爹弄好了，就等咱們的菜呢！」端著菜走進去，見桌上放著六個酒杯。「爹，我的呢？」

「妳也喝？」杜發財皺眉。「妳又沒喝過米酒，別喝醉了。」

三妞說：「喝醉就在家睡覺。」

杜發財只能起身找酒杯。所有人入座後，他才把酒壺從水桶裡拿出來。「來來來，大家喝一杯。」然而沒等三妞端起酒杯，杜發財已放下酒杯。「嘖，味道爽口，喝著還有點甜甜的，和米酒的味道不一樣，雖然沒桃花味。妞啊！妳是不是放糖了？」

「酒裡還能放糖？」打算細細品嚐的段守義一口乾掉。「別說，還真有。」

杜三妞看了看她娘。

丁春花已經知道三妞有時候做菜會趁她不注意時放點糖進去。「說吧，我不揍妳。」

「大堂哥給我一罐蜂蜜。」三妞頓了頓，接著道：「我……我用完了。」

「什麼?!」丁春花霍然起身。「妳個敗家玩意兒，那夠咱們吃一年——」

「好了、好了，正吃著飯呢！」杜發財打斷她的話。「妞也說了，把酒拉去建康府賣，賣來的錢妳想買多少蜂蜜買不到？就算買不到，我去山裡找蜂窩。」

「你……你就使勁地慣吧！」丁春花氣得坐下。

段守義忙說：「娘，別生氣，我包了。」

杜三妞嗤笑一聲。「天天想美事！大姊夫，我這次不要你的銀子，酒放在你家酒樓裡賣，賣的錢分你兩成，價格隨你定。」

段守義想一下。「行，就這麼說定了，吃過飯咱就寫個文書。」

「放心，你賴帳我也不會賴帳。」三妞嘴上這樣講，還是寫給他。

趙存良在一旁看著直瞪眼。「姊夫和三妞妹妹……」

「已經不是第一次了。」二丫悄聲說：「一個鑽營，一個精明，別說吃飯，他倆閒聊天也能談成合作。」

「真厲害！」趙存良伸出大拇指，不怪段家酒樓的生意越來越好。

喝到三妞的桃花酒，衛老也發出感慨。

衛二公子剛張嘴，衛若懷就說：「別想，三妞比你大五歲。」

「我還沒說，大哥就知道我要說什麼？」衛若愉好氣哦！

衛若懷道：「你除了想娶三妞，還能說什麼？」頓了頓。「祖父，三妞做多少桃花酒？」

「杏花、梨花和桃花每樣十罈，每罈五斤，做的時候三妞她爹到處買米，你忘了？」衛老說：「問這幹麼？」

衛若懷說：「好東西當然不能忘記父母。」

衛老氣笑：「別太過分，小心你父親一氣之下殺來杜家村。」

「大伯為什麼生氣？」單純的衛若愉不解。

衛若懷道：「三妞家的酒太少，給祖父留點，剩下的送去京城不夠他們喝，嫌我送得少，就生氣了唄！」

「伯父好不知足。」衛若愉撇嘴道：「桃花可難得了，又不是天天有，你寫信告訴他省著點喝。」

衛若懷當真點頭，飯後就去找三妞。

杜三妞收了衛若懷兩根銀簪，拿給她姊看過，杜大妮直說兩根簪子至少值五兩銀子。這點錢對衛家來說可能只是衛若懷的零花錢，卻是杜家一年的生活費，因此杜三妞當然不要衛若懷的酒錢，從屋裡搬了一罈桃花酒遞給他。「你如果執意要給我錢，以後別來我家吃東西，去縣裡我大姊夫的酒樓裡吃吧！」

衛若懷苦笑。「我不是要一罈，是九罈。」

「你、你要那麼多幹麼？再好的東西也不能多喝。」杜三妞嚇一跳。「我家只有十罈。」

「每樣三罈，我寄去京城。」衛若懷說：「先前我祖父拿的酒不給妳錢，這九罈妳必須按照市價賣給我，否則……」讓她看著辦。

杜三妞已和她姊夫講好，一半拿去賣。大妮和二丫走的時候又拉走兩罈桃花酒，除去拆封的酒……「可是我只剩兩罈桃花酒啦！」

「那就給我兩罈，然後四罈杏花酒，三罈梨花酒，行嗎？」衛若懷滿心期待。

三妞撓頭，不行也得行啊！不用想也知道，桃花酒是送給衛家兩位夫人，單看那兩根簪子，她也不能小氣。杜三妞嘆氣道：「你去喊人來搬吧！」

「先說好多少錢，不然妳的酒再稀奇我也不要。」衛若懷掏出一個荷包，倒出好幾個銀元寶作勢全給三妞。

丁春花見狀忙攔住。「用不著，用不著這麼多！」

衛若懷根本不信。「嬸子，酒不是妳釀的，妳知道本錢是多少？」

丁春花一噎，她還真不清楚。

杜三妞扶額。「一罈算你五百文，九罈給我四兩銀子。」不等他開口又說：「四喜賣豬頭肉，買一斤還送二兩呢！」

一兩銀子換一千文，她既然這麼說，衛若懷便給了她兩個銀錠子。

三妞接過來就給她娘，道：「家裡的米都被我用完了，讓我爹再去買些。」最近天天吃麵，三妞不想念米飯也得為她爹娘考慮。「端午節快到了，再買些糯米和乾紅棗，咱們做棗粽子。」

「行，我記下了。衛小哥，我幫你搬回去。」丁春花說。

衛若懷搖頭。「嬸子搬出來放在院裡就好，我去喊鄧乙來拉，直接送去縣裡的驛站，路上走快點，端午之前能到京城。」

「過節的時候衛大人剛好喝到。」杜三妞不禁佩服衛若懷，小小年紀行事縝密又果斷。

衛若懷笑了笑，很不好意思。「我不在跟前，能為我爹娘做的也只有這些。」

半晌後，丁春花看著衛若懷跟著馬車去縣裡。「衛小哥真是個好後生，懂事、孝順。堂堂一個大少爺來咱們村裡住，也沒聽他抱怨過，每天在家裡看書，也不見他和村裡的姑娘、小子瞎扯，將來一定能考上狀元。」

「再好也跟我們沒關係。娘，上午小麥的奶奶找妳幹麼？」三妞問。

丁春花說：「小麥外婆的姪子月底成親，託小麥的奶奶來問我們有沒有時間？我答應了，她給十文定錢，又說那家準備了鯉魚、豬肉和羊肉，也有乾貨，只是素菜得妳想法子。」

「生菜、豌豆、蠶豆，對了，茭白可以吃吧？」三妞一頓。「娘，我記得妳開春的時候好像在麥地頭上種了南瓜和冬瓜，還不可以吃嗎？」

「昨兒下地看了，還小……等等，月底估計能摘了吃。」丁春花這麼一算就放心了，南瓜、絲瓜家家戶戶都種。「我去小麥家一趟，他外婆還等我回話呢！」

杜三妞關上大門，轉身回房寫菜單，之後拿起一直未完工的繡品。下午沒人打擾她，三妞努力讓自個兒靜下心來，太陽落山之前終於搞定，比她做一桌菜還累，三妞再次體會到古代女人的不易。

「少爺，給老太爺留三罈，給大老爺和二老爺準備兩罈酒，夫人和二夫人只有一罈桃花酒，她們不會有意見？」鄧乙親眼見到京城四位主子胖一圈，毫不懷疑她們能因為酒打起來。

衛若懷從馬車上下來。「還記得三妞和四喜說的饑渴供應？這點也適合用在我爹娘身上，吃不飽才惦記，惦記才會對三妞好奇，更加稀罕三妞。」

「所以……你故意的?!」鄧乙睜大眼，難以置信。

衛若懷聳肩。「胡說什麼？我孝順爹娘還有錯了？再說，三妞家只有這麼多酒，我也是沒辦法。」

鄧乙呵呵。杜三妞家的酒不多，可是只要你開口，段守義絕對不敢和你爭。那又怎樣呢？在他爹娘改變態度之前，衛若懷會堅定不移地執行他寫好的計劃，不遺餘力地幫三妞賺足好感。

丁春花回到家，見三妞倒在床上看書，第二天就教她納鞋底。三妞瞅著自個兒白嫩的小手，好想說「娘，家裡不差錢，買鞋穿唄」，然而這個想法她只敢在夜深人靜的時候想想。

村裡像三妞這麼大的姑娘，做衣服、做鞋那是手到擒來，唯有三妞連針都不會用，丁春花別提多著急了；可是牛不吃草強按頭也沒用，等她好不容易答應學針線活，杜大妮立馬來教三妞繡花。

戴著頂針半天下來，三妞還能把自個兒的手磨出個水泡。

丁春花算是服了她。「妳啊！以後得嫁個有錢人，稍微窮一點的，不餓死也得被人家打死。」

「為什麼打我？」杜三妞納悶。

丁春花說：「鞋都不會做，買？誰家有這麼多錢，禁得起妳三不五時地買衣服、買鞋？」

……衛家有這麼多錢。

五月初五上午收到從廣靈縣寄來的東西，休沐在家的衛炳文是拒絕接收的，怎奈他低估了心中的慾望，沒容他考慮好，嘴巴已吩咐僕人。「送我書房裡。」

「等等，衛大人，這裡面有二爺的一份。」差役忙提醒。

說曹操，曹操到，衛炳武從隔壁角門裡出來了。衛家哥兒倆住一處，平日裡各過各的，又因老父親還在，孩子們都小，兩家之間連道院牆都沒有。差役敲門時，衛炳武隱約聽到「杜家村」，頓時坐不住。「什麼東西？好吃的。」十分肯定。

「看起來像是酒。東西送到了，兩位衛大人，小的告辭。」差役抱拳作揖道。

衛炳武衝小廝使個眼色。

小廝忙掏出荷包。「麻煩你們親自送來，下次講一聲，我們過去取。」

「不麻煩、不麻煩！」車上還有沒送完的東西，對方收下賞錢，不敢再耽擱下去。

衛炳文等差役一走，就對弟弟說：「京城好酒多得是，你不要吧？」

衛炳武早已看清楚兄長的真面目。「若懷的一片心意，我不喜歡也得收下。喲，還有封信，我看看。」

「不……」衛炳文張了張嘴，一個字剛說出來，手快的衛二爺已把信封撕開。

衛炳武粗粗一看，頓時噗哧大樂。「若懷信上說，父親建議若懷十七、八歲的時候參加考試，過了春闈差不多二十來歲，皇上剛好任用他。我覺得……我覺得你兒子現在就可以出師了。」

「什麼玩意兒？」衛炳文伸手奪過信，張眼一看。「六罈酒分四個人？他真想得出，這麼小氣的人絕不是我兒子！」

「得了吧！我兒子都給我算好了，每天一兩，剛好喝到金桂飄香。」衛炳武指著信紙最後面和整張信格格不入的狗爬字。「這孩子居然會寫這麼多字了，不錯、不錯！」

「若愉已經五歲了。」衛炳文好氣又好笑，氣的是他兒子走了也不讓家裡安生，樂的是十來歲的孩子就一肚子壞水，不愧是衛家的長子嫡孫。

衛炳武衝小廝招招手。「每樣一罈，送我書房裡。」

「問過我們嗎？」衛家兩位夫人見相公一直在門口站著，很好奇便過來看看，順便瞄到了信紙上的內容。

「若懷既然說是花泡的酒，那就是女人喝的。來人，送我房裡去。」衛大夫人率先開口。

二夫人緊隨其後。

管家簡直無語。「爺、夫人，大家都在看呢！」小聲提醒。

衛炳文抬頭，不知何時不遠處多了一群人，老臉頓時一紅，轉身回房。酒，沒人敢少他的。

衛大夫人進屋就讓丫鬟倒一杯桃花酒，聞著和尋常米酒沒什麼區別，喝到嘴裡，甜而不膩，清爽可口，像夏日飲品又有點淡淡酒香，反正這個味，參加過宮宴的衛夫人沒喝過。

衛夫人本來只打算要一罈桃花酒的，結果等衛炳文從書房裡出來後，屬於他的兩罈不但被拆開，還被他家夫人倒走一半，名曰「兒子孝敬的，不能厚此薄彼」。

衛大人抱走僅剩下的三分之一，回到書房就給他兒子寫信：無論老家還有多少，全部寄來！

端午佳節，一大早杜家村就瀰漫著粽子香，村民的口頭禪也從「吃了嗎」變成「你家做的是甜粽還是肉粽」。

杜三妞家做的是紅棗粽。前一天泡上糯米和去年剩下的乾葦葉，昨天下午三妞和她娘包半天，戌時開始蒸，灶裡填滿木柴，一家三口便去睡了。

端午當天，卯時醒來，灶裡的火滅了，但鍋裡的水沒涼，粽子裡面燙熱，剛好當早飯吃。

衛若懷第一次在鄉下過節，見家家戶戶門上掛著艾草或菖蒲，小孩手上戴著花花的繩子，見面就比誰的五色繩好看，忍不住回家問：「祖父，我和若愉的呢？」

「在這兒。」錢娘子早已備好。「老奴今天和三妞去縣裡買菜，少爺去嗎？」

衛若懷當然想去，然而他來老家是守孝，不是吃喝玩樂。在村裡怎麼玩，村民都不會說什麼，到縣裡若被有心人看到，如今自然不會有人亂講，但日後他萬一犯點什麼錯，這就是污點。

衛老見他還沒昏了頭，便交代錢娘子。「多買點若懷和若愉愛吃的。」

錢娘子買了雞魚肉蛋，買魚的時候見三妞盯著旁邊賣蟹的，便小聲提醒她。「現在不是吃蟹的時節，七、八月的蟹才好。」

「五月蟹正肥。」杜三妞說：「這是海蟹，不信妳掂掂。」不等錢娘子開口，就挑六隻放背簍裡。「這是黃鱔？怎麼賣？」

「姑娘打算怎麼吃？」買東西的人認識段守義，不認識杜三妞，但知道段家小老闆有個妻妹特別漂亮，名叫三妞，聽和她一起的婦人喊她的名字，猜到七、八分。「做得好吃的話，黃鱔不要錢。」
「好不好吃不都是你說了算？」三妞笑道。
賣蟹的人噎住。「……兩斤黃鱔送妳。」
「謝謝。」三妞毫不客氣，接著就說：「薑蒜切片用豬油爆香，下黃鱔段炒，最後倒醬油和黃酒，稍稍撒一點鹽，肉熟了就可以出鍋。」
「這麼簡單？」對方不信。
三妞聳肩。「不信我做給你嚐嚐。」
今天是端午，小商的生意比較好，但不包括賣海蟹、黃鱔這類海鮮、河鮮的，一來會做的人少，二來沒多少肉。杜三妞見他還剩不少，便說：「去迎賓酒樓，這些賣給我大姊夫。」頓了頓，又道：「我跟你一塊兒去吧！」
「真的?!」對方大喜。「妳還買別的東西嗎？」
杜三妞看了看自己的小籃子。「夠了，不過你先等我一下，我把東西送給我娘。」
丁春花正在別處買鹽和海帶，聽到她說去段家酒樓也沒多想。「我們在城門口等妳。」
「好。」三妞揮揮手。
錢娘子也把東西交給她閨女。「妳去找三妞她娘，我和三妞過去。」意在跟她學怎麼做黃鱔和螃蟹。
段守義聽明三妞的來意，立刻叫他爹掏錢買下所有海產。

杜三妞很無力。「我只會做黃鱔和螃蟹。」

「妳覺得我信？」段守義拎著東西去廚房，把所有人召集到身邊。「這是我小姨子，她要你們幹什麼你們就做什麼。」大廚師立馬讓出位置，因為他比誰都清楚，少東家拿來的食譜皆出自他妻妹之手。

離飯點還有將近一個時辰，三妞也不著急，何況她姊夫這麼給面子。三妞邊教錢娘子調薑汁，邊對刷蟹的大廚師說：「螃蟹清蒸最好，紅燒螃蟹和紅燒魚的做法相似，不過螃蟹性寒，孕婦不可多食，常人吃的時候最好配上黃酒，能祛除螃蟹裡面的寒。」

「這麼多講究？」段家的廚子蒸過螃蟹，從來都是配白酒，至於薑汁，他也未製過。

杜三妞點頭，指著其他海鮮，一一講給他聽。見黃鱔處理好，三妞戴上圍裙，挽起袖子，段守義十分機靈地搬了個草墩放到灶臺邊。三妞站在草墩上，真想給太有眼色的大姊夫一腳，她矮她知道，用得著這麼誇張嗎？她可以踮起腳啊！

黃鱔切成兩指長鱔段，杜三妞按照之前所說的那樣做黃鱔。隨著黃鱔入鍋爆炒，廚房裡瞬間瀰漫著濃郁的香味，肉還沒熟，眾人就忍不住吞口水。賣海產的漁民更是不由自主地走到三妞身邊，目不轉睛地盯著她翻動鍋鏟的手，迫切希望第一個吃到黃鱔。

「給我個盤子。」黃鱔炒好，三妞也沒拿喬，畢竟這裡不是她家，想怎麼逗親人怎麼逗。「大家都拿筷子嚐嚐，好不好吃？鹽多鹽少？都直接講。」

「好吃。」三妞最後放了點茱萸進去，吃起來有淡淡的辣味，明明剛吃過飯，段守義卻說：「給我碗米飯。」

杜三妞無語。「大姊夫，你慢慢吃，我們回家了。」

「等等，三妞姑娘！」賣海產的男人突然喊住她。「我若是捕到不認識的魚，妳能不能教我怎麼做？妳放心，不要妳白做，我送妳兩斤！」

「……不用。」三妞哭笑不得。「不認識的魚就把牠放回大海，如果是認識的卻不知道怎麼做著好吃，就去杜家村找我。」

「行，謝謝三妞姑娘！」對方真誠道謝。

杜三妞反而不好意思，想了想，道：「我姊夫酒樓裡每天都需要海鮮、河鮮，你來縣裡賣東西，能不能先送我姊夫這兒來？」

「啊？可以、可以，當然可以！」對方下意識看段守義。

小段老闆朝三妞腦門上給一巴掌。「就妳聰明！趕緊回去，娘該等急了。」

丁春花坐衛家的馬車來縣裡，駕車的人是錢娘子的兒子錢明。如果不是錢娘子的兒女在跟前，丁春花真想拐去杜二丫家躲起來，叫三妞一頓好找。

丁春花等得不耐煩了，杜家小妞終於出現在她娘視線裡。「以為妳不回來了呢！」

「大過節的，不回家去哪兒啊？」杜三妞爬上馬車。「娘，姊夫給我的魚。」

丁春花眉頭一皺。「不是妳買的？想吃魚叫妳爹下網捉，別要他的，妳大姊的婆婆知道了又得數落她。」

「大姊夫的爹也在場，他同意了。」杜三妞說：「本來縣裡有三家酒樓，現在只剩下兩家，據說另一家的生意也不怎麼好，縣裡的生意被大姊夫一家做了，甭說送我一條，送我三條也是應該的；況且，這個只是條螺螄青。」

「是青魚？」錢娘子問。

杜三妞「嗯」一聲，見她還盯著自個兒，頓時想笑。「做青魚沒什麼花樣，和豆腐一塊兒燉即可，吃起來有點像炒的豬肉，但比豬肉味道好。這條青魚得有六、七斤，給你們切一半。」

「不不不！」錢娘子連連搖頭。「明天我再來買。」

「天熱，我家一頓吃不完。」丁春花還惦記著衛若懷買酒給錢的事，不管錢娘子怎麼拒絕，魚殺好後，丁春花給衛家送一半去。

衛若愉扒著米飯吃著魚，還不誤他嘀咕。「三妞姊真好！」

「我們如果不姓衛，三妞那個古靈精怪的丫頭才不會三天兩頭往家裡送東西。」衛老道：「小若愉，不要真以為你三妞姊這麼善良。」

「祖父是說她別有所圖？看中的是咱們家在朝中的地位。」

衛若愉話音落下，衛老就看大孫子。

誰知衛若懷一點兒也不惱。「祖父喜歡三妞不就是喜歡她這一點？」從未求過衛家辦什麼事，往他家送東西偏偏每次都是順水推舟。

衛老很不想承認，三妞知道進退，心眼也不壞，否則他也不會一次又一次幫大孫子。

「我喜歡不重要，關鍵啊！你爹娘得喜歡。」

衛若懷一噎。

衛若愉不解。「伯父、伯母為何得喜歡三妞姊？」小孩看了看他祖父，又看了看他大哥，突然，睜大眼。「我知道，我知道了！大哥，你也想娶三——嗚嗚嗚，放開，讓我講——」

「閉嘴！」衛若懷低聲喝斥。「你想讓所有人都聽見是不是？」

衛若愉朝他手上咬一口，衛若懷痛得「哎喲」一聲，慌忙鬆開他。

小孩兒扔下筷子，仰起小腦袋，異常憤怒。「不准我去找三妞姊玩，不准我娶她，不准這個、不准那個，原來你是怕三妞姊喜歡上我！小人！卑鄙！你……我看錯你了，大哥，不對，你再也不是我大哥，我要告訴三妞姊！」

「站住！」衛老喝斥。

衛若愉的身子一僵。「祖父，我也是您孫子，您偏心！」

「我偏心就不帶你來了。」衛老瞪著他說：「你和三妞本就不合適。」何況你小子喜歡人家三妞做的食物多過她本人！「三妞這麼能幹的姑娘，我又不想便宜外人，便支持你大哥娶三妞。」

「嗤，您指望他？」不是他看不起大哥。「見到三妞姊除了問人家吃了沒，就是問人家幹麼去，您還不如指望我！」

「是，你在三妞面前特別會討巧賣乖。」衛若懷被他說中，頓時惱怒。「所以三妞一直把你當成小弟弟！」

衛若愉一噎，又不能說他也把三妞當成大姊姊。「……不想我說也行，以後不准再攔著我找三妞姊玩。」

「行。」衛老作主。

飯後，衛老就把衛若愉拎進書房，早兩天的功課先檢查一遍，隨後拿出衛若懷的字和他的字對比，也不批評他，只淡淡地問：「這兩張字放到三妞面前，你覺得她會選誰？」

小孩頓時蔫了，看向他大哥的目光簡直像看仇人。

第九章

衛家發生的一切，三妞都不知道。她從縣裡回來後，又多幾道海鮮菜餚的段家酒樓生意比端午節前更好了。紅燒黃鱔等菜品出自三妞之手的消息不知怎麼傳了出去，也傳到了段家的對手王家人耳裡。

王家當家人仔細回想，段家的生意正是娶了杜家女之後才一點點好起來，到現在一發不可收拾。瞧著自家幾個孩子年齡大了，沒法求娶杜家女。當然，去杜家提親，以他和段家是同行，杜家想必也不會答應。

苦思冥想半宿，王家當家想到他堂叔的閨女婆家的小姑子是縣令夫人。

五月初十，王家當家拎著東西去拜訪縣令。

衛太傅人在廣靈縣，縣令特別老實，平日裡連百姓一文錢的東西也不敢收，但王家打著串親戚的名頭，縣令沒法把人拒之門外。

王家當家見到縣令夫人後，先說自家生意被段家擠對得做不下去，隨後又說希望縣令夫人幫忙。

縣令夫人也不傻。「你要我怎麼幫忙？我只是一個婦道人家。」

王家當家人說：「很簡單，您就說喜歡杜三妞做的菜，請她過來一趟，屆時我把我家的廚子派來，等我家的生意起死回生……」

縣令俸祿不少，但指望他養活一家人卻有些捉襟見肘，因此縣令夫人便讓奴僕去外面開幾間鋪子賺些家用，這種事有點頭腦的官員都幹，包括衛家。也是如此，縣令夫人拿王家酒樓的分紅毫無壓力，何況這事除了他們，也沒別人知道。「這個月十七剛好是我的生日。」

王家當家人當即說：「需要什麼食材您派人說一聲，我送來。」

縣令夫人笑了笑。「她不是厲害嗎？當然不能普通。」

自芒種那日後，稻田裡的水稻鬱鬱蔥蔥，西北面靠近山邊的麥子快熟了，杜發財也不再出去做工，錢重要，糧食更重要。磨鐮刀、休整場地等等，為接下來的收割做準備。

杜三妞和村裡的小孩也沒閒著，編拾麥穗的簍子、編防曬的草帽。

衛若懷這幾天得空就去三妞家轉悠，彷彿少去一次三妞就會忘記他。「割小麥的時候讓鄧乙、錢明幫妳。」

「衛小哥，你別總說割小麥、割小麥，我聽著磣得慌！」放學歸來，路過三妞家的杜小麥渾身打了個哆嗦。

「每年一次，還沒習慣呢！」

小麥又叫杜明華，他更喜歡人家小麥、小麥地喊他，可每到收麥子時，杜小麥就開始糾正大家喊他明華，然而喊習慣的村裡人根本不搭理他，還被他爹說「矯情」。

杜小麥一屁股坐在三妞身邊。「忍不住代入啊！三姑，昨天聽我奶奶說，又有人給我爹說媒，妳能不能去我家說一聲，就說我不想要娘。」

「你爹才二十五歲，這輩子還沒過一半，你想看著你爹孤孤單單一個人啊？」三妞捏住他的小臉。「杜小麥，你良心何安？」

小孩煩躁地拍掉她的手。「我也不想看到我爹變成老光棍，可媒婆介紹的人不但是個寡婦，還有個比我大兩歲的閨女，她以後若再生一個，我爹眼裡哪還有我？」

「嘖，想得真遠！」三妞說：「別擔心，你爹若是再娶，我去你家做飯，乘機給那個女人下絕孕藥。」

杜小麥嚇一跳。

衛若懷也猛地抬起頭，見三妞一本正經，一時弄不清她是開玩笑還是說真的。

杜三妞挑了挑眉。「覺得我特狠是不是？」

「不、不是。」杜小麥下意識搖頭。「三姑為我好。」

三妞看向衛若懷，她也不知為何，突然想知道衛若懷怎麼看她。

衛若懷喃喃道：「斷人子嗣這事，三妞，我覺得有損陰德。」怕她生氣又忙說：「世上凡事都有因果輪迴，小麥他爹的事還沒定下來，我們可以想別的法子，比如把事攪黃。」

「對啊、對啊！三妞姑，妳那麼聰明，一定能想到更好的辦法，對不對？」

杜三妞道：「不對。」

杜小麥一噎，轉向衛若懷，她怎麼不按套路來啊？

「既然不對，那就按照我說的辦。」衛若懷道：「小麥，你現在回去打聽一下媒婆給你爹介紹的人是哪個村的？我叫鄧乙過去看看。」

「你的小廝啊！那多麻煩……」杜小麥很不好意思，沒等衛公子開口他又說：「謝謝你，我這就去！」

衛少爺哭笑不得，轉頭見三妞似笑非笑地盯著他，衛小哥輕咳一聲。「我知道，妳不是那麼狠心的人。」

「你不知道，我是。」杜三妞前世雖說是個孤兒，年幼時沒少被欺負，但給別人下絕孕藥這種事，再借給她幾個膽子她也不敢幹；然而，三妞就是說了。

衛若懷扶額。「嗯，妳心狠，不過這事用不著妳出面，等我消息啊！」說完起身就走。

衛若懷想到三妞居然那麼狠心，別提多麼失望；可一想到他替三妞辯解時，三妞又勇敢承認，又覺得她不做作，思來想去，整個人糾結極了。

丁春花左手一籃雪白的槐花，右手拽著幾根樹枝迎面走來，見衛若懷面容嚴肅，招呼一聲。「回家啊！衛小哥？」到三妞跟前就問：「他怎麼了？妳又逗人家？」肯定地問。

「哪有，給他講個鬼故事，沒想到他膽子太小。」杜三妞也不是故意那樣說，她經常忽悠她爹娘，信口胡扯慣了，順口把「絕孕藥」三個字說出來，當著杜小麥的面又不好認孬，於是將錯就錯；衛若懷若是因此疏遠她，三妞雖然可惜少了金大腿，也不會強求。「娘，我們晚上吃槐花？」

「明天估計有雨，不吃也不能煮了曬乾放起來，做吧！」丁春花看了看天空。「也該下了。」

麥穗飽滿，但是麥粒還沒熟透，這個時候下場雨，麥粒不會發芽，等天晴，曬幾天晾乾地，也差不多可以割麥子了。

莊稼人最怕麥穗金黃的時候來一場大雨，那樣的話半年就全白忙活了。

杜三妞前世沒吃過槐花，第一次吃蒸槐花，有點甜還有淡淡的香味，三妞一下就愛上了。槐花過水曬乾，和別的菜一塊兒燉又是另一番風味。

丁春花一說做槐花，三妞就放下手中的活兒，拎著籃子去廚房。

槐花洗淨瀝水，和雜糧麵一塊兒拌勻，竹籠屜上鋪塊粗布，槐花攤在上面蒸，蒸熟後或炒或者倒點熱油澆在上面。大晚上的，三妞不想吃太油膩的，便熱化一點豬油澆在上面，一家三口每人一大碗，端到外面又碰到衛若愉。

小孩知道堂兄喜歡三妞，這次見著她沒再問做什麼吃的。「大哥怎麼了？三妞姊知道嗎？他從外面回去就變得像誰都欠他幾百萬兩一樣。」

「大概在思考人生，沒事的。」三妞話鋒一轉。「若愉，來吃我剛做的好吃的，保證你以前沒吃過。」

小孩兒瞬間把兄長拋到腦後。

翌日，衛若愉吩咐小廝上山採槐花，又提到三妞用槐花做吃的，衛若懷瞬間決定，杜三妞狠又怎樣？起碼她孝順，對親人不狠，又那麼會過日子，日後萬一……萬一衛家遭逢不測，三妞也能撐起這個家。

隨後吩咐鄧乙去幫杜小麥打聽他爹的事。

鄧乙也知道，不是他家公子濫好心，只因三妞和杜小麥關係好，他不去，那去的人有可能變成杜三妞。

誰知鄧乙到村口就遇到個人問：「你知道會做飯的杜三妞住哪兒嗎？」於是鄧乙立馬回來，進院就嚷嚷。「少爺，又有人來給三妞說媒！」

衛若懷一下子坐起來。「這些媒婆怎麼跟雜草似的，大火燒不盡。行了，我去看看。」到外面見對方正在敲門，衛若懷跟過去。

「衛小哥有事？」爹娘不在家，杜三妞出來開門，一見他過來很稀奇，居然沒被自個兒嚇到，又見他身邊多一個中年婦女。「你們家來人啦？」

「不是，我不認識。妳們有事先聊，我等會兒也沒事。」衛若懷不等三妞開口，熟門熟路進屋搬出三張凳子。

來人不知他是何人，見他對三妞家這麼熟悉，還當他是杜三妞沒出三服的親戚，於是就把來意說明。

杜三妞和衛若懷嚇一跳。「縣令夫人找我做生日宴？沒搞錯吧？」

「沒有，還請三妞姑娘五月十七早早去縣裡準備。」來人說：「我們知道妳的規矩，外出做事一次一百二十文，錢我已帶來，那天妳和妳娘一起去就行了，我們家有很多人。」

「行，我們知道了。」衛若懷見三妞不動，伸手替她接下錢。

來人也沒懷疑，只當杜三妞太激動，說聲告辭，就回去了。

她走很遠了，三妞的腦袋還有點懵懵的。「你怎麼就把錢收下了?!」

「縣太爺的夫人請妳，妳敢拒絕？或者妳能拒絕？」衛若懷道：「除非以後不在杜家村。」正好跟他一起去京城。「再說了，我和妳一起去，縱然縣太爺萬般挑剔，有我在，他也得給我忍著。」

這口氣，聽得三妞竟然無言以對。

可是杜三妞又不得不承認，衛若懷一點也沒誇張。衛老被尊稱相爺，相爺府的丫鬟也能配七品官，何況衛家未來的繼承人？搞不好縣令見著他還得行下官之禮呢！

十七日早上，鄧乙駕車，衛若懷坐在車外，三妞和她娘坐在車裡，到知縣家門口時，門房誤以為來客了。

杜三妞自報家門，小廝還有點不信。看了看杜三妞身上的短打，又看了看衛若懷身上華麗的錦衣，總感覺兩人不是一路的。「這位公子，您找我家爺何事？」先招呼衛若懷。

「我是衛若懷，聽說今天是貴府夫人的好日子，若懷不請自來，煩請你通稟一聲。」衛若懷打開烏木摺扇，鄧乙從馬車裡拿出個小盒子。

小廝很猶豫，可他又怕眼前這位極其有風度的公子真是個貴人，於是一邊喊人帶杜三妞去廚房，一邊親自去找他家主子。

縣太爺聽說來人和杜三妞一起，張嘴就說：「打發他走！等等，他叫什麼？衛若懷？我的老天爺，可別是我想的那樣！」一起身就往外跑。

眾人不解，哪樣？如此慌張，跟著出去，就看到縣太爺正向少年行禮。

衛若懷隨手把摺扇插在腰間的玉帶上，雙手托起他的胳膊。「大人嚴重了，若懷今日過來僅代表個人，和我祖父、家父無關。」

「下官知道、下官知道！太傅大人還好吧？」縣令大人裝作很惶恐地問。

衛若懷說：「杜家村山美水美人和善，祖父住得很開心。早前你的人去找杜三妞，若懷和三妞是鄰居，不巧聽到此事，今日便隨她一起過來，還望大人莫怪。」

「不會的、不會的，下官想請公子，可是，畢竟只是賤內的生辰……」杜家村的衛家沒有女主人，而且老的老、小的小，以致縣令一直想跟衛家套近乎，卻總找不到切入點，總不能說，他想向衛老請教學問吧？

隨後出來的縣令夫人一凜，杜三妞的鄰居？載著杜三妞一起來，這說明什麼？杜三妞和衛家關係非常好啊！趁著她相公和衛若懷在客廳裡寒暄，縣令夫人趕緊偷偷溜出去。

衛若懷從進門就注意著她，見此心中暗樂。

縣令夫人出去的第一句話就是——「交代廚房，不要為難杜三妞，她想做什麼就做什麼。」

管家一見到杜三妞就說：「今天是夫人的四十整壽，請了很多貴客，妳若把今天的宴席做好了，自有妳的好處。」

反之，若做不好，至少得脫層皮！丁春花聽出來管家的話，頓時嚇得一哆嗦。

三妞忙攥住她娘的胳膊，不卑不亢道：「管家大人放心，三妞一定讓貴客滿意；只是，這麼多菜，只有我和我娘兩人……」點到為止。

管家挑了挑眉。「那就好。妳們，好好配合杜三妞。」指著廚房裡幾人後，就去覆命。

可是管家沒等來夫人的誇讚，還被趕回去給杜三妞道歉。他娘的，管家真想撂挑子不幹，同時也知道杜家小丫頭為何那般鎮靜了。

丁春花聽到出去一趟回來的管家又說「夫人念三妞姑娘年幼，做她拿手菜便可」時，整個人都懵了，什麼情況啊？

「謝謝夫人體諒。」三妞搶在她娘之前開口。「管家大人，這裡油煙重，做好之後讓人通知你可行？」

「可以、可以，妳慢慢做，不著急。」管家說完就出去。

除了三妞，其他人皆一臉茫然，這又是怎麼回事？

丁春花心裡更不安，想了想，便問縣令家的廚娘。「哪裡可以洗手？我們洗洗手。」拉著三妞往外走，想找個沒人的地方問問三妞怎麼回事。

對方一愣，猛然驚醒。「啊！在屋裡就行了，我去給妳打水！還有什麼事，妳……您儘管吩咐！」

「妳們先把菜洗好，肉切成條，魚洗乾淨。」杜三妞沒動彈，當真吩咐起來。

丁春花使勁拽她的胳膊，示意她趕緊閉嘴。

三妞彷彿不知，直到所有人都忙起來，才低聲說：「衛小哥見著縣令老爺了。」

丁春花不解。「所以？」

「縣令畏懼衛家。」三妞說出來，一直懸在半空的心也跟著落到實處。

丁春花的腰板瞬間挺得筆直。「欺軟怕硬的貨！」

「娘，少說兩句，趕緊做飯。」杜三妞自認她從未得罪過縣令家的人，即便是兩個姊夫，和縣令夫人的娘家也沒多少交集，可是管家之前的話分明是故意刁難她。

不是杜三妞看不起自個兒，她在十里八鄉再有名，縣令夫人也不會請她來做飯，畢竟迎賓酒樓的廚子也不差，縣令夫人實在沒必要捨近求遠。

杜三妞百般不解，可是周圍除了她娘，沒有一個她熟悉的人，因此想了又想，她乾脆親自掌勺。

衛若懷起先沒多想，因為在他眼中，三妞除了家世，不比京城貴女差，縣令夫人能找到三妞說明她很有眼光。

來時路過迎賓酒樓，丁春花指著門匾說「大妮的家就在這裡」，衛公子突然意識到，縣令夫人如果請迎賓酒樓的廚子做飯，給段守義十個膽子他也不敢拒絕啊！

隨著縣令步入客廳，衛若懷見其他客人還沒到，同縣令寒暄時直接就說：「杜三妞做飯的手藝特別好，大人怎麼知道的？難道她的名聲已傳到縣裡？」

縣令哪知道什麼杜三妞？他去迎賓酒樓吃過飯，在他夫人說請杜三妞的時候，縣令建議借用段家的廚師。「我夫人說迎賓酒樓的菜都是杜三妞琢磨出來的，不過，下官總覺得她有點誇張。」縣令很想相信他夫人，然而京城來的衛大少在這兒，他不敢把話說得太滿。

誰知衛若懷接道：「你夫人說得很對，我祖父也十分喜歡杜三妞的飯菜，經常命我家廚娘去跟她學。」

「太傅大人也喜歡？」縣令不自覺坐直。

衛若懷微微頷首。「不過有一點你夫人說錯了，迎賓酒樓的飯菜是三妞和段家廚師一塊兒研究出來的。杜三妞喜歡吃，段家廚師刀工好，懂的也不少，兩個喜歡吃的人碰到一塊兒……你懂的。」

「懂、懂！我就說，杜三妞堪堪十歲，哪會做那麼多菜！」縣令對衛若懷的話深信不疑。

衛若懷挑眉，這個縣令太好糊弄了吧？不管是真是假，衛公子都不會放過他，誰讓他找上三妞。整個吃飯過程中，每吃一道菜，衛公子總會評論一番，吃到熟悉的味道，還把衛老扯進來。縣令以及客人有心和衛若懷交好，便順著他的話說。

有時衛若懷還沒來得及開口，吃到美味的賓客就開始問：「衛老喜歡這道菜嗎？」沒用多久，衛若懷便打聽清楚，縣令對三妞知之甚少，今天這場生辰宴的主導者是縣令夫人；而亓國風俗是男女不同席，所以縣令夫人並不知道衛若懷和縣令聊了什麼。

出了縣令家，登上馬車，衛若懷就問：「妳之前見過縣令夫人？三妞。」

三妞搖頭。「我不認識，待會兒問問我姊夫。」

段守義自然沒見過，可是聽三妞說完事情經過，又說如果不是衛若懷跟她去，她甭想全鬚全尾出來。段守義眉頭緊皺，說：「有衛小哥在，縣令夫人不敢動妳，妳也別亂來，我先找人打聽打聽。娘，快收麥子了，最近別接活了。」

「我們知道。」丁春花可算明白什麼叫樹大招風了，之後整個五月都沒允許三妞往縣裡去。

杜三妞也知道，這次是趕巧了，衛若懷同她一起去，下次、下下次，不可能每次都這麼幸運，縣令夫人若是鐵了心為難她到底，她再不小心點，早晚會著了對方的道。

麥子還沒熟透，杜三妞每天沒多少活，於是邊等她姊夫的消息，邊幫杜小麥想辦法。

鄧乙早已打聽清楚，媒婆給小麥的爹介紹的寡婦沒什麼缺點，想從對方身上入手有點難。

然而小麥聽到對方不是大奸大惡之人，依然不同意對方和他爹的事。「她有個閨女，以後到我家一定會偏疼她閨女，假如我和她閨女拌嘴，她也不會向著我，即便不是我的錯。」

「你小子想得真多，堅決不同意這樁婚事就是，哪來那麼多理由。」三妞皺眉道：「我找你爹說去。」

衛若懷試探道：「他會聽妳的？」一個小姑娘家家的。

杜三妞已想出辦法。「結果如何，試過才知道。小麥，你爹在家嗎？」

「在家、在家！妳舅舅給我爹放好些天假，讓他回家收麥。」小麥拎著書袋站起來。

「三妞姑，我和妳一起。」

「在這裡等我。」三妞想了想。「我就和你爹說你很生氣，不想回家，看你爹什麼反應。」

小麥大喜。「這個好！我就知道三姑有很多辦法，妳居然還騙我下什麼絕孕藥。」

「我沒騙你，當時我是那麼想的。」杜三妞說著，看一眼衛若懷，衛公子面不改色，異常坦然，任憑她打量。三妞心中訝異，不愧是京城來的，見多識廣。

杜三妞到小麥家中自然不會講杜小麥對他爹娶個有孩子的寡婦有很大意見。「大哥，聽說你快娶妻了，如果將來你孩子、她孩子和你們的孩子打架，你站哪邊？」
杜家鵬，也就是杜三妞的族兄當即懵了。「哪有那麼多孩子？」
「你二十五歲，不是四十五，以後有幾個孩子誰也說不準。」三妞道：「如果你想清楚，給我們家小麥立個字據，萬一你偏疼小的，虧待小麥——」
「等等，還沒影的事，妳想什麼呢？而且三妞妹子，小麥什麼時候成妳家的？」杜家鵬哭笑不得。
三妞說：「我娘喜歡小麥，聽說你快成親，正琢磨著讓小麥當我乾兒子，或者直接過繼到我們家。當然，你還是小麥的爹，我伯娘還是小麥的奶奶，這點永遠不會變。」
「好妳個杜三妞，我說怎麼對小麥這麼好，合著惦記上我兒子了！」杜家鵬佯裝生氣。
杜三妞聳肩。「那又怎樣？你和我家斷絕來往啊！反正我來就想問你這一個問題，問完我就回去。對了，小麥今天在我家吃飯，晚上不回來了。」
「妳……我家又不是沒吃的！」一跟上三妞，把他那個貪吃不要親爹的兒子捉回來。
杜小麥見他爹一臉怒色，直覺往衛若懷身後躲。
衛公子立馬說：「你別打他，有話好好說，小麥還小。」
「我、我什麼時候要打他？」杜家鵬簡直無語，他就想嚇唬嚇唬有事不找爹、只找外人的臭小子啊！
衛若懷不信。「真不打他？」

「當然！」杜家鵬鏗鏘有力地道。

衛若懷拎出小孩。「小麥，別怕，你爹保證不打你，他如果食言，你就告訴我。」

杜小麥連忙點頭。「好——」

杜家鵬抱起兒子，朝他屁股上拍一巴掌。「臭小子，能耐了，靠山不少啊！」

「你說過不打我的。」杜小麥癟癟嘴。

他爹立馬接道：「這叫打？這是愛撫。」

「噗！哥，快別逗了。」三妞笑噴。「反正我剛才和你說的是真的，你別不當回事，我娘就在屋裡。」

「我們家做好飯了，得回家吃飯！」杜家鵬抱著兒子逃一般遁走，恐怕慢一點丁春花就會從屋裡出來，和他商量過繼的事。

過繼在鄉下很常見，哪家沒有兒子便會過繼個同族的小輩養老送終。杜家村的小子不少，但杜家村沒有窮到吃不上飯的村民，也就沒人會把兒子過繼出去。

怎奈小麥家裡人多，除了他爹，他爺爺還有三個兒子，也就是他有一個伯伯、兩個叔叔，傳宗接代的事用不著他和他爹；再說了，他爹再娶，生個孩子的可能性有九成，小麥在家裡就顯得多餘了。

丁春花真提出過繼，當爹的不同意，難保兒子會同意，畢竟小麥和三妞關係好，而丁春花和杜發財也是真疼他……

翌日，杜家鵬去找媒人，直接說他家幾個兄弟不同意寡婦帶著孩子進門，即便寡婦不帶孩子，他爹娘又說，成親三年之內不能生孩子，得等小麥大一點再生孩子。前一個理由還好，後一個連媒人都沒法接受，可一想人家孩子才六歲，似乎又能說得通。小麥他爹又說，這兩條是他的底線，因此媒人只能眼看著這樁婚事黃了。

杜小麥的事搞定，村裡也到了割小麥的時候。

段守義沒打聽出縣令夫人為什麼找上三妞，但他的對頭最近推出幾道和段家酒樓相似的菜。

段守義自然不會懷疑是三妞洩漏出去的，便順著這條線，查到對方和縣令夫人有拐著彎的親戚關係，於是段守義來找三妞。「妳在縣太爺家做飯的時候，有沒有人跟妳學？」

杜三妞仔細回想一番。「有個婦人問過我幾句，我以為是縣令家的人，沒當回事就告訴她了。」

「說得多嗎？」段守義忙問。

杜三妞道：「當時我忙著做菜，哪有工夫跟她說那麼多？」何況正惦記著縣令夫人為什麼為難她？

「我明白了。」段守義道：「縣令家的管家說的那番話不是在為難妳，主要目的是想妳盡可能多做幾個花樣出來，最好是我家沒賣過的。」

杜三妞樂了。「我都沒告訴過你，會在外面亂做？就算做也是盡可能簡化，人人吃一遍都會做的。」

「妳……行！」段守義算是服了，虧他還擔心得跟什麼似的。

衛若懷也是服了，同時也佩服他眼光好，心中更加堅定要娶三妞為妻。在給他爹寫回信時，絕口不提酒，除了向他爹請教學問，就是給他講百姓多麼辛苦，為了搶收小麥，連天加夜幹活，就差沒明說他爹不知人間疾苦，居然還鬧著喝酒！

衛炳文收到信，氣得想罵人。

衛炳武拿過來掃一眼，樂壞了。「大姪子長歪了啊！大哥！」

「他就沒正過！」衛炳文以前也覺得他家兒子不錯，懂禮明事，勤奮好學，世家子弟的陋習在他身上全無；豈料，上次幾張食譜讓衛炳文徹底認清了兒子的真面目！「我們中秋節去杜家村。」

「皇上同意？」衛炳武懷疑。

衛家哥兒倆還在孝期，平時不上朝，直接去部裡，遇到什麼事也是讓下屬出面，畢竟身上有孝。「我跟皇上說擔心父親，想看看他過得怎麼樣，別報喜不報憂。」

遠在千里之外的衛若懷打了個寒顫，衛若愉忙問：「大哥怎麼了？是不是兔子咬著你了？給我拿著吧！」

「你拿跑了怎麼辦？」衛若懷不給他。「我沒事，回去叫三妞給我們做宮爆兔丁。」

村裡人忙著割麥子，衛家哥兒倆沒事幹，外面熱火朝天的，他倆定力再好，在屋裡也坐不住，乾脆拿著書本坐到麥場邊幫村裡人看麥子，主要是看著鳥獸別來禍害麥子。

起先衛若懷見杜小麥手裡拿著長長的竹竿，很好奇。「真有鳥來吃麥粒？」

「當然，可多了，一會兒沒看見就有一群。」杜小麥說：「衛小哥，你幫我看著，我回家拿篩子捉麻雀。」結果麻雀沒捉到，套了隻灰兔子。

五月分堪稱收穫的季節，熟的不單單是麥子，還有紅彤彤的大桃子、黃橙橙的麥黃杏、酸甜可口的楊梅，放在以往，這些果子根本等不到熟透就被小孩玩乾淨了。

自從杜三妞說桃花、杏花可泡酒，果子也能釀酒後，杜家村的小孩們一聽酒可換錢，不但不禍害，還不准家中長輩吃；可山裡的野果沒法入口，李子、葡萄之流最早也得到七月分才能成熟，因此他們就把主意打到別處。

成年人在地裡，老人在家做飯、餵牲口，年齡稍大的小孩去地裡拾掉落的麥穗，年齡較小的孩子，比如杜小麥，則必須在麥場看麥子。

看麥場看似清閒，其實非常無聊。未脫粒的麥穗不用太在意，之前打出來的麥粒，每隔一段時間就得用木鏟翻一遍，曬乾儲存起來才不易發霉。

杜小麥算著時間翻麥粒已經夠煩，結果鳥雀還跟著湊熱鬧，田鼠也出來晃悠，就連野兔子也當他好欺負！乍一看到從麥場中央躥過的兔子，杜小麥想都沒想就把篩子扔出去，衛若懷緊跟著用長長的竹竿按住篩子，活捉了一隻灰兔子。

衛若懷捉起來就問：「兔子怎麼吃好吃？」

「三妞姑姑做過，辣辣的，可好吃了。」

小麥的話音落下，衛若愉就舔舔嘴角。「小麥，這裡的兔子多嗎？」

杜小麥想了想。「很多，田間、山上到處都是，但兔子機靈不好捉。衛小哥手裡的不算，我覺得這兔子可能遇到事了，慌不擇路才往我們這邊跑……咳，管這麼多幹麼。衛小哥，你家有沒有人會殺兔子？沒有就給我，讓我爹殺。」

「你爹在地裡。」衛若懷道：「不就是剝皮嗎？叫我家管家弄，洗好送三妞家裡，我們中午在三妞家吃。」順便幫忙三妞燒火、和三妞聊天。

杜三妞家的麥子已脫粒，就在麥場曬著，她娘和她爹幫二伯割麥，下午幫她大伯幹活，他們兩家比三妞家的地多，午飯自然是由三妞的兩個堂嫂做，畢竟是給她們家幹活。

身為老杜家最漂亮、最聰明的閨女，三妞的伯父和堂哥們堅決不許她下地幹活，怕她曬黑了。

杜三妞骨子裡是位成熟女性，哪好意思閒著？於是在杜小麥幫她看麥場的時候，三妞回自個兒家做飯去了，打算給長輩們加餐。

錢娘子拎著兔子過來時，三妞正在擀蔥油餅，寬大的案板上已擺著六個碟子大的麵餅。衛若愉一下子擠開他哥。「三妞姊，我幫妳燒火！燒菜鍋煎餅，對不對？」

「廚房裡熱，你出去，我自個兒弄。」天氣特別好，太陽也特別大，三妞估計得有三十二、三度，很怕嬌弱的衛二少中暑。

衛若愉抹掉額頭上的汗水。「我幫妳，做快點，別中暑了。」

杜三妞衝衛若懷使個眼色，希望他管一下衛若愉。

衛小哥道：「放心吧，三妞，若愉剛喝下一碗冰飲。」

「中暑不准怪我。」三妞巴不得有人幫忙。掀開鍋蓋舀一塊豬油放進去，鍋熱就開始煎餅。

杜家三妞的幾個堂姊雖然已出嫁，三家人加在一塊兒也有十幾口。三妞和麵的時候算著人數特意多和一些，做了十六個，末了還剩一小塊麵，杜三妞想了一下，說：「若愉，給你做個巴掌大的蔥油餅？」

「三妞姊做什麼我都吃！」衛若愉不假思索地道：「做好了炒兔子，管家說這隻兔子有五斤，你們一半，我們一半。」

杜三妞前世沒做過兔子，但她做過宮爆雞丁，這次也比照宮爆雞丁的做法。

待兔子出鍋，衛家小哥兒倆不約而同地嚥口水，三妞終於能理直氣壯道：「以前沒怎麼做過，嚐嚐鹽味怎麼樣？」遞給他倆一雙筷子。

「沒有鹽也好吃。」衛若懷終於先堂弟一步說出恭維話。

衛若愉白他一眼，轉頭對三妞說：「小麥還等著我們。」

「你端一碗給小麥送去。衛小哥，你端一碗和衛老兩人吃？」三妞問。

衛若懷沒任何意見。「要不要我幫妳送地裡去？」看著菜盆和裝滿綠豆湯的砂壺。

「不用，快回家吧，廚房裡這麼熱，衣服都汗濕啦！」三妞說。

衛若懷低頭一看，裡衣若隱若現，頓時滿臉通紅。「有事就去麥場找我。」端著碗，拿著兩個餅就趕緊往外走。

杜三妞想笑。「你堂哥在京城的時候，是不是都不敢和姑娘講話？」

衛若愉真想昧著良心說，他特別會和姑娘嘮，那樣一來三妞姊勢必會討厭堂哥。「……是呀，比若兮姊還像大家閨秀。」頓了頓，又說：「三妞姊，什麼時候釀酒？」他爹已背著大伯連寫兩封信問，到底還有沒有杏花酒？

「小麥收進家時。」酒重要，糧食更重要。

今年老天爺給百姓飯吃，五月中旬下一場雨，直到六月初，杜家村的土地上連個麥穗都沒了，才再次下雨。

輕輕碰一下杏樹，杏子像落葉一樣紛紛落下，桃樹上的桃子更是咧開嘴。

三妞叫村長召集全村男女老少在麥場開會。

全村人到齊，杜三妞先說沒做過果子酒，釀果子酒需要糖，糖又矜貴等等……等她講完，一半村民不在乎糖的貴賤，一半村民不捨得卻更不捨得能賣錢的果子酒，一時猶豫不定。

杜三妞說：「楊梅可以直接泡在酒裡，想泡多少就泡多少。大家可以派一個人出來跟我學，同意就在這兒做，但是我希望大家別把做法說出去，酒成了，我去找我大姊夫，讓他給咱們找銷路。」

眾人一聽大喜，連連說：「不會的、不會的！」

杜家村的人早年逃荒到此，除了特別在意錢，也特別懂生存，有賺錢的法子絕對不和外人分享，即便是閨女、娘家過得不好，也寧願出錢補貼，不願授之以漁。

有豬油炒菜在前，三妞相信他們比自己自私，這話主要是講給杜家村的新媳婦聽的，既然大家沒意見，天也再次放晴，杜家村的村民就開始做果子酒。

村裡別看只有七、八十戶人家，架不住人口多，幾百人齊上陣，下午半天就做好了，還幫三妞家把所有的桃子和杏子全做了。

方法是三妞提出的，她做多少大家都沒意見；而杜三妞之前說她沒做過果子酒，村裡人也相信，因為段家酒樓去年根本沒賣過果子酒。不疑她，也就不敢學她每樣十罈，楊梅酒更是泡十五罈。

村民見衛家兩位小少爺也跟著做，笑問：「你倆做來喝還是拿去賣？」

「賣啊！賺零花錢！」衛若懷脫口而出，見村民們露出不信的眼神，又笑道：「開玩笑的，做了給我爹送去。」

「京城的衛大人?!」村長的話音剛落下，就有村民開口了。

「衛小哥，我家的桃子特別好，水多味甜，我去給你摘些。」

「我去摘些杏子。」

衛若懷也沒拒絕。桃樹、杏樹都不需要村民花多少工夫打理，而這個時節果子氾濫，拿去縣裡也換不了幾個錢，可是這樣一來，苦了等著吃果子的孩子。

村裡的孩子忍了好多天，結果全便宜了衛若懷。衛小哥不好意思，說：「我們去捉泥鰍，上山逮野雞？」對一群小孩子說。

「泥鰍被他們禍害乾淨了。」大人不准孩子下水，他們倒好，全跑去稻田裡捉泥鰍，捉了自己洗乾淨，去三妞家借石板，幾個孩子圍著火堆烤泥鰍，別提多會享受。

農忙過後，大人瘦好幾斤，天天沒閒著的孩子倒是胖了不少，一時也不知該怪愛吃的三妞把村裡的小孩教壞，還是該謝謝她，一個個學得那麼會吃。

「山上有野豬。」村民提醒衛若懷。

衛小哥笑道：「我家幾個護院會功夫，碰到野豬最好，捉回來我們加餐。」

村民便不再攔著他。

隔天，衛家哥兒倆領一群孩子浩浩蕩蕩上山，衛家的幾個護院和小廝守在孩子周邊，村民們也開始耕地。

野豬沒遇到，打了三隻野雞，捉兩窩兔子，撿好幾筐子蘑菇，下山後眾小孩平分，還剩下一隻約莫四斤的兔子。

衛若愉說：「給三妞姊，三妞姊常念叨吃水不忘挖井人，她教我們做兔子菜，我們也不能忘了她。」

「就你會說！」衛若懷忍不住懷疑，他家若愉前世是不是說書的？

衛若愉揚起小下巴。「我心裡有三妞姊！」

「我們心裡也有！」

杜三妞在家和外甥女玩耍，衛若懷見三妞小心翼翼地護著小孩學走路，忍不住笑了。

「妳姊夫可真是個有福的人。」

「說我啊？我怎麼啦？」段守義從屋裡出來。

衛若懷晃晃手裡的兔子。「山上捉的。」

「呵，這可是好東西，謝謝啊！衛小哥！」段守義接過來。「娘，給我刀，我把兔子皮拿走硝好再送來。」

衛若懷驚訝地問：「你會硝皮子？」

「我不會，我叔叔會，怎麼啦？」段守義不解。

衛若懷說：「我家的也給你。」

「小事一樁。」段守義毫不在意，見他閨女在院裡，便拎著兔子去外面剝皮。

皇帝念著衛太傅人老識趣，很痛快地給了衛炳文兄弟一個月的假期，當著文武百官的面叮囑，讓他們回去好好陪陪衛太傅。

哥兒倆回到家就開始查黃曆，看幾時出發合適，一見還剩六十天，從皇宮一直持續到家的好心情瞬間消失。本來想給老父寫封信提前講一聲的，但時間太難熬，不痛快的哥兒倆默契十足地忘記了此事……

麥子入倉後開始種黃豆，按道理不需要耕地，然而杜家村的旱地靠近山，土地硬，小麥割掉之後不犁地，麥根緊緊扒著土地，根本沒法播種。等到再一次下雨，杜家村的村民才開始種豆、栽棉花。

村民再次忙起來，三妞家三天兩頭做肉吃，三妞依然慢慢瘦下來，衛若懷別提多心疼了，找個機會就問杜三妞。「豆子種下去就該沒事了吧？」

「再過半個多月收稻。」三妞道。

衛若懷僵住。「這麼、這麼快？」

杜三妞說：「這次熟的是早稻，不好吃，村裡人種早稻是為了交稅，家裡常吃的是晚稻，晚稻生長的時候是一年中太陽最烈的時期，下半年少雨，每天被太陽使勁曬，打出來的米才香。」

「米香是因為太陽曬得？三妞姊？」衛若愉很懷疑，就差沒說她胡說八道。

杜家三妞微微頷首。「別不信，聽說在亓國的西北地方有一種瓜，甜如蜜，那邊的葡萄也比我們的甜，就是因為當地乾旱少雨、日頭足。」

「有沒有甜如蜜的瓜我不知道，西域葡萄酒有名倒是真的。」衛若懷說：「從張騫出使西域帶葡萄入中原已過去幾百年，幾百年間我卻沒聽說過中原哪裡有美味的葡萄酒。」頓了頓，問：「妳家有葡萄架，今年能收很多葡萄？妳會用葡萄釀酒嗎？」

「會啊！」三妞道：「葡萄釀酒特簡單，我家的葡萄樹去年結的葡萄除了我們吃的，都被我娘送人了。」葡萄樹是三妞四歲時栽的，而葡萄三年掛果，去年葡萄樹才爬滿架，結出一串串葡萄。

去年秋，杜三妞把家裡的雞鴨鵝的翅膀剪掉，葡萄樹根莖用草包裹住，就把雞鴨鵝趕到葡萄架下面居住。冬天冷，在葡萄架上鋪一層茅草遮風擋雨，以致雞鴨鵝拉撒皆在葡萄架下，今年的葡萄樹明顯更茂盛。有鬱鬱蔥蔥的葡萄架遮擋，家禽的屎臭味都淡去幾分。

衛若懷說：「我買些葡萄，妳幫我釀酒？」

「小事一樁，到時候再說。」杜三妞正在曬艾草。「這個曬乾裝荷包裡可以祛蚊，你要不要？」

「我要。」衛若愉道：「妳幫我做個荷包。」
「也幫我做一個。」衛若懷不甘後人。
三妞想說「你家有現成的丫鬟」，話到嘴邊，道：「我做的不好看。」
衛家哥兒倆不嫌棄。「不好看，有特色。」
三妞無言以對。
第二天三妞開始動針線，把丁春花稀奇了好一陣，不住地說：「今兒太陽打西邊出來了！」
杜三妞於是端著針線盒去找小姊妹玩。
在她做好兩個荷包後，村裡人開始編或者補麻袋，留著裝稻穀用。隨後又挑揀稻種、秧苗，收下早稻後直接種晚稻，以至於在衛若懷眼裡，進了五月後，杜家村的人就沒閒過。
以前衛若懷覺得在村裡住很舒服，日出而作，日落而息，看花開花落，望雲卷雲舒，直到麥穗金黃，衛若懷算深刻體會到，杜三妞常常掛在嘴邊的「粒粒皆辛苦」。於是衛若懷得空就和護院上山，捉野雞、套兔子，送給杜三妞。
村裡人很少往山上去，結果養得山上的動物膽特肥，見著人也不躲，便便宜了衛若懷。
衛若懷若是買塊豬肉送到三妞家，杜三妞絕對不要，但是野雞、兔子，三妞不好拒絕，衛老又會在旁邊說：「我家兩小子不知道吃了妳家多少東西，一點野物，妳也要跟我生分。」

因此，連著幾天沒收到衛家送來的東西，丁春花竟然有些不習慣，晌午做飯的時候便跟三妞念叨。「衛小哥這幾天忙什麼呢？」

「衛小哥和衛老去建康府了。衛老說他在家看書，跟閉門造車似的，就讓他去和書院裡的學生多交流交流。」三妞說。

丁春花不禁感嘆。「老爺子想得真周到。」

正說話呢，衛若愉拎著兩個盒子來了。「三妞姊，我們買的點心，拿給妳嚐嚐。」還沒進門就嚷嚷開了。

「謝謝若愉。」杜三妞已打定主意，來日幫衛家多釀些葡萄酒，反正他們有錢買葡萄和糖，因此收下禮物倒是毫無心理壓力。

衛若愉放下東西卻沒離開。「三妞姊，我家的護院捉了兩條菜花蛇，妳去教錢娘子怎麼做好不好？」

「在哪兒捉的？」杜三妞被他突然轉移話題弄得一愣。「不是剛回來？」

衛若愉拍拍小胸口。「妳不知，來的路上我想撒尿，就去了野地裡，誰知一低頭看到個蛇腦袋，差點嚇掉魂。」

「咳，夏天蛇多，牆邊、地頭都能看到，大多都沒有毒，別怕。」杜三妞拍拍他的肩膀。「我這就和你過去。」

飯做得差不多了，丁春花接過三妞遞來的圍裙，也沒攔著她。

杜三妞到衛家，見蛇皮已剝掉。「蛇是個好東西，村裡人饞了就會去水田邊晃一圈，總能捉到條蛇打牙祭。這兩條蛇一個燉，一個做香酥蛇段吧！」

「怎麼做？」錢娘子問。

三妞說：「蛇段在開水裡煮一會兒去浮沫，放大料水裡煮軟，瀝水，倒油鍋裡炸至金黃。」

「不用加油鹽醬嗎？」

杜三妞搖頭。「倒點醋把糖融化，澆在蛇段上面，還可以切點菜放上面，黃黃綠綠的好看。」末了又道：「你們別因為我的話，天天去捉蛇。」

「好東西吃再多也會吃膩。」衛老笑盈盈道。

三妞放心了。「若愉，今晚我帶你去捉知了，明天我們做乾煸知了，比蛇肉好吃。」

「真的?!」衛若愉大喜。「需要準備什麼？」大有現在就捉的樣子。

三妞好笑。「拿著盆，拿根撈魚的網兜。」

乾煸知了是村裡孩子的零食，知了這東西今天捉明天還有，孩子們雖然天天捉，三妞和衛家兄弟晚上倒也有不少收穫。

杜三妞雖說不在意她娘的囑咐，也知道自己十歲了，不適合整天和男孩子混在一起，便在自家做好，給衛家兄弟送過去。

衛若愉第一次吃知了，不太敢伸筷子，他一猶豫，衛若懷就吃掉四個，嚇得小孩顧不得知了長相嚇人，邊吃邊嘀咕。「我明天就給大伯寫信！你天天欺負我，沒有一點兄弟愛！」

「寫啊！」衛若懷不怕。「只要你不煩叔父又問你還有沒有果酒。」

衛若愉一噎，上次他父親來信，小若愉回信時說「村裡人都在忙，沒有人有時間釀酒」，他爹才消停一段時間。如今七月中旬，村裡人真正地閒下來了，即便他爹分不清韭麥，也知道離秋收還有很多天。

「他又不是沒喝過好酒，幹麼盯著果酒不放啊？」衛若愉奇了怪了。

衛大少笑道：「酒？我覺得他們把果酒當成冰飲喝了。」

「什麼？那得多少才夠他們喝？」衛若愉瞪大眼。

衛若懷道：「很正常啊！果酒放井裡冰半天，你也說涼涼的、甜甜的，很是爽口，何況他們。」

這點倒是讓衛小哥猜對了，遠在京城的兩位衛大人真把果酒當成飲料來著。

衛炳文看著日曆本越來越薄，心情越來越好。八月初一，卯時起床就喊他夫人趕緊收拾。

衛夫人是個土生土長的京城人，一輩子去得最遠的地方是京城郊外的莊子。之前她和兒子一樣對杜家村沒半分嚮往，衛老偶爾提到老家時，她還在心裡嘀咕老爺子好日子過煩了，如今卻是希望早點到那個神奇的村落，噹噹神奇的美食。

秋天到，杜三妞家的青葡萄也變紫了，和村裡人一塊兒把釀的果酒送去段家酒樓時，一路上到處都是賣葡萄的。

村民拿到可觀的酒錢，手頭寬鬆，臨去時拉一車東西，回來也是拉一車。

衛若懷在樹蔭下乘涼，遠遠看去還以為段守義不要三妞的酒，正想跟堂弟說「段家小老闆出息了」，待三妞走近，衛大少便衝家門的方向喊。「鄧乙，把車弄出來，我們也去買葡萄！」

「快晌午了，往哪兒去？」衛老瞪他一眼。「明天早上再去。」

於是，這天下午，衛小哥只能看著三妞和村裡人歡歡喜喜地做葡萄酒。

為了和三妞獨處，衛小哥可謂是煞費苦心，第二日把市面上的葡萄全包了，然後，衛大少是個貪吃鬼的名聲也傳遍廣靈縣。

杜三妞也忍不住問：「你很喜歡吃葡萄嗎？衛小哥。」

衛若懷心想：我喜歡我洗的葡萄，妳捏碎葡萄做的酒，更喜歡我們倆一起幹活！但這話能說嗎？不能！因此便裝作不好意思地「嗯」一聲，耳尖微微泛紅——欺騙三妞，羞愧所致。

杜三妞當他害羞。「葡萄乾也好吃，衛小哥既然這麼喜歡，派人再買點，不過做葡萄乾比做葡萄酒麻煩。」

「沒事，錢娘子閒著也是閒著。」衛若懷心想：只要妳待在我家，天天做葡萄都沒關係！

然而，在做出十斤葡萄乾的時候，杜家村村口出現了四輛豪華馬車。

杜三妞拎著南瓜正往家去，見此駐足觀望，看到從車裡下來個中年男子，衝著路邊的小孩、大人作揖。

「請問衛家怎麼走？」

「你是何人？」村中老人一臉警惕，小孩子們則擋住中年男子的去路。

衛炳文面色發窘。想當年他不過十來歲的小兒，送病逝的祖父回來時受到鄉鄰熱情款待，如今已是三品大員，卻被拒之村外。「我是衛家長子。」

「衛老的大兒子？」村民上下打量他，眼中盡是懷疑。「你長得不像衛老。」

衛炳文扶額。「我像我母親。」

「可是衛小哥也不像你。」

馬車裡傳出噗哧一聲，蓋過三妞的笑聲，三妞見沒人注意她，慌忙遁走。看到衛家哥兒倆在路邊的槐樹下寫字，三妞抿著嘴，躡手躡腳地走過去。

衛若懷猛地抬頭。「幹麼去了？」

三妞猝不及防，嚇得一哆嗦。「你、你怎知是我？」

「不知道。」衛若懷道：「這邊除了妳，也沒別人。」

杜三妞四下裡一看，村裡的大人包括她娘都在不遠處編籮筐，大概是怕待在這邊影響衛若懷寫字。「你長得像你母親吧？衛小哥。」非常肯定地問。

衛若懷一愣，她的話題太跳。「怎麼突然說起這個？等等，妳怎麼知道？」

「因為你不像你父親啊！」

若愉也抬起頭，臉上盡是不可思議。

三妞笑道：「你爹娘在村口。」指向南邊。「若愉的爹娘好像也來了。」

「不可能！」衛若懷霍然起身。

三妞聳肩。「不騙你，我回家啦！」

「三妞——」聲音戛然而止，衛若懷看著越來越近、越看越熟悉的馬車，渾身僵住，喃喃道：「若愉，我沒作夢吧？」

衛若愉使勁揉揉眼，娘啊！馬車更近了！小孩反射性迎上去，臨到跟前突然停住。「父親？」

車窗打開，露出個小腦袋，小孩咧著嘴，流出哈喇子，揮著小胳膊。「哥、哥哥……」

「若忱?!我的天，你怎麼也來啦？」衛若愉簡直不敢相信，他兩歲的弟弟，貓嫌狗厭、皮得上天的小魔王也到了！「別告訴我若兮姊姊也在？」

第十章

愛湊熱鬧的村民一見衛家門口這麼多人，不由自主地圍上來。「你們是若愉和衛小哥的爹娘啊？」

「是的，謝謝大家照顧我父親。」衛炳文三十出頭就做到吏部侍郎，家世重要，本身能力也很重要，他性格古板卻不是不知變通的人，否則衛老也不可能放心回鄉。

「哎呀，衛大人客氣啦，我們才沒照顧衛老。」面對儀表不凡、端莊尊貴的兩對男女，村民們好緊張。「都是他照顧我們。」

「咳，父親、母親，累了吧？」衛若懷插嘴。「若愉，趕緊去叫丫鬟收拾屋子。」轉頭又說：「我們先進去。」

「進去吧，那麼遠的路，早該累了。」丁春花自覺和衛家人處得挺近的，率先答衛若懷的話。

衛若懷微微點頭，以眼神示意他爹娘，趕緊進屋。然而剛進門，衛大少就迫不及待問：「來之前為什麼不提前寫封信？房間都沒收拾，你們今晚得睡院裡。」

「衛若懷，你是在和誰說話？」衛炳文拉長臉，非常不高興。

「和你，有意見？有也給我憋著！」衛老聽村裡的孩子們說他兒子來了，根本不信，不過還是趕緊回家，誰知到門口就聽到這麼一句。「若愉、若懷，你倆過來，讓他們自個兒收拾！」

衛炳文渾身一僵。「父親……」

衛炳武頭皮發麻。

「喲，不容易，衛大人還知道我是你爹？」老爺子臉色驟變。「既然知道，寫封信提前知會一聲有多難？能不能累死你？」

「……父親。」

「祖父……」衛若兮被她母親一把推出來。「祖父，若兮好想您，等不及啦，就直接過來了。」

衛老有四個孫子、一個孫女，見小孫女在太陽下曬得臉通紅，不禁瞪兩個兒子和媳婦一眼。「先去若愉和若懷屋裡。」

「我們不累。」衛炳文道：「聖上給我們一個月假回來陪您過中秋，時間寬裕走得慢，昨晚還在建康府歇了一晚。」馬車裡有小孩，想走也走不快。至於在建康府歇息，純屬來得匆忙，沒帶禮物，不得不停下來給老人、小孩買禮物。

但這事衛炳文不會講，他夫人更不會說，而三個小孩不知真相。

衛老臉色緩和許多。「錢娘子，去村裡買隻雞，做飯吧！」

「是，老太爺。」錢娘子出門右轉，直接去三妞家，詢問她晌午該做什麼。

杜三妞無語。「妳家主子的口味，妳問我？衛老叫妳買雞，就做小雞燉蘑菇吧，然後拌木耳，再炒幾道素菜。至於妳家小少爺，做兩碗雞蛋羹不就好啦？」

「大小姐呢？」錢娘子知道她家大少爺給大老爺寄食譜的事，嘴上向三妞請教，其實想讓三妞教她沒做過的菜，好好表現一番。

三妞哪知對方的小心思？還想著她都不曉得衛若兮是黑是白呢！「我家中午做南瓜餅，要不待會兒叫妳閨女來端一碟？」

「哎，好，我就知道三妞姑娘有主意！」錢娘子立馬掏出錢。「妳家的公雞賣給我一隻吧？」

「不行！」三妞果斷拒絕。「我家只有兩隻公雞。」

「公雞打鳴一隻足夠。」錢娘子道：「別以為我不知道，妳娘又買了二十隻小雞。」

丁春花正在削南瓜皮，聽到這話樂了。「早知道就不喊妳跟我一塊兒去買小雞了！三妞，賣給她，不賣她能磨妳一個晌午。」

錢娘子呵呵裝傻。

三妞突然好懷念半年前那個初到杜家村、和她說話都帶敬語的錢娘子，至於眼前這人，三妞不想認識她。可是已經答應送她一碟南瓜餅，在她走後三妞就開始燒火，把整個南瓜切塊蒸了。

南瓜蒸熟拌糯米飯揉成麵團，然後把麵團分成大小差不多的麵塊，裹上糖，直接用手按壓成雞蛋大小的圓餅，放在油鍋裡煎至兩面金黃。

杜三妞本來打算做南瓜粥和南瓜餅的，錢娘子一來，只能做南瓜餅了，否則送給衛家一碟，她和她娘得餓肚子。南瓜餅又不能當主食，三妞想了想，乾脆做涼麵。

錢娘子的閨女來端南瓜餅時，瞧見三妞坐在桃樹下吃涼麵，立馬問：「這個麵條怎麼做？三妞。」

「麵煮熟撈出來放在井涼水裡冰一下，用薑末、蒜、鹽和醬油調些料汁澆上，放點麻油、焯水的豆芽，拌勻即可。」三妞笑問：「妳來問我怎麼做涼麵的？」

「哎呀，忘了！」姑娘一拍腦門。

三妞指著廚房。「在案板上。」

對方端著碟子就走，進衛家的時候特意靠著牆根溜進廚房。

錢娘子對三妞做的東西很有信心，嚐都沒嚐就對閨女說：「喊人來端菜。」

三素一葷一個湯，一個點心南瓜餅，和一盆蒸蛋，對於衛炳文哥兒倆來說堪稱簡陋。

老父親沒意見，衛炳文哥兒倆當然不敢吭聲。

半年後的團圓飯，這裡又是鄉下，規矩少，還只有一張飯桌，衛家兩位夫人便被允許和衛老同坐。

衛老端起米粥，挾一個南瓜餅。

衛炳文和夫人相視一眼，筷子伸向金黃的餅。南瓜餅一入口，外酥裡嫩，最裡面又特甜，兩人吃完就想再挾，低頭一看，哪裡還有什麼餅？乾乾淨淨的碟子亮得簡直能當鏡子了！

三妞算著衛家人數，煎了十塊餅在碟子裡，待兩個兒子、媳婦各挾一塊後，衛老快速挾走第二塊，衛若懷哥兒倆也緊隨其後。

衛炳文看著他兒子，暗示道：「若懷……」

「父親，食不言，寢不語，您一直這麼教導孩兒的。」衛大少說完，咬一口南瓜餅。

衛若愉嘴裡還有雞肉，發現他爹盯著他的碟子，立即朝碟子裡的南瓜餅上塗了點口水，再繼續啃手裡的雞腿。

衛炳武生生氣樂了。「丟不丟人？不就是一塊餅嘛！」

「沒你丟人，惦記孩子的零食！」衛老瞪他一眼。

衛若兮滿臉不解。「不就是油煎的糜麵餅，至於嗎？又不是什麼好東西。」

「誰說是糜麵？」衛若懷挑眉。「南瓜餅，妳見過糜麵這麼黏糊？」剩下一半舉到妹妹眼前，一晃而過。

衛若兮只來得及看到他的餅糯糯的，餅裡面好像還有糖液，想看清楚點，餅已進了衛若懷嘴裡，衛若兮簡直無語。「你真幼稚，大哥。」

「我也不大。」衛若懷不氣不惱，喝完白米粥，又吃兩塊肉。「祖父，我吃飽了。」

「祖父，我也飽了。」衛若愉跟著放下碗。

衛老淡淡地瞥他倆一眼。「涼快去吧！」

亓人懂硝石製冰，衛家飯廳裡放盆冰，但一頓飯下來依然汗流浹背。外面就不一樣，涼風習習，今天若不是爹娘過來，衛若懷就端著碗出去吃了。

「你想去找三妞姊吧？大哥。」衛若愉走出大門就問。

衛若懷的小心思已經被堂弟知道，也沒詭辯。「難道你不想知道三妞家還有沒有南瓜餅？」

「當然想！」小孩脫口而出。

一門之隔的衛若兮一個趔趄，差點撞門上，抓住門框穩住身體，就聽到她大哥說——

「那還等什麼？」

腳步聲越來越遠。

衛若兮小心翼翼探出頭，見哥哥、弟弟去隔壁，想了想，也跟上去。

杜三妞正在剁青菜餵雞，看到他倆不作他想。「南瓜餅在廚房櫃子裡，給我爹留幾塊。」

杜發財出去幫別人蓋房子了，杜三妞不止一次跟他說別幹了，可杜發財才四十來歲，在家裡也閒不住。好在八月分的天熱歸熱，太陽已沒七月分毒辣，三妞倒也不擔心她爹中暑，畢竟中午最熱的時候也不幹活。

「好的。」衛若懷拿一半出來，和堂弟坐在三妞旁邊。「妳家還有南瓜嗎？」

「老南瓜、嫩南瓜地裡都有。」三妞說：「嫩南瓜切絲炒著特別好吃，我有時候都直接當飯吃。」

衛若兮躲在門邊，聽到他們聊這麼無聊的話，正想轉身，不料卻聽到三妞說——

「你妹妹是不是特別喜歡吃南瓜餅？」

衛小哥一愣，看了看餅，又看了看堂弟，後知後覺地說：「別告訴我那一碟餅是送給若兮的？」

「是呀！錢娘子想給你妹妹做不一樣的，我見有南瓜就做了南瓜餅。」三妞說完，發現哥兒倆臉色不對。「她……她不喜歡？」居然有小姑娘能拒絕油炸甜食？

「咳，被我爹娘和叔父、嬸嬸吃完了……」衛若懷說。

衛若愉瞪大眼。

衛若兮一點兒也不意外，卻忍不住冷哼一聲。

三妞反射性往外看。「誰在外面？」

「是我。」衛若兮進來，決定不討厭這個叫三妞的女子了，因為她很有眼色，知道做好吃的討好自己。

衛若懷霍然起身。「妳怎麼來了?妳來幹麼？」

「你可以來，我不行啊？」衛若兮是個真真正正的嬌嬌女，家裡又只有她一個女孩子，和長兄說話是有什麼說什麼。

三妞放下刀，起身。「可以，我去給妳搬板凳。」

「不用，妳——」衛若兮看清三妞的臉後，像突然被人掐住喉嚨。「妳好漂亮……」

水汪汪的大眼，皮膚白裡透紅，抿嘴淺笑時兩個酒窩若隱若現。衛大小姐不想承認她嫉妒，不就是個農女嘛！見她穿著青蔥色短打，正想酸一番「連襦裙都沒有」，卻發現對方腰間有個醜陋的荷包，而同樣的荷包，哥哥、弟弟腰間也有，此時就在腰間掛著。

杜三妞笑了笑。「謝謝，妳也很漂亮。」

放在以往，衛若兮會接一句「算妳有眼光」，可對上杜三妞淺笑嫣然的模樣，衛大小姐硬是說不出話來，總感覺人家就是跟她客套客套，然而不回話又顯得沒禮貌。「我要告訴父親，你倆背著他偷吃！」生硬地轉移話題懟哥哥、弟弟。

衛大少笑道：「祖父知道。」

衛若兮一噎，小臉驟然變得異常難看。

三妞挑眉，見衛若愉鎮定地吃南瓜餅，便猜到這種情況不是第一次發生，於是去給她倒杯水，想了想，又端來一碟葡萄乾。

白瓷碟子只有成年男人巴掌大，葡萄乾量少，三妞倒也不心疼。放到桃花樹下的石桌上，杜三妞說：「衛小姐，這邊涼快，來這兒坐吧！」

「謝謝。」一儀態萬千地坐下。衛若兮在家有點蠻橫，幸好衛夫人對兒女的教育很用心，在外面衛大小姐一直是位知書達禮的貴女，至於剛才失態，純屬被壞兄長氣得。

衛若愉撇嘴，好假。還是三妞姊最好，真實不做作。看清碟子裡的東西，他眼珠一轉。「這是什麼？」假裝不知。「我嚐嚐！」伸手就抓走一把。

「我看看。」衛若懷也過來。

有南瓜餅的例子在前，衛若兮下意識護住碟子。「哥，你的餅還沒吃完！」

衛若懷是故意逗她的，卻因端著碟子而比若愉慢一步，便伸手做做樣子。

杜三妞如何不懂兩個壞小子是故意的？可憐衛大小姐頻頻上鉤。

「這東西能吃嗎？」衛若兮隨口一句。「難吃我也得嚐嚐。」恐怕慢一點她大哥再來句「不吃給我」，她才沒這麼傻。「咦？酸酸甜甜的。」

杜三妞身體裡住了個成年人靈魂，不會跟九歲的小姑娘計較。「葡萄乾，京城應該有賣。」

「沒有。」衛若兮足不出戶，根本不知。

衛若懷以前在國子監上學，每天得外出，對外面的事物較為瞭解。「聽八皇子說，宮中有葡萄乾，不過，都是地方進貢給皇上的。」

「我們吃的是貢品？」三妞脫口道。

衛若懷樂了。「葡萄乾是我們做的，哪來的貢品？而且妳以前也說中原的葡萄不如西北地方的甜，有那邊進貢葡萄乾，皇上才不管我們吃什麼。」

衛若兮的手一頓。「自個兒做的？這說明我們家也有？」抬眼盯著她哥。

衛若懷不搭理她，對三妞說：「下午幹麼去？」

杜三妞想笑。「再去地裡摘幾個南瓜。」

「我和妳一塊兒去，走吧！」衛若懷把碟子遞給若愉。

衛若兮三下五除二把葡萄乾全塞嘴裡，攔住他。「別想溜！不說我去問祖父。」

衛大少渾身一僵。「說也可以，但不准告訴父親和叔父。」

「那得看你的表現！」衛若兮終於占上風，開始拿喬。

衛若愉給她一塊餅。「嚐嚐吧！妳不講，三妞姊還給妳做這個吃。」

衛若兮下意識看三妞，杜三妞正低頭捧著菜餵雞，看起來沒注意到她。衛若兮接過來，直到她吧唧吃完南瓜餅，三妞才轉過身。

衛家大小姐硬是沒意識到，餵雞根本不須如此麻煩，直接把菜扔雞圈裡即可。

好不容易把人哄好，衛若懷也沒提醒她。「葡萄乾在祖父房間裡，總共做六斤，祖父兩斤，我和若愉一斤，給你們留三斤，妳看著分吧！」

衛若愉輕咳一聲壓下笑。

三妞不住地搖頭，她以前到底有多傻，居然認為衛若懷呆。十斤到他嘴裡變六斤，哄騙的還是他至親。

「我要一斤，若忱他倆一斤，剩下一斤給父親和叔父。」衛若兮說著話，想一下。「帶上我。」

衛若懷詫異。「不回去吃葡萄乾？」

衛若兮道：「剛才吃了。」有外人在，她不好意思說等父母歇息的時候再偷吃。

三妞心裡直嘆氣。「我們走吧！」

路上碰到村裡的小孩，看見衛若兮在場，均裹足不前。

三妞喊一聲，小孩才跟過去，紛紛問：「幹麼去啊？」

「摘南瓜炒著吃，晚上叫你娘做，就說我說的。」三妞頓了頓。「你們家的桂花樹開了沒？」

「開了，三姑奶奶要做桂花酒？」大人不許孩子喝酒，即便聽說三妞做的果酒很好喝也不眼饞，更想知道只能蒸著吃、煮著吃的南瓜怎麼炒。

杜三妞摘兩個黃皮老南瓜、兩個綠皮嫩南瓜，和衛若懷抬著筐子，帶著一群孩子回去的路上告訴他們做法。

當天晚上，杜家村十戶有八戶炒南瓜。

飯前村裡的主婦念叨杜三妞整日裡就知道吃，偏偏還吃不胖，忒氣人了；飯後沒等家裡其他人開口，碗筷往鍋臺上一放就說：「我再去地裡摘幾個南瓜。」

衛若兮吃了南瓜餅，嚐過葡萄乾，以致對清炒南瓜絲也產生莫大興趣，果然，清爽可口的南瓜絲沒讓她失望。衛大小姐也沒忘記，趁父母不注意時溜到衛老房裡，看到桌上有個白瓷罐子，和她哥描述得一模一樣。

「幹麼呢？若兮。」衛老的聲音突然傳進來。

衛若兮渾身一哆嗦。「祖、祖父，您不是出去了？」怎麼回來啦？

「忘記拿扇子。」衛家房前屋後種著艾草，衛老身上也戴著艾草荷包，可蚊子餓極了也不要命，衛老到門口就感覺被蚊子盯上。「還沒說來我屋裡做什麼？別說找我。」

衛老從未向小輩發過火，可衛若兮就是怕他，頭皮發麻，然而美食當前，還是說了。

「想吃葡萄乾。」

「若愉那個小貪吃鬼說的吧？」衛老見她低著頭。「過來，我給妳抓一把，慢慢吃，家裡也沒多少。」

衛若兮伸出雙手等著。「再做唄，葡萄還沒下市。」

「太麻煩。」衛老說：「早些天做葡萄乾，錢娘子差點中暑，嚐嚐味就成了。聽說妳下午去找杜三妞玩，喜歡她嗎？」

「誰喜歡她！」衛若兮捧著葡萄乾就走。

衛老看著大孫女的背影失笑搖頭，不喜歡倒是直接否認啊！

京城離廣靈縣太遠，衛炳文一行走了將近半個月。明天是八月十五，今天一早就有村裡人結伴去縣裡買東西。

鄧乙駕著馬車，馱著錢娘子、杜三妞和他的三位小主子直奔菜市場。

三妞從車裡下來，就聽到聲音。

「三妞姑娘，這裡！」

漁船出海危險，漁民們因三妞會吃，生意好上不少，別提對三妞多熱情了；然而杜三妞從不白要他們的東西，吃人家拿命獲得的海鮮會折壽的，以至於漁民們對她觀感更好。

杜三妞走到跟前，笑盈盈道：「這是我們村大戶的孫子，他家來很多人，把貴的、好的海鮮拿上來，價格隨便。」指著衛若懷說。

衛大少居然還很配合她點點頭。

「哪能隨便？三妞姑娘的朋友，便宜一點啦！」漁民紛紛圍上來。「三妞姑娘，我家螃蟹個頭足，都是母蟹，明兒過節，要不要來點？」

「迎賓酒樓的生意怎麼樣？」三妞突然發問。

衛若兮看看她家人，又看看三妞，見他們不吭聲，心裡有好多疑問只能忍著。

「妳姊夫家就沒有生意不好的時候！別看明天才八月十五，聽說位置在三天前就全訂出去了。」

杜三妞笑道：「我家三口人，吃不了多少螃蟹，賣剩的螃蟹送我姊夫家吧，順便跟他說，今天到我家一趟，逾時不候。」

「好好好！」海鮮圖的是鮮，賣不完只能自家吃，可漁民地少稅卻不比有土地的百姓少，因此他們指望著賣了海產買糧，杜三妞的話一出，幾個年齡大的不禁眼眶微紅。「謝謝妳，三妞姑娘。」

杜三妞說：「謝什麼？你好我好大家好的事。給我秤二十隻螃蟹，必須按照今天的市價來。」

「買這麼多？」衛若愉驚訝。

杜三妞笑道：「有用，你們打算買幾隻？」

「六十。」衛若懷開口。「錢娘子，另外再挑十隻公蟹，回去炒年糕給大家加菜。」

錢娘子大喜，螃蟹在京城可是矜貴的東西，更何況年糕全是用雪白的糯米做的。「謝謝少爺，老奴這就去。」

「螃蟹還能炒年糕？」從旁經過的人看到錢娘子的表情，停下腳步。

「可以。」杜三妞接道，隨後就教大家如何炒。

不捨得買螃蟹的人聽她講完，也打算買兩隻公蟹回去試試。

漁民們一見這樣，連忙問：「三妞姑娘明天還來嗎？」

「來不來都行，有事？」三妞問。

衛若懷笑道：「他們把妳當活招牌了。」

杜三妞微愣。「這……哪有這麼誇張，你們自己也可以，見有人停下來，就主動跟他們講買回去怎麼吃。有的人不是不捨得，也不是沒錢，除了吃不上飯的人，多數家庭偶爾買一次海產還是能承受得起的，我覺得大部分人是嫌海產腥，做不好。」

「這樣啊！」眾漁民恍然大悟。

杜三妞點頭。「不能和你們聊了，我們得早點回去。」隨後喊錢娘子去買肉。

衛若兮又聽有人叫杜三妞，拉住若愉的胳膊問：「她不是個小農女嗎？怎麼大家都認識她？」

「喊她的人是杜家村的村民。看見沒，攤位前很多人在買的東西，都是三妞教她們做的。」別看衛若愉嘴上罵他大哥卑鄙，其實很想他哥娶三妞，那樣一來就有吃不完的美食，而且不用顧忌三妞是杜家人，不好意思天天麻煩她。

衛若兮不信。「有這麼好？」

「三妞不做豬頭、豬下水的生意，教別人很正常啊！」衛若愉道：「她們也姓杜，五十年前和三妞是一家，又沒便宜外人。咦，三妞姊買豬肉？怎麼還買肉皮？走，過去看看。」

錢娘子從京城來，按道理見過大世面，然而讓她做一桌菜能把她難得不輕，明天又是中秋，家宴容不得出差錯，乾脆跟三妞學，三妞買什麼她買什麼。

杜三妞看著想笑。「你們家人多，買不買雞？」

「雞和豆腐去村裡買。」衛若懷發話。

錢娘子又買了幾條魚，一行人就打道回府。

停下馬車，機靈的鄧乙幫三妞拎東西。

三妞喊道：「錢娘子，我現在就做飯，妳來幫忙！」

「她——」

衛若愉抬手捂住堂姊的嘴巴。「多看別說，晌午還能吃到好吃的。」

衛若兮朝他手背上拍一巴掌。「男女授受不親！你給我等著，居然幫外人。」

「嗤，我五歲，還是妳弟弟。」衛若愉白她一眼。「找祖父告狀，祖父也不搭理妳，等著就等著，誰怕妳啊？大哥，我幫三妞姊燒火。」說著話爬下馬車。

今天多雲，天氣看起來不好，但在廚房裡也熱，衛若懷這次非常痛快地讓給堂弟。「燒大鍋，三妞蒸螃蟹。」

衛若愉說：「螃蟹性涼，三妞姊，別蒸那麼多。」

「沒事，蒸好做包子，這種天氣放一夜沒事；再說了，怕變味就放你家水井裡，若愉還能不准我放？」三妞笑問。

小孩連連搖頭。「隨便妳放多少東西！可、可是螃蟹怎麼做包子啊？」

三妞把肉皮切下來，過水後，用紗布包著調料包煮肉皮，水變黏糊再盛出來。「錢娘子，麻煩放妳家井裡冰著。」

井下陰冷，三妞估計晌午飯後，豬皮凍就差不多成了。衛若愉燒火蒸熟的螃蟹，熟了也沒拿出來，就放在鍋裡，隨後杜三妞拿起她留的三隻螃蟹炒年糕。

錢娘子見此，有樣學樣，這天中午，衛家主僕吃的全是螃蟹炒年糕，至於廚房裡還有一鍋螃蟹，衛家三個小孩默契十足地誰也沒告訴。

晌午飯後，得了三妞交代，錢娘子端著一大盆螃蟹去找三妞，進門就看到三妞在桃樹下坐著，面前一堆螃蟹殼。「這是幹麼呢？」

杜三妞道：「挑蟹黃，晚上做蟹黃湯包，剛好明天吃。」頓了頓，道：「娘，大姊夫家裡可能忙，妳剁好肉餡，把我寫的食譜給他送去。」

「好。」丁春花在家沒事，去縣裡權當閒逛。

衛若兮瞧瞧三妞，又瞧瞧廚房裡忙碌的人。「錢娘子，我們家是不是也得剁肉餡？」

「肉餡？」錢娘子一時沒反應過來，見她家大小姐直盯著三妞，恍然大悟。她跟著三妞蒸螃蟹，做豬皮凍，唯獨沒弄肉餡！「剁肉餡用來做什麼？」

杜三妞說：「和蟹黃拌在一起包包子，只用蟹黃，一百隻螃蟹也不夠一頓吃。」剛吃過晌午飯，丁春花就和麵，三妞想起來忙問：「妳家的麵呢？」

「和好了。」錢娘子想了想，說：「我也回去把蟹黃挑出來。」

杜三妞點頭。「這裡不用妳幫忙，皮凍還得一段時間呢！」餘光看到衛若懷拿起碟子邊的細竹籤，大有幫她挑蟹黃的態勢。「你家還有一盆螃蟹呢！」提醒道。

衛若愉說：「我家丫鬟也多，人手不夠，錢娘子自會喊丫鬟幫忙。」

午飯後，衛炳文哥兒倆和父親出去轉轉，看看鄉間風光。衛家兩位夫人和村裡人不熟，不知該怎麼和他們交流，就帶著兩個小孩在院裡坐著。衛若恒和若忱面前各有一小碟葡萄乾，妯娌兩人很自然把話題扯到杜三妞身上。

昨日南瓜餅，今天蟹炒年糕，食物不精，在杜三妞之前卻從未有人想起這麼吃，大夫人不禁感慨道：「難怪若愉想娶杜三妞為妻。」

二夫人點頭。「我叫小丫鬟打聽過，隔壁那丫頭和若懷說的一樣，上過幾年學，聰明能幹，據說長相也出挑；可惜生在農村，若生在我們這般人家……」

大夫人道：「事實真如此，那就是皇妃的命。」

「母親，渴。」葡萄乾好吃，然而太乾，衛若忱晃悠著回到母親身邊，二夫人忙喊丫鬟倒水，然而沒人應。大夫人往周圍一看，竟空無一人。「都幹麼去了？」

衛若恒抬起小手。「那兒。」指著廚房的方向。「跑了。」小孩一歲半，說話磕磕絆絆，倒也能聽懂母親的意思。

大夫人抱起他，看弟妹一眼。二夫人牽著若忱跟上去，走近廚房就聽到吵吵鬧鬧、熱鬧得堪比廟會的聲音。

「你們在做什麼？」大夫人拔高聲音問。

眾人嚇一跳，錢娘子慌忙出來。「夫人，老奴請他們幫忙挑蟹黃，晚上做蟹黃湯包。」

妯娌兩人相視一眼，又是個沒聽說過的，為了不顯得自個兒無知，便繞過包子這話。

「需要這麼多人？」丫鬟、小廝約六、七個。

錢娘子道：「五十隻蟹，老奴待會兒還得做肉餡。」
「你們忙吧！」大夫人轉身回去就問：「若懷呢？妳有沒有看到？」
「小若愉吃飯的時候念叨了一句三妞，想必在隔壁。」二夫人和她在同一個屋簷下生活五、六年，如何不知她怎麼想得？「我們去看看，到地方就說找杜三妞的娘，多虧他們家照顧兩個孩子。」
大夫人抿嘴一笑，兩人立馬去三妞家。
「衛小姐——」三妞聽到敲門聲。
「叫什麼衛小姐？喊她若兮。」衛若懷道：「趕緊開門去。」
衛若兮巍然不動。「你們怎麼不去？」
「沒瞧見我們在忙啊！」託衛大少的福，若愉現如今對他堂姊的觀感十分不好，吃他三妞姊的葡萄乾，都不幫著挑蟹黃，真懶！「妳不去就回家吧！」
「真以為我想待在這兒？」衛若兮霍然起身。其實想待到杜三妞做好蟹黃包，不知為何，她總覺得三妞做的一定比錢娘子的好吃，不過她才不會講。「母親、嬸娘，妳們怎麼來了？」衛若兮打開門，嚇一跳。
杜三妞放下竹籤走過去。「兩位夫人找我娘嗎？我娘剛去縣裡，得半個時辰才能回來。」

大夫人眨了眨眼，面前標致的小姑娘依然沒消失。「妳就是三妞吧？」人都是喜愛美好事物的，骨子裡看不上小農女，但面對杜三妞挑不出一絲瑕疵的小臉，大夫人也忍不住笑著說：「不找妳娘，找妳。聽說妳打算做什麼蟹黃包，我們來看看。」

「啊？」三妞睜大眼，什麼個情況？

衛若懷道：「母親，妳們進來，站在門口不像樣。」轉頭就喊。「若愉，給嬸娘搬凳子！」

杜家什麼都不多，就數凳子多，有好幾十張。

妯娌兩人進來，若愉就搬兩張凳子放在石墩不遠處。

兩人坐下才發現不對，她們是客不假，怎麼兒子和姪子比杜三妞還像主人?!

杜三妞回屋把桌子搬出來，倒兩碗水，摘兩串半紅的葡萄。「我家只有這些，別嫌棄。」謙恭道。

大夫人可不是來吃東西的。「妳忙妳的，我們看著，跟妳學點，到京城偶爾也能自個兒做。」

杜三妞不知高門大戶的夫人會不會做飯，反正她娘不但要求她必須會做飯，還整日裡說不會做飯的女人沒人娶，所以也沒多想。

有衛家哥兒倆幫忙，一刻鐘過後，三妞就把所有蟹黃挑出來。

衛若愉指著蟹腿，當著母親的面頗不好意思。「三妞姊姊……」

「你家也有，回你家吃。」
兩位夫人變臉，衛若兮正想開口，又聽到三妞說——
「現在吃也成，我給你調碗薑汁，但是回到家就不准再吃了。」
衛若愉瞬間蔫了，不死心道：「妳說蟹肉性涼，女人不能多吃，但我是男孩子啊！」
杜三妞說：「你還是小孩子。」把蟹腿放櫃子裡，怕放到晚上蟹腿變味，她在盛蟹肉的碟子下放了盆涼水，隨後，把蟹黃倒入豬肉餡裡。「幫我去把放在你家的東西拿來，我給你做好吃的。」
「好！」衛若愉眉開眼笑。
二夫人想捂眼。「若愉，看看你肚子上的肉。」
衛若愉低頭一瞧。「是挺多的。」誰知話鋒一轉。「我現在小，得再多吃點，以後這些肉變成骨頭，長得比大哥還高！」
多年以後，人高馬大、一點兒也不像南方漢子的衛若懷比衛若愉還矮半個頭，導致衛若愉想起來就說，可得謝謝他三妞姊，把他養得比同齡人胖，他才能長那麼高。
言歸正傳。八月分已入秋，山邊百姓晚上睡覺得蓋上薄薄的被子，但中午依然很熱。麵發得快，三妞調好餡料，把成形的豬皮凍切成半指長小塊備用，發麵已好。
杜三妞開始擀麵皮，衛家兩位夫人不好意思坐著圍觀。「那個……三妞，我們幫妳包包子？」

「不用啦！」三妞沒想到三品大員的夫人這麼和善。「做蟹黃湯包最好是現吃現做，包子皮中間厚、邊緣薄，包的時候先放餡，然後再放一小塊皮凍，等包子出鍋，一咬裡面全是濃濃的湯，配上蟹黃和豬肉，可好吃了！不過——」

衛若愉的口水還沒吞下去，一聽這話差點嗆到。「三妞姊，別賣關子了，一次講完。」

杜三妞道：「蟹放到明天不新鮮，所以我才想著今天做。包子放一夜，明天再熱一遍，皮就不能做太薄，否則湯會灑。」

「會影響口感吧？」自打母親進來，一直裝透明人的衛大少這才開口。

三妞點頭。「明天中午想按時吃上包子，那得天剛亮就去縣裡買蟹，為一頓飯，太辛苦，不如哪天有空去飯館裡吃。」

兩位衛夫人以為她會說不值得，沒想到是說去飯館。「縣裡飯館有賣這個？」

「迎賓酒樓。」衛若兮開口。「其實就是她姊夫家，做法還是她教的。」

杜三妞笑了笑。「我姊夫家會做這個的話，我想吃就能吃到，以後也不用自個兒動手。」

「對對對！便宜他人，方便自己！」衛若愉跟在她身邊時間長了，三妞待人處世的態度倒被他學去三分，也不是有心，屬於潛移默化。「母親，我們去杜四喜家買點滷肉，我猜妳一定沒吃過。」

「我猜你一定天天吃！」二夫人點著他的腦門。

衛若懷說：「他天天吃的是魚。南邊有條大河，村裡人曉得豬肉好吃便不再天天去捉魚，我們買個漁網，漁網扔到河裡，一夜能捉不少魚。他啊！每次都喝兩大碗。」

「說得好像你少吃一樣！」衛若愉氣惱。

三妞和村裡人講燉豬肉好吃也不能多吃，想天天吃還是要吃魚，魚肉易消化。村裡人一笑而過，他們三、五天吃一頓就了不得了，哪能天天吃？

倒是衛家有這條件，但衛老很相信三妞，便讓家裡的護院去網魚。衛家祖孫三人和善，捉得多，給三妞送去一點，一老兩小仍吃不完，就便宜僕人。

錢娘子用同樣的做法做，和主人家吃的一樣，以致現在不需要衛老吩咐，衛家僕人經常自發去捉魚。

幸好此地水產豐富，杜家村前面的河又是活水，每逢下雨天，河面上密密麻麻全是魚，否則真禁不起他們這個吃法。

「今天收網了？」三妞問。

衛若懷說：「收了，一大盆一斤以上的鯽魚。」自打杜家村的村民能吃上飯，就沒怎麼吃過一斤以下的小魚了，捉到也把魚放回河裡。這一點倒不是三妞說的，三妞第一次知道時也很詫異。「回頭給你幾條，你們明天做著吃。」

「大哥，還有螺螄呢！」衛若愉忙提醒。「三妞姊，鄧乙早幾天去河邊摸的螺螄，好幾天了，能不能吃啊？」

「可以啊！」三妞擀了一堆包子皮，就開始包包子。「讓錢娘子用剪刀把螺螄屁股剪掉，洗幾遍，然後用茱萸爆炒。」頓了頓，問：「你家有鯽魚，又有包子，還惦記螺螄，若愉，吃得完嗎？」

衛若愉呼吸一窒。

兩位衛夫人噗哧樂了，她們算是看明白了，三妞不是說話太直，而是和兒子關係好，有什麼講什麼，不藏著掖著，即便是她們在跟前。

杜三妞聽到笑聲，臉一熱，不自覺放低聲音。「讓錢娘子做魚湯，魚湯鍋裡貼些麵餅，就著魚湯吃。」正好回頭也少吃點蟹黃包。

衛若兮問：「是不是像地鍋雞那樣？」京城衛家做地鍋雞，衛若兮怕吃得像她爹那樣臉都變腫了，剛開始只吃餅不吃肉，卻發現餅比肉好吃。

三妞笑道：「魚肉比雞肉湯好喝多了。」特別做魚湯的時候，魚先用豬油炒一遍。

衛若兮告訴自己，她不是貪吃鬼，不是貪吃鬼，但沒忍住，吞了口口水。「母親，我們今晚做鯽魚湯喝好不好？」好想吃帶著湯汁的麵餅啊！

大夫人見三妞包的包子像嬰兒拳頭那麼大，如果錢娘子有樣學樣，她家的包子估計大不到哪兒去；可這些包子又得留些明天中秋節吃，然而只有包子一定不夠家裡幾個男人吃，是得再做些別的。「嗯，妳去跟錢娘子說。」

「好！」衛若兮轉身想跑，大夫人輕咳一聲，衛家大小姐才躡手躡腳，慢慢吞吞地出去。

杜三妞前世沒動手做過包子，如今熟練了，說著聊著不知不覺中包了一案板。

衛若愉個小機靈鬼，立馬到灶前。「燒大鍋嗎，三妞姊？」

「對的。」杜三妞買豬肉時特意買了根大骨頭，和切成條的豬皮一塊兒燉一盆，以至於所有麵都包完了，皮凍才用去三分之一。三妞切三分之一放在盤子上，剝蒜，切薑末，倒點醬油，掐幾根香菜切碎，放碗裡拌勻後澆在皮凍上。「若愉去吃吧，我燒火。」

「妳……沒放鹽。」兩位夫人站廚房裡，家裡忙翻天了也不說回去看看。

杜三妞說：「煮豬皮的時候放鹽了，而且醬油本身也有鹽，我調餡料的時候也沒放鹽。」

「對、對，我想起來了。」二夫人道：「我還以為是妳娘弄好了。」

三妞笑道：「我娘剁豬肉的時候什麼都沒放。」

「母親，祖父讓我給她四條魚，今天吃兩條，明天吃兩條。」衛若兮拎著竹編的簍子，到廚房裡把魚往地上一丟。「臭死啦！」嫌棄道。

「臭妳還要吃魚湯？」衛若愉瞥她一眼，熟門熟路拿兩雙筷子，給同一個戰壕裡的長兄一雙。

杜三妞有心提醒他倆，長者在。

誰知衛若懷說：「母親，妳們不吃吧？」非常肯定。

兩位夫人進門時表現得很平易近人，但在三妞指著廚房裡的板凳請她們坐時，兩人卻連連搖頭，衛若懷便知道他娘和嬸娘還是有些放不下架子，掐準這點，他朝堂弟喊道：「我們去外面石桌上吃！」

「渴了堂屋裡有開水。」杜三妞對衛家兩位夫人所知不多，看得便不如衛若懷仔細。衛若懷謹記三妞已「訂親」，儘管不把自個兒當外人，依然話不多，只說兩字。「謝謝。」就問衛若兮吃不吃？

衛若兮下意識看她母親。

胖了一圈的大夫人倒是想搖頭，可她最沒立場不准饞嘴的閨女吃。「妳吃吧！讓錢娘子再給……再給三妞送一碗這個豬皮凍。」

「吃飯了？」丁春花推門進來，剛好看到衛若兮拿著筷子，小姑娘的臉一下紅了。

杜三妞聽到聲音走出來。「包包子剩下的，涼拌給若愉嚐嚐。」

「我說妳怎麼這麼快——咦？」一看廚房裡又出來兩個女人，登時傻眼。從昨天回來就沒出門的衛家兩位夫人怎麼在她家？丁春花想行禮，畢竟兩人是三品誥命夫人，一時又想像和普通鄰居那樣同她們打招呼，內心別提多糾結了。

大夫人笑道：「這裡沒外人，妳喊我……喊我若兮的娘就行了。」

「那哪成啊！大夫人，您們這是……」

「父親說三妞經常給他做好吃的，我們過來學學。」

衛若愉不禁瞥了他母親一眼。

二夫人趁著丁春花拎東西進廚房，狠狠瞪了兒子一眼：別多話，吃你的皮凍！

「娘，姊夫給妳什麼？」灶裡有火，三妞又回到鍋前。

丁春花倒在水盆裡。「花蛤，讓妳炒著吃。」

「那明天可有得吃了！」三妞個姑娘家，沒法學別人去河邊摸螺螄，又不好指使她那幫姪子、姪孫，當著衛家兩位夫人也不好意思管衛若懷要，心裡正可惜呢！

丁春花一看案板邊有幾條魚，立馬知道是衛家送的，暗暗搖頭，就問：「怎麼光吃菜？饅頭呢？」

「家裡沒幾個饅頭。」三妞說：「發麵也被我用完了，娘，妳明天得再和麵。」

「我那可是一盆！」丁春花瞠目結舌。「妳蒸多少包子？」

三妞指著冒煙的鍋。「裡面一籠屜，案板上還有，而且我擀的包子皮厚。」

「嬸子，我們不吃饅頭。」衛若懷踢堂弟一腳。

衛若愉繼續說：「我家的包子快好了，家裡還在做鯽魚鍋貼麵餅呢！」

「那就好。」丁春花去屋裡倒三碗熱水。

衛若懷的母親見丁春花神情自若地放下水就去殺魚，臉上沒一絲諂媚，便偷偷衝弟妹使個眼色。

二夫人沒話找話。「這個花蛤怎麼吃？三妞，明天早上讓錢娘子再買點，我們家人多。」

杜三妞毫不懷疑，大的、小的、老的十來口人呢！「和茱萸果一塊兒炒，或者清炒。對了，若愉的弟弟們不能吃，不消化。」

「我知道，他們吃雞蛋羹。」二夫人道：「可我瞧著那兩個小子也吃膩了，妳會做小孩吃的東西嗎？」

「給他們做些青菜餅或者豆沙包吧，我外孫女就特別喜歡。」三妞還沒開口，丁春花一股腦兒全說了。

二夫人這次仔細觀察她的神色，果然，人家很自然。

兩位夫人在京城，三不五時地就能碰到見縫插針巴結她們的人；再一想，這兒是杜家村，丁春花也沒見過多大世面，估計沒那麼多心眼，兩位夫人倒是坦然了。「豆沙包怎麼做？」

杜三妞說：「紅豆泡發蒸軟，加糖在鍋裡炒，炒黏糊盛出來，像包包子一樣把豆沙包起來，蒸熟即可。青菜餅簡單，用青菜汁加雞蛋和麵，然後做成小餅，麻油煎，或者把蔬菜切碎，加麵粉攪成糊狀，倒入鍋裡煎。」

「這個我也會。」衛若愉喝半碗水，打個飽嗝，索性站起來。「我吃過三妞姊做的煎餅，錢娘子也會。」

「老奴在這兒。」衛家丫鬟、小廝多，衛若兮剛交代，那邊就把魚收拾好了。錢娘子見三位爺都回來了，就過來喊兩位夫人，一來就聽衛若愉提到她。「二少爺有什麼吩咐？」

「給若忱他們倆做些菜餅。」衛若愉開口道。

錢娘子聽見此話就說：「是，老奴這就去！」

「等等！」二夫人哭笑不得。「妳來幹麼呢？」

「對了。」錢娘子猛地想到。「瞧我這腦袋！小少爺要吃蟹黃包，老奴不敢給他吃。」

「我們回去看看。」兩人來時把兒子丟在廚房裡，兩個小孩聽說有好吃的，娘走了也不鬧騰，如今包子做好不給他們吃……二夫人一想到她皮上天的兒子，不禁頭疼。「若愉，哄弟弟出去玩，讓錢娘子給他做點菜餅。」

衛若懷倒是站起來，拿著原本放在石桌上的葡萄。「三妞，這個我拿走了啊！」

「拿去吧，我家最不缺葡萄。」做葡萄乾和葡萄酒用的葡萄都是在別處買的，今年葡萄樹結得多，丁春花如今知道果酒能換錢，這次不但不阻止閨女折騰，家裡的葡萄也沒摘下送人。

轉瞬間，熱熱鬧鬧的院裡只剩下三妞和她娘兩人，杜三妞立刻關上門，去廚房裡掀鍋蓋。「我還以為我們家的包子要保不住了！」

「瞧妳個小心眼樣，可別讓妳爹聽見。」以杜發財對衛家人的崇拜，特別是衛老，丁春花毫不懷疑，只要衛老開口，他能把所有包子送過去。

杜三妞呵呵裝傻。「我和錢娘子一塊兒做，她那邊還有很多人，誰知道居然比我還慢。」

「別說他們了，給我嚐嚐。」丁春花開口。

三妞拿雙筷子。「裡面的湯很多，妳慢點，別燙著。」

一牆之隔，二夫人的胸前一灘湯汁，桌子上也灑得到處都是。

大夫人手一頓，慌忙放下剛剛挾起的包子。「這個杜三妞，怎麼不告訴我們包子裡面還有這麼多湯！」

「這也能怪到三妞？」衛老很不高興。「蟹黃湯包、蟹黃湯包，妳倆只想著吃，連名字都忘記了？」

「父親，兒媳先出去一趟。」二夫人苦笑著站起來。

衛老頷首。

等她換身衣服回來，一盤包子只剩下一個，衛二夫人立即看向她相公。

衛炳武一想到自己吃四個，臉色微紅。「父親？」

「若懷還沒吃呢！」衛老道：「沒吃飽等著吃魚。」

老爺子發話了，吃了三個包子的衛炳文也不敢偷吃，畢竟老的、小的都住一個大院裡，瞞不了。「明天再做些。」

衛老沒吭聲，衛炳文當他默認了。

第二天，錢娘子去縣裡，三妞讓錢娘子幫她買五隻大螃蟹、五斤小螃蟹。

錢娘子誤以為三妞買大蟹要留著晚上蒸著吃，小螃蟹晌午炒著吃，然而並不是。

南瓜蒸好後直接在鍋裡把南瓜搗碎，在家過節的杜發財以為晌午吃南瓜飯，卻又見他閨女把放涼的南瓜糊舀到面盆裡用來和麵。

每天飯前都要去三妞家逛一圈的小胖墩衛若愉看到饅頭發黃了，眉心一跳。「三妞姊，妳家沒有白麵吃啦？怎麼不告訴我啊？等著，我回家給妳拿麵！」

杜三妞哭笑不得。「謝謝若愉，三妞姊家不如你家，但白麵還是能吃得起的。」掰一半饅頭給他。「嚐嚐。」

衛若愉將信將疑地接過來。「咦？是白麵？不是豆麵饃？」

「當然啦！」三妞想了想，拿個碟子給他裝五個。「你們兄妹一人一個。」

「若忱和若恒不吃，三個就好啦！」衛若愉很懂事，雖然很喜歡來三妞家蹭吃的，但每次吃完，一定回家找些吃的送來，杜三妞不要，他就說以後不來了。

三妞也樂意看到小孩這麼懂事，所以也對衛若愉特別好。「拿去吧，這種饅頭只能放兩天。」

「那好吧！」衛若愉到家就叫錢娘子送來一盆螺螄。

衛家昨晚吃的是清炒南瓜絲、蟹黃包、鯽魚湯和青菜；早上吃的是豆沙包、煎雞蛋和豆腐腦。這樣的早飯和晚飯，衛若兮在京城時基本沒吃過，此時又見小堂弟從隔壁端來東西，衛若兮沒等他開口就拿一個，咬一口，說：「祖父，您叫杜三妞跟我們回京城吧！」

衛若懷的手一抖。「妳說什麼？衛若兮，再說一遍！」臉色驟然大變。

衛若兮心臟緊縮，下意識躲到衛老身後，小眼睛到處瞅。娘啊、爹啊！你們哪兒去了呀？大哥要殺人了，快來啊！

衛老嘆氣。「若懷，妹妹小、不懂事。」給衛若愉使個眼色。

小孩立即拉著他的胳膊。「大哥，我們去找若忱和若恒，他倆一定又在睡懶覺。」

衛若懷冷哼一聲，朝衛老身後瞪一眼。

剛露出頭的衛若兮又嚇得往裡縮。「祖父，我說杜三妞，又沒說他。」

「三妞的兩個姊姊已出嫁，她爹娘沒有兒子，只剩三妞姑娘在身邊，妳叫三妞去京城，有沒有想過她爹娘的感受？」衛老說：「為了口腹之慾，把人家好好一個家拆散，若兮，妳母親平時就是這樣教妳的？」

「祖……祖父，不是的。」相較於兄長的震怒，衛若兮更害怕祖父露出失望的表情。「若兮沒想那麼多。她、她為什麼沒有兄弟？」

衛老呼吸一窒，這話該怎麼說？衛若懷，你個臭小子，趕緊過來忽悠你妹妹！

「祖父……」衛若兮又喊一聲。

衛老「嗯」一聲。「以前杜家村的人窮，孩子生多了養不起，等三妞家的生活好了，她爹娘想生一個，便生了三妞。三妞自小聰明，她爹送她去學堂，家裡的錢都給她買筆墨紙硯，就養不起第二個，如今養得起了，可她娘年齡大，已不適合再生孩子了。」

「原來如此。」衛若兮道：「三妞好可憐，以後在婆家受欺負，連個幫她出頭的兄弟都沒有。」

「咳……」衛老差點被口水嗆死，這丫頭，整日裡瞎想什麼？「以後莫再說讓三妞去京城的話，我們來這裡半年多，杜家很照顧我們。別怪妳大哥，三妞對他們特別好。」

「我看到了，蒸幾個饅頭都給若愉，搞得像她才是若愉的姊姊一樣！」衛若兮嘟著嘴，忿忿道。

衛老暗暗搖頭。「以後說話多想想，我記得你們來的時候帶不少東西，挑一樣給三妞送去，順便問問她南瓜饅頭怎麼做，晚上叫錢娘子做。」

「好，我這就去。」衛若兮拿了一包沒開封的甜餅。

甜餅的原身是胡餅，也就是饢。甜餅比饢小且薄，做時加芝麻、糖或者蜂蜜，剛出鍋時甜又脆。店家賣時用油紙包著，以防潮濕。冬天吃挺好，但七、八月分天氣熱，甭說小孩子不喜歡，大人吃了也覺得噎人。

衛炳文在建康府買了四包，每包有八張餅，衛若懷哥兒倆看都不看。

衛若兮拿著甜餅在她哥面前晃悠一圈，嘴裡還說：「我去給杜三妞道歉。」

衛若懷真想給她一巴掌，拿自己不吃的東西送人，她真幹得出來！

幸好衛若愉一直拉著他。「大哥，祖父過來啦！」

「還生氣呢？想讓你爹娘看出來是不是？」衛老怕小輩之間鬧彆扭，再記到心裡去。

衛若懷下意識搖頭。「三妞在母親眼中只是個會做飯的小姑娘，一旦牽扯到我，三妞立馬會變成毒蛇猛獸。」頓了頓，又說：「甭說我，若愉也會受到牽連。」不准他和三妞來往。

衛老眼中精光一閃，這小子倒是看得挺清楚的。「知道就好，若兮不懂，你慢慢教，別動不動就擺臉色嚇唬她。」

「我才沒嚇唬她，她本來就不懂事。」自家妹子什麼德行，衛若懷很清楚。之前預料到衛若兮可能會由著性子來，然而今天乍一聽到，衛若懷真是又氣又怒。

衛老笑了笑。「你是她哥，有責任也有義務教她。好了，這事不准再提。若愉，饅頭放廚房裡，回頭給你母親和伯母嚐嚐。」

「我知道，祖父。」別看衛若愉胖乎乎的，小傢伙可機靈著呢！論情商，衛若懷真不如他。「必得說是三妞姊姊做的。」

「真乖。」衛老揉揉他的小腦袋。「下午不用做功課，開不開心？」

衛若愉大喜。「開心！」今天村學裡也放假，於是碟子放屋裡，衛若愉就去找他的好朋友杜小麥，商量著吃過午飯去找三妞玩兒！

——未完，待續，請看文創風626《妞啊，給我飯》2

2018年4月出版

妞啊，給我飯

文創風 625～627

她愛吃、懂吃，做菜功夫更是一把罩，
只有別人喊不出來的食材名，沒有她做不出來的菜，
什麼松鼠魚、五彩麵條，那就是隨便做做即成的，
說句不客氣的，只要吃過她燒的飯菜後，就回不去啦！
唔……這樣一來，她會不會太受人喜愛與歡迎啊？

竹外桃花三兩枝　春江水暖鴨先知／負笈及學

杜三妞長得冰雪聰明、精緻可人，實在不像個農家女，
因此雖說她娘沒能給她爹生個兒子，但她爹可是打心裡疼她，
不論她想做什麼，便是她娘攔著，她爹卻是連眉頭都不皺一下的，
也之所以，她打小就是個很能折騰的人，
但她折騰的不是人，而是食物——各式各樣的美食佳餚，
就連對面剛從京城搬回來的衛家人自吃過她煮的飯菜後，便纏上她了，
照理說，他們兩家雖然是鄰居，但實在是沒有往來的可能性，
畢竟人家的背景擺在那兒，兩家那就是天與地、雲和泥的差別啊！
擱在別人心裡，衛家人是只可遠觀、不敢親近的高門大戶，
但在她眼中，衛家上下老小，那就是一家子餵不飽的吃貨啊！
然而這衛家小哥衛若懷竟是從第一眼看到她時就把她給惦記上了，
雖然他是姑娘們眼中的天菜，但她真沒啥特別的想法，
且她這個人很有自知之明的，也深深認同「門當戶對」這句話，
不料他心思藏得極深，為了娶她居然佈下天羅地網，徐徐圖之多年，
若不是他堂弟透露，她這個人妻恐怕還傻傻被他蒙在鼓裡呢！

文創風 625

妞啊，給我飯 1

國家圖書館出版品預行編目資料

妞啊，給我飯 / 負笈及學著. --
初版. -- 臺北市 : 狗屋, 2018.04
冊 ; 公分. --（文創風）
ISBN 978-986-328-850-3（第1冊：平裝）. --

857.7　　107002735

著作者　負笈及學
編輯　黃淑珍
校對　沈毓萍　蔡佾岑
發行所　狗屋出版社有限公司
地址　台北市104中山區龍江路71巷15號1樓
電話　02-2776-5889～0
發行字號　局版台業字845號
法律顧問　蕭雄淋律師
總經銷　知遠文化事業有限公司
電話　02-2664-8800
初版　2018年4月
國際書碼　ISBN-13　978-986-328-850-3

定價250元
狗屋劃撥帳號：19001626
網址：love.doghouse.com.tw　E-mail：love@doghouse.com.tw